新潮文庫

関ヶ原

中巻

司馬遼太郎著

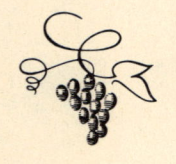

新潮社版

2194

関ヶ原

中巻

大津の一夜

これよりすこし前の七月なかばごろ、三成《みつなり》の家老島左近は、越後あたりの富裕な郷士《ごうし》、という体裁をよそおって大坂に入った。

大坂探索と諸侯との連絡のためである。名も、会沢郷右衛門という変名をつかい、

供《とも》は三人、槍《やり》を一筋もたせている。

宿は愛宕町《あたご》に宿をとった。

宿は愛宕町だが、左近はほとんど毎日のように聚楽《じゅらく》町の妓楼《ぎろう》であそんでいる。聚楽町に飽きると、堺《さかい》まで遠出をした。堺の妓楼は日本一で、酒器もガラス、銀器など南蛮好みのものを用い、酒なども葡萄酒《ぶどうしゅ》などを置いている楼《うち》が多い。

左近は、そのうちの、

「金魚屋」

という楼を愛した。この奇妙な屋号の店は、部屋ごとに南蛮ガラスの華麗な水槽《すいそう》をおき、そのなかに、赤、黒、白の金魚を飼っていたため町の者からそう通称されていたのである。

左近がこういう場所にゆくのはむろん、そこで市中の噂《うわさ》をきいたり、家康、三成の人気を

さぐったり、諸侯の家老、鉄砲商人などに会うためではあったが、天性のあそび好きだったことにもよるだろう。

金魚屋では、まりあという洗礼名をもつ遊女をいつも挙げる。

「理由は?」

と、まりあにきかれたことがある。

「何の」

「金魚屋に来る理由。わたくしが好きだから?　そうでしょう?」

まりあはちょっと南蛮人にかぶれたようなところがあって、そんな舌足らずのことばを使いたがる。

「ああ、好きだからだな」

と、左近はうなずく。この日も、紫檀《したん》の唐風《からふう》の椅子《いす》に腰をおろし、グラスの酒をなめながら窓の外をみていた。

むこうの屋根ごしに海がみえ、唐船、南蛮船、倭船《わせん》など雑多なかたちの檣《ほばしら》や帆がみえている。この風景がすきで左近はいつもこの「朱江ノ間」という部屋に来る。この部屋のぬしはまりあだから、自然、堺での女は金魚屋のまりあということになっている。彼女はマカオに行ったこともあるという海外通で、はなしもおもしろく、左近を決して退屈させない。

「天川《てんせん》(マカオの別称)とは、そんなにおもしろいところかえ」

「そりゃ、もう。竜宮に行ったことある?」

「ないな」

左近はニコニコしている。

「あれとそっくりよ。ポルトガルのお城、総督府、南蛮寺、中国《から》の朱寺《あかでら》、それに港には世界じゅうの船が入っている」

「日本人もいるか」

「いるわ。町人もいるし牢人《ろうにん》もいる。わたくしが会ったおさむらいのなかで、ポルトガルの城に斬《き》りこんであの城主になってみたい、と本気で喋《しゃべ》っている牢人もいたわ」

「物騒な」

左近は、異国でそんな法螺《ほら》をふいている男の話がよほど気に入ったらしく、声を立てて笑った。

まりあは、南蛮音楽がすきらしく、その楽器や音色についてほとんど熱狂的に語った。

左近も、天正十九年、聚楽第《じゅらくだい》に印度《インド》総督使節がきたとき、三成に従って聚楽第に登り、南蛮人の演奏をきいたこともある。

ちなみに秀吉は信長の好みが伝染《うつ》ったのか、非常な南蛮什器《じゅうき》の愛好者で、大坂城の寝室には四個の豪華な寝台《ベッド》をおき、その臥《ふ》せり心地をたのしんだりした。時の支配者がそういう好みだから自然、大名や町人にまでそれが及んでいる。堺は場所が場所だけに、まりあのような南蛮好みの妓《おんな》が出てくるのもむりはないであろう。

左近は話題をかえた。この堺では豊臣《とよとみ》家に対しどんな気持をもっているかを知りたかったのである。

「天川ではね」

と、まりあはいった。

「太閤《たいこう》様がおなくなりになったという風聞がきこえたとき、ポルトガル人たちは、次はナイフ様だ、といっていたそうよ」

「家康か」

「ええ、江戸内府様。ポルトガル人たちはナイフのほうがいい、と思っている」

秀吉は曠世《こうせい》の英雄だという評判は海外にもひびいていたが、同時に怖《おそ》れられてもいた。大《たい》明《みん》を攻略するとか呂宋《ルソン》（フィリピン）を奪《と》るとかいうかれの法螺《ほら》はシナ人貿易商の口によって早くから海外にひろがっていたし、それが必ずしも法螺だけではないということが、かれの晩年の朝鮮への渡海攻撃で証拠だてられた。自然、豊臣政権というものは、秀吉のそういう傍若無人《ぼうじゃくぶじん》な外交政策によって決してこころよい名前としては印象されていない。ある意味では倭寇《わこう》の総大将だとおもわれているのではないか。

「徳川殿はおとなしい、と、堺に来る唐人や南蛮人は言っているようよ」

「なるほどおとなしい。しかし南蛮人がそのようなことをいうのは、この土地の商人《あきんど》がそう教えこんでいるからだろう」

といったが、そうとすれば堺の商人がもはや豊臣政権に見切りをつけて次の徳川政権を迎えようとしている気構えをもっている証拠ともいえる。

「まりあ」

と、左近は微笑し、彼女が豊臣政権をどうおもっているかを、巧みにききだしてみた。

「ここだけのはなしだ、そなた、太閤さまは好きか」

「否《のん》」

と、まりあは言い、だまって胸の十字架を掌にのせて左近にみせた。自分は切支丹《キリシタン》だから晩年にそれを弾圧した太閤というひとを好まない、というのである。

「もっともなことだな。しかし家康が天下をとれば切支丹はどうなるだろう」

「おゆるしになります」

まりあは、断乎《だんこ》といった。

「たれからきいた」

「同信のひとはみなそう言っています。徳川様はきっとそうなさる、と」

(そこまで手がのびているのか)

と、左近は驚かざるをえない。家康とその謀将たちは、切支丹に同情的な大名や大町人をひきよせるためにそういう噂を計画的に流しているのであろう。切支丹だけではない。貿易好きな堺の町人や九州大名をひきよせるために、

——徳川殿の世になれば貿易はいっそうに栄える。

と流しているのにちがいない。そうでなければ、堺に来る南蛮人や唐人が、家康にこれほどの期待をもつまい。

左近は、大坂や堺に潜伏中、会津へ帰る上杉景勝《かげかつ》とその家老直江山城守にその大坂屋敷で決別《けつべつ》している。

左近が玉造《たまつくり》の上杉屋敷をたずねた夕も、雨が降っていた。

「なるほど、かつておおせられたとおり、山城守殿は、雨男でござるな」

と、左近は、招じられた茶室にすわるなりいった。あすは上杉家の主従が行列を組んで会津に帰国するというのに、この雨はどうであろう。一晩降りこめて、あすまでもちこすのではあるまいか。

「いや、この雨は左近殿が当家の門に入られたときから降りはじめている。雨男はそれがしにはあらず、お手前こそ」

「かもしれませぬ」

左近は他愛《たわい》なく笑い、「このぶんではいざ合戦《かっせん》のときに雨がふりだすのではあるまいかと思われる。請《こ》いねがわくは、われがために吉雨であれかし」といった。

「さて」

と、山城守は膝《ひざ》をにじらせ、そのあとは戦略の打ちあわせになった。

基本方針はむろんきまっている。上杉が会津で挙兵し、家康の大軍を東にひきつけておいてそのすきに西で三成が兵をあげ、東西呼応して家康を挟《はさ》み撃ちにし、じりじりと東西から追いつめてゆき、日本列島の中央部のどこかでその軍団を殲滅《せんめつ》する、という史上かつてない壮大な構想のものであった。

「さてそれをいつにするか」

それが、眼目である。いつになるかは上杉家の戦備の進行次第によっている。なにしろ天下の大軍をひきつけて防戦する都合上、会津百二十万石の領土をことごとく要塞《ようさい》化するほどの備えが要るであろう。

「本城の若松城の大改修は申すまでもないが」

と、山城守は、新しく普請《ふしん》をおこしたり改造したりせねばならぬ支城の数を、指折りながらかぞえはじめた。

「小峰、白石《しろいし》、福島、森山、梁川《やながわ》、猪苗代《いなわしろ》、金山《かなやま》、鮎貝《あゆがい》、藤島、二本松、大宝寺、大浦、津川、須賀川、酒田、中山、とこの十六城の改修は早急にせねばならず、これ以外に国境《くにざか》いの峠に砦《とりで》を設けたり、道路をつけたりすることも考えれば、どう早くても来年の春か、夏まではかかるように思われる」

「一年」

「左様、十カ月から一年ののち、東方の会津にて火の手をあげ申そう」

「心得申した」

その間、石田家として西国でせねばならぬのは、諸侯への工作であった。これは左近よりも三成自身がするであろう。

「万《ばん》、勝利はうたがいない」

直江山城守はいった。島左近もそうおもった。この構想がそのまま進み、しかも当代の名軍師といわれる二人が、東西において作戦を指揮する以上、軍事的にはどうみても敗《ま》ける勝負ではない。

ここで、左近はいった。この大坂・堺に潜伏中に知り得た豊臣政権に対する意外な人気のなさについてである。

「かねて察してはいた」

左近はいった。秀吉の晩年の政治が、外征と建築道楽によって大名の経済がいちじるしく疲れ、物価《しょしき》があがり、庶人は暮らしにくくなっている。

——もはやこの政権は、秀吉の死後もなおつづいてほしくない。

というのが、大方の気持であろう。

「しかしこれほどとは思わなんだ」

という意味のことを、左近はさりげなく言い、家康打倒後にうちたてるべきあたらしい豊臣政権をどうすべきか、ということについて、

「これは考えねばなりませぬな」

といった。民力の回復、切支丹禁制の緩和、貿易の奨励、合戦の停止《ちょうじ》、などといった政策を、いまから匂《にお》わせておく必要があるのではないか、と左近はいうのである。でなければ、大名庶人をふくめて、天下は暗黙裏に世代《よがわ》りを翹望《ぎょうぼう》し、その時流のなかに家康がたくみに乗

じてその政権をうちたててしまうであろう。

「左近殿は、藤原惺窩《せいか》という野《や》の学者をごぞんじか」

「存ぜぬな」

「その学者もそのようなことを申しているらしい。あす、帰国の途上、伏見にて宿泊したときに訪ねてみようかと思う」

「なるほど」

左近は、学者などには興味はなかったが、直江山城守は学問好きという点でも、当節の武将のなかではめずらしい存在とされている。そういう名を持ちだしたのは山城守らしい好みだとおもって、気にもとめなかった。

ちなみに、藤原惺窩は、この時代では唯一《ゆいいつ》といっていい野の学者で、いずれの寺、諸侯にも属せず、学問だけで世に独立していた。

諸侯のなかでかれを招いて話をきく者が多い。が、たれもかれを高禄《こうろく》で召しかかえようとする者はなかった。大名が儒者を儒官として召しかかえる徳川期の風は、この時代ではまだはじまっていなかったのである。

惺窩は、公卿《くぎょう》の冷泉為純《れいぜいためずみ》の子で、戦国動乱の最盛期ともいうべき永禄四年に播州《ばんしゅう》三木郡細川村でうまれ、相国寺《しょうこくじ》の僧となり、のちに還俗《げんぞく》して学者として世に立った。

かれは、学者を尊重しようとせぬ日本にうまれたことをはげしく後悔し、かつ、かれほどの学者を招《よ》んで話をきこうともせぬ秀吉という男を、その在世中から憎んでいた様子である。

朝鮮ノ陣のころ、惺窩は伏見城下で朝鮮人の捕虜姜沆《きょうこう》と筆談し、

「いま日本は外征のために庶民が疲弊している。もし大明・朝鮮の連合軍が、日本の民を安んずるという名目をかかげて博多に上陸し、進軍するさきざきでそれを徹底させて行ったならば、民はこれを歓迎しまたたくまに奥州白河ノ関まで席巻《せっけん》できるであろう」

といった。かつ、日本は刀槍《とうそう》に長《た》けた者のみが、世に立っているが、大明や朝鮮では科挙《かきょ》の制という学問による官吏登用がおこなわれていることをうらやみ、「このような国にうまれることなく、なぜ自分は大明・朝鮮にうまれなかったのか」と、姜沆にいった。かれはげんに、秀吉政権の最盛期ともいうべき天正十九年に日本を脱出しようとし、薩摩《さつま》にくだり、坊ノ津から船出をする支度をととのえていてついに病いのために果たせなかった。

(藤原惺窩ならば次の世をどうすべきかということを暗示してくれるだろう)

と山城守がそう思ったのは、かれもまた世間というものが秀吉のやり方に飽いてしまっていることを気づいていたからである。

さらに余談だが、直江山城守は帰国の途上、伏見の藤原惺窩の草廬《そうろ》を訪《と》い、辞をひくくして来意を告げたが、惺窩は居留守をつかって会わなかった。理由はわからない。

翌日、行列は出発したが、山城守のみは残り、さらに草廬を訪ねた。

こんどは、不在だった。山城守は長嘆して去ったが、惺窩は帰宅してから山城守の様子をきき、その熱意と誠実さにうたれ、

「さればあとを追おう」

と、道服姿で馬をとばし、山科《やましな》をぬけて大津の宿に入り、かろうじて追いついた。

山城守は大いに喜んで惺窩を宿舎に招じ入れ、上座にすわらせ、自分ははるかに下座にすわった。

「なんの御用でござったかな」

と、惺窩はいった。惺窩にすれば話を早くきりあげて夜道を伏見に帰らねばならない。時間をいそいでいるのである。

山城守は、それを残念に思い、「あれこれとお教えを乞《こ》うつもりでございましたが、なにぶん道中倉卒《そうそつ》の際、されば一事だけをお質《たず》ね申してよろしゅうござるや」といった。

「一事とは？」

「義の道でござる」

義、というのは、謙信以来の上杉家の家風で、当代の景勝と山城守のもっとも好むことばであった。

「申されよ」

惺窩はいった。

「古聖賢の語に、絶《ぜつ》ヲ継《つ》ギ傾《けい》ヲ扶《たす》ク、ということがござりまする」

と、山城守はいった。語の意味は絶えんとする家にあとつぎを作ったり、傾こうとする家をたすけるのは、義ある者の道であるということである。暗に豊臣秀頼を扶ける、ということをさしている。

「今の時にあたって」

と、山城守は低い声でいった。

「これを行なおうとしております。先生はどう思われましょう」

惺窩は、沈黙した。義のために家康を討つという秘事をこうも堂々と明かされては、なにを答えてよいかわからない。

ついに沈黙のままで座を去り、宿舎を出、その軒下で星を仰ぎ、

「天心いまだ禍《わざわい》を悔いざるか。億兆の生霊再び塗炭《とたん》の苦《くるしみ》を受けんとす」

という一語をのこして大津の宿を去った。要するに惺窩としては山城守の「義戦」を壮とするもそのためにふたたび戦国の世にもどることをおそれたのであろう。儒者惺窩は、「国政は民に対する仁を本《もと》に行なわねばならぬ」という、当時としては新鮮すぎるほどの政治哲学を信奉している。謙信以来の武俠《ぶきょう》の徒である山城守の壮気には感動しえても、かれがこれからやろうとする大義戦の惨禍《さんか》に戦慄《せんりつ》せざるをえなかったのであろう。

山城守は翌朝、惺窩の軒先での独り言を家来からきき、

「仁がそれ孔孟《こうもう》の道なら、義もまた孔孟の道である。惺窩先生賢なりといえども男子にあらず」

といって東国へ去った。

分銅屋

島左近がまだ大坂に潜伏しているとき、佐和山からもう一人の情報収集者がやってきて、大坂に入った。

この情報収集者は武骨者の左近とはちがい、華麗な衣装をまとい、人目をそばだたせるような容姿をもっている。初芽《はつめ》であった。

初芽の任務は、三成が任命した。「淀殿《よどの》の御機嫌《ごきげん》うかがいを名目に、大坂へ差しのぼるように」と三成はいった。目的は殿中のうわさをさぐるのである。ゆらい、宮殿にいる婦人とは口さがないものだし、男にはない観察の角度をもっている。大坂城には位官をもつ女官をふくめて一万人ちかい婦人がいるから、彼女らのあいだのうわさというのも、当然ながら採集するに足るものであろう。

初芽は、行列を組んで大坂に入った。大坂城本丸に登城し、淀殿付の女官大蔵卿《おおくらきょう》に会い、旧主への御機嫌奉伺《ほうし》のことばをのべ、あとは世間ばなしをした。

「治部少輔《じぶしょうゆう》どのはご退隠なされたというのに、佐和山城の堀を深くし、塀《へい》をあげ、櫓《やぐら》をきずき、諸国の牢人《ろうにん》をあつめているといううわさはまことですか」

と、この中年の貴婦人は、むしろ彼女のほうから三成のうわさをききたがった。べつだん政治的な意図があっての質問ではなく、後世でいえば役者のうわさばなしでもききたがるような心理であろう。役者といえば、三成がまだ太閤《たいこう》の側近にいたころ、かれの人気は女官のあいだでは異常なほどに高かった。男にはあれほど不人気だったこの往年の辣腕《らつわん》奉行も、女の眼からみればあの狷介《けんかい》さがかえって潔癖という美徳として映り、不正に対して許せぬ性格が純情無垢《むく》としてうつっていた。それに身ごなしの歯切れよさが一種の性的魅力として感じられるうえに、なによりも三成は加藤清正や福島正則《まさのり》などの荒大名とちがって婦人に親切な男であった。この大蔵卿のような、年増《としま》ともいえぬ初老の婦人からさえ、その噂《うわさ》ばなしをこのまれるわけあいであろう。

さて、大蔵卿の質問の、城普請や牢人募集についてである。

「存じませぬ」

と、初芽は答えた。

「女でございますもの」

「しかし城に足場が組まれたり、人夫が働いていたりすれば、女でもご普請、とわかるではないか」

「その程度の普請ならばなさっているようでございます。殿様はながらくの大坂詰めでございましたから、いざお国住いになると、お城のあちこちにお気に召さぬ点が出てくるのでございましょう」

「戦さ支度ではないのか」

「はい」

「これ、初芽殿」

と、大蔵卿は、声をひそめた。

「わたくしに隠しだてする必要はありませぬ。申しなされ。治部少輔殿は、あの三河うまれの奸人《かんじん》にむかって戦さを挑《いど》むつもりであろうが」

初芽が当惑してだまっていると、大蔵卿は、さらにいった。

「すでに加藤、福島、黒田などの子飼いの大名が腰くだけになって江戸の老人に這《は》いつくばっている当節、もはや世に俠《おとこ》はおらぬと思うていたが、利《き》かん気で売った治部少輔殿だけはべつじゃとかねて見ておった。いやいまも思うている。その治部少輔殿が、退隠とみせかけて単身佐和山にもどり、隍濠《ほり》を深くし城塁をかきあげ、ひろく豪俠《ごうきょう》の士をあつめておるとき、さてこそは、と殿中、歓声をあげんばかりのよろこびであった。これ初芽、その話をしてくだされ。話をきかせてわれらをよろこばせてはくださるまいか」

「たとえ」

初芽はいった。

「戦備をおととのえなさるとしても、初芽の口から大蔵卿様ともあろうお方に申しあげることはできませぬ。お察しくださるほか、ございませぬ」

「あいなあ」

大蔵卿は、その答えで満足し、「そのかわり、家康方の動きは知りうるかぎり、お教え申そうぞ。いやいや、差し出たことながら、今後、ゆゆしき事があれば、こちらから密使を佐和山へ走らせてお教え申そう」

「なにぶんとも」

初芽はつい、本音を吐いた。

大蔵卿の語るところでは、本丸の御殿に詰めている武士、女官、茶道《さどう》たちの家康に対する怒りと憎しみは、異常なほどであるらしい。

なにしろ、西ノ丸の家康の権勢は非常なもので、事実上の大坂城主としてふるまい、諸侯をあごであしらいはじめている。

「人の心はあてにならぬ」

諸侯も諸侯だ、と大蔵卿はいう。諸侯はそれぞれ家康の家来から詰め間をもらい、機嫌奉伺に登城してきては用もないのにそれぞれの詰め間に詰めている。所定の間に詰めるなどは、家康をもってすでに天下人として遇している証拠であった。しかもかれらは、おなじ大坂城に登城しても、本丸には来ず、ほとんどが西ノ丸にのみ出入りしていた。秀吉が死んでまだ一年の月日もたたぬのに、世間とはすでにこうである。

「かようなことは、それを申しては口の汚《けが》れになるゆえ申したくはないが、あの衆たちは吝《りん》嗇《しょく》での」

大蔵卿の観察はこまかい。あの衆、というのは家康とその幕僚の三河衆のことである。かれらはこの西ノ丸駐屯《ちゅうとん》の費用のほとんどは豊臣家の財政からまかなわせているという。

「うそ」

初芽は笑いだした。いかに吝嗇といっても世にそんな話はない。ゆらい、大名は戦時平時を問わずすべて自前で身動きするもので、たとえば大坂屋敷に居住する費用いっさいは大名負担である。家康のみがその例外であるはずがない。大坂城とその城内にあるすべての金品は豊臣家の財産で、家康が私用すべきものではない。

「いや、本当です」

「本当とすれば」

盗賊ではないか。豊臣家の居城に勝手に入りこんできて、自分も豊臣家の米を食い、連れてきた何千という自分の家来どもにも、城の米蔵の米を食べさせている。どういう神経であろう、と思うと、初芽は顔が蒼《あお》ざめるほどの怒りをおぼえた。


「島左近が大坂に来ているらしい」

という情報を得た本多正信は、自分の家来のなかから手利《てき》きの者二十人をえらんで探索を命じた。

「見つけ次第に斬《き》れ」

と、正信はいった。ほどなくその動静がくわしくわかった。左近は単身潜入し愛宕《あたご》町の宿にとまり、ほとんど連日堺や大坂の妓楼《ぎろう》であそび、そこで人に会ったり、ひとの屋敷を訪ねたりしているという。

（大胆な）

とおもったが、しかし正信にとっては願ってもない。戦場なら一万の軍を駈けひきさせても討ちとりがたい島左近が、供も連れずにこの街《まち》のどこかにいるのである。

（是が非でも殺してしまわねばならぬ）

左近を殺すことは、佐和山の石田軍団の軍事的威力を半減させるのにひとしい。

翌日の夕、正信は家康によばれた。

「左近を秘《ひそ》かに討ちまするぞ」

と正信は家康にうちあけようと思ったが、それよりさきに家康のほうから、意外な話題を出した。

あたらしい佐和山情報である。

「柴田弥五左衛門《しばたやござえもん》が、佐和山から帰ってきてただいま万千代（井伊直政）のもとに復命した」

と家康はいった。

じつは五日ばかり前、家康と正信が相談のすえ、三成がどんな肚《はら》で退隠生活を送っているか、ひとつさぐってみよう、と思い、一策を講じたのである。一策とは、適当な使者をえらんで三成のもとにやらせ、

「前田利長《としなが》、金沢城にて謀叛《むほん》の企てを進めつつあり、いずれこれを討たねばならぬが、もし前田・徳川の手切れのせつはよろしく徳川のほうに御加勢たのむ」

ということを、ぬけぬけと三成に言わせてみようと思ったのである。

「どういう返答をするか」

それによって、三成の肚のなかが多少ともわかるであろう。

「おもしろい」

ということでさっそく、中立的な存在である豊臣家馬廻役《うままわりやく》（親衛隊士）柴田弥五左衛門という者を選んでさしむけた。その報告が、井伊直政のもとに入ったのである。

「弥五左が、どう申しておりました」

「それがさ。治部少は弥五左を歓待し、お使者ご苦労でござる、とわざわざ国光の脇差《わきざし》などをあたえたのち、徳川・前田手切れのせつはよろこんで徳川殿に付き申そう、とさわやかに申したというぞ」

「さわやかに」

正信はその言葉を味わっている。これほどの重大事を、年来反徳川の態度をとりつづけている三成が、そうと聞くや、ああよろしゅうござるとも、御加担いたそう、と二つ返事で承諾するというのがそもそもあやしい。

「狐《きつね》でござるな」

正信はいった。家康と正信のあいだの隠語では三成のことを、

——佐和山の狐。

というふうに呼んでいる。相手はきつね、当方はたぬき、いずれにせよその化《ば》かし合いに

秘術をつくしていることにはまちがいない。

「この返事、どう思う」

「いよいよ佐和山の狐は、上様との合戦に踏み切ることに心をきめましたな。その準備の時間をかせぐために、いまは上様に従順なる顔を作り、当方がどんな無理難題を吹っかけようとも、ああ左様でござるか、いかにも仰せに従いつかまつるであろう、という態度をとっているらしい。

これにて治部少謀叛をおこすこと、火をみるよりも瞭《あきら》かでござりまする」

「弥八郎、そのほうもそうおもうか」

「上様も？」

「ああ、わしも同じことを思った。狐にしては子供っぽい化け方をする男だ」

「まだ若狐でござるによってな。とてもとても上様にはかないますまい」

「まして弥八郎にはかなわぬ」

君臣、相瞻《あいみ》て笑いだした。要するに、この二人は三成の挙兵そのものには驚かぬ。むしろ三成が挙兵することを望み、それによって天下を乗っとってしまおうとおもっているのである。だから佐和山の狐から「謀叛」のにおいを嗅《か》ぎだすことが、家康の野望にとっては大朗報なのである。

「弥八郎、三成はかならず立つか」

「まぎれもござりませぬな。いまひとつ、手許《てもと》に証拠をにぎっておりますが」

「どんな？」

「島左近が、大胆にも越後の郷士《ごうし》というふれこみで単身大坂に参り、諸家の肚の中、動きをさぐっております。かれは石田家にとりましては至宝といわれた軍師、その軍師みずから危険をもかえりみずに大坂へ潜入しましたのは、よほどの秘謀があってのことでござりましょう」

「秘謀とは挙兵じゃな」

「もちろんのこと」

「しかし、いつ事をおこすか。今年の暮か、それとも来年になるか」

「上杉が」

徳川家《こちら》ではそのことも偵知《ていち》している。

「呼応して立つとすれば、上杉家は会津に入部《にゅうぶ》してまだ二年にもならぬため、まだまだ戦備に半年はかかると見なければなりませぬ。されば挙兵は来年の晩春か、夏」

「待ちどおしいのう」

家康は、指の爪《つめ》を噛《か》みながらいった。とはいってみたものの、家康の胸中は半ばよろこび、半ば戦《おのの》いている。三成の諸侯工作の仕方によっては家康は来年の晩春か夏、地獄にはたき落されねばならないのである。

それから数日、初芽は城内の大蔵卿の屋敷に逗留《とうりゅう》していたが、ある日、市中にいる左近から使いがきたので愛宕町のかれの旅館まで出かけてみた。

姿は、絹などはあまり用いず質素な壺折《つぼお》りの姿で、小侍の娘が物詣《ものもう》でにゆくような行装《ぎょうそう》をとり、女童《めわらべ》をひとり連れている。

旅館に入り、その奥の離れ座敷で左近に対面し、小さな唇をひらいて、殿中で取り沙汰《ざた》されているさまざまな噂を語った。

「みないつ治部少輔様がお起《た》ちあそばすかということのみを語っております」

「だいぶ、噂がひろまっているらしい」

「秘密はまもれなかったのでございますか」

「冗談ではない」

左近はいった。

「ときにこんな場合があるものだ。まず噂が先行している。石田三成ならばきっとやるであろう、さればいつか、などという期待とも観測ともつかぬものが入りまじってそれが噂となり、城の内外を駈けまわっている。むしろ当方としては、噂に合わせて後走りしながら行っているようなものだ。こんな情勢下では秘密などまもれるものではない。むしろ堂々としていたほうがいい」

「島様の市中お歩きの噂もにぎやかに立っておりますが、それも堂々のうちでございますか」

と初芽がやや皮肉めかしい口調でいうと、左近は苦笑して、

「おれは主人から指揮《さい》権をまかされている戦場の大将だ。そういうように心身が出来ている。こそこそと微行《しの》びあるく芸はできぬ男だな」

「上杉中納言様のおうわさもしきりでございます。藤原惺窩《せいか》とやらいう学者が、徳川様御同心の諸侯の屋敷に行っては、上杉中納言様ご帰国の途次、大津で御家老の直江山城守様と会い、その秘事を明かされた、と申しているそうでございます」

「なるほど」

山城守はあの学者なる者に会ったのか、と左近はまずそのことを知った。

(むだなことをしたものだ。学者などに秘事を打ちあければどうなるかということは山城守ほどの人物ならわかっていそうなものであるのに)

「いや、所詮《しょせん》は」

左近はいった。

「わしにせよ直江山城守にせよ、戦場の芸人でかかる陰謀にはむかぬようだ」

「殿様なら?」

初芽はつい三成を引きあいに出してしまう。

「殿か。あの方もそうだな。溢《あふ》れんばかりの智の人ゆえ、つい口から智恵がこぼれ出てしまう。おたがい、こういう狂言にはむきそうにない役者だ」

「むくような役者は、もうとっくに徳川殿の側に加担しているようでございますね」

「そう。むこう側にはこういう狂言の芸達者が無数にいる。藤堂高虎《とうどうたかとら》、黒田長政、細川忠興《ただおき》、みな芸達者であるばかりか、かれらをあやつっている家康と正信こそ、稀世《きせい》の陰謀じょうずのように思える」

されば日の暮れぬうちに送って参ぜよう、と左近は大刀をとって立ちあがった。

そとへ出た。

左近は深編笠《ふかあみがさ》で顔をかくし、初芽よりも一歩さきをゆうゆうと歩いてゆく。やがて京橋口まで送り、初芽が城門に吸いこまれたのを見とどけると、きびすをかえした。

（さて、聚楽《じゅらく》町の妓楼にでもあがろうかな）

と、堀端を歩いてゆく。

すでに石垣の上の千貫櫓《せんがんやぐら》のあたりの松に暮色が漂《ただよ》っている。

（人がつけている）

と気づいたのは、本町《ほんまち》橋を渡って船場《せんば》に入ってからである。

左近はかまわずに歩き時に辻々《つじつじ》で足をとめては道に迷ったようなふりをし、尾行者の人数、顔かたち、一人々々の歩きざま、腰の据《す》わり、などを機敏に見とどけた。

愛宕町に入った。

妓楼が二十軒ばかり高い軒をならべている。すでに軒行燈《のきあんどん》に灯《ひ》が入っていた。左近はそのうちの「分銅屋《ふんどうや》」という家の表で足をとどめ、女の嬌声《きょうせい》にむかえられながらなかへ入った。

左近の姿が路上から消えると、尾行者の動きがにわかに活潑《かっぱつ》になった。人数もふえてきている。

小野の里

「酒。――」

と、島左近は仰臥《ぎょうが》しながら盃《さかずき》をあげた。妓《おんな》のひざの、肉のたかだかと盛りあがったあたりを枕《まくら》にしている。

「おやもうお干《ほ》しあそばされましたか」

朱鳥《あけみどり》、という左近の気に入りの分銅屋の妓が、酒器をとりあげ、左近の盃へ注いだ。

「極楽だな」

左近はニヤリと笑った。

「なにがでございます」

「これがさ」

膝《ひざ》のことだ。

ほのかに血の温《ぬく》みであたたまった朱鳥の膝の衣《きぬ》ざわりが、左近のほおにこころよい。

(きょうは人を斬《き》ってやるかな)

左近は盃をふくみながら、考えている。

じつはこの分銅屋に入ったとき、すぐ男衆の吉《きち》という者をよび、

「表に、武士が数人いる。いや十人以上にふえているかもしれぬ。わしが出てくるのを待ち伏せるつもりだろう」

と、小声でいった。

「へい、それで？」

吉はにわかに眼をひからせた。吉は尋常《ただ》の男ではない。大坂市中に埋伏《まいふく》してある石田家の密偵《みってい》群のひとりなのである。

「本多の手の者か、井伊の家来か、いずれもわからぬが、家康につながる者であることはまちがいがなさそうだ」

むこうが危害を加えてくるなら、左近は、堂々と「石田治部少輔家来島左近」と名乗りをあげ、派手に斬ってみるつもりである。

「市中の評判にせよ。——家康が島左近を闇討《やみうち》しようとした、という評判が立てばさぞ体裁がわるかろう」

「なるほど」

市中の人気は、家康に対してわるくなるだろう。陰険、奸佞《かんねい》、という印象が、いよいよつよくなるにちがいない。

「人にも見物させてやれ。吉、御苦労だがそなたは宇喜多家、小西家などに駈けてゆき、愛宕町でおもしろい観物《みもの》がございます、と触れて来い。ただし加勢は無用でござる、と言い添えよ」

と、左近は、それぞれの家の懇意の家老の名を教え、されば行け、とあごをしゃくり、朱鳥の部屋に入ったのである。

左近は、盃をかさねた。なにしろ「酒《ささ》の左近」というあだながあるほどの酒量の男だから、あとの仕事にさしつかえを感ずるようなことはないのであろう。

朱鳥は、左近にせがまれるまま、市中の風聞《うわさ》をとりとめもなく喋《しゃべ》りつづけていたが、やがてその種もつきて、

「会沢様、越後のおはなしでもしてくださいませぬか」

と、せがんだ。左近は、あとでおこる事件の効果のためにこれ以上偽名をつづけているのは無意味であろうとおもい、

「おれは越後の会沢ではないさ」

といった。

「田舎は田舎でも、都に遠からざる田舎だ」

「どこ?」

「江州佐和山」

「石田様の―」

「左様」

左近は、朱鳥の膝を割って、手を差し入れた。

「こすぐっとうございます」

「気の毒だな」

言いながら、左近は、朱鳥の膝の奥のぬれた間に手を触れた。その顔が、にこにこ笑っている。

朱鳥は閉口して、

「こまりますわ」

と、小さな声でいった。

「妙だな。齢《とし》をとると、かような他愛《たわい》ないことが、たいそうもない道楽になる」

「石田様御家中のどなたでございますか」

「おれか」

「はい」

「島左近」

えっ、と、朱鳥は息をのみ、しばらく膝の上の左近の顔をながめていたが、やがて信じられぬ、という表情《かお》をした。島左近といえば世にひびいた軍師ではないか。

「うそ」

といってから、朱鳥は小さく叫んだ。体の奥に、左近の指が微妙に動いたのである。朱鳥はおかしくなった。まことの島左近ならかようなことをするであろうか。

「島様と申せば、ご生国《しょうごく》は大和の平群《へぐり》でございましょう」

「よく存じておるな」

「わたくしも、大和でございます」

箸尾荘《はしおのしょう》の出だ、と朱鳥はいった。箸尾荘は箸尾宮内少輔という者の領地で、かつて左近とは筒井家時代の朋輩《ほうばい》であった。

「朱鳥」

左近は、くるりと体をかえして起きあがった。もう大刀をつかんでいる。

「用を思いだした」

「どこへ」

「ちょっと、出る」

そう言いながら、懐《ふとこ》ろから砂金を一袋つかみ出し、自分がたったいままで枕にしていた膝の上に置いてやった。

「やがて乱世になる。そのときは何よりも役立つものだ」

左近はここ一年さき石田三成の挙兵によって日本未曾有《みぞう》の大戦乱の時代がくるであろうと観測している。戦いは一挙に勝負が決せられるというようなものではなく、南北朝時代や応仁ノ乱のように日本全体が紅白にわかれて当分、熄《や》むことのない乱がつづくであろう。

(家康を一挙に倒すことができればそれに越したことはないが、負傷を負わせただけで取り逃がせば、それに誘引されてつぎつぎと乱がおこり、元亀天正《げんきてんしょう》の戦国の世がもう一度来る)

左近はそうみていた。それだけに、たまたま生国がおなじだというこの遊女に、

(この将来《さき》、どう暮らすのであろう)

という愛憐《あわれみ》がかかり、つい、田の十枚も買えそうなほどの砂金を、その膝の上に置きのこす気になったのである。

「また楼《ここ》へ、帰っていらっしゃるのでございましょう？」

「命があればいつか訪ねてくる。それまで、その膝を大事にしておけ」

「どのように？」

「痩《や》せさせるな」

左近はそのまま階段を降りようとしたが、不意にくるりとふりむき、おんなの股に手をやった。

「また？」

と、おんなはやや当惑げな、しかしさほど不快でもない表情で左近のこのこまった好色癖《いろごのみ》に堪えている。

「たれか、来ますわ」

「まあ待て」

左近は大まじめであった。やがて女によって濡《ぬ》らされた指をひきだし、その指でもって、刀の欛《つか》の目釘《めくぎ》を丁々《ちょうちょう》と打った。

「なにをなさっているのでございます」

「目釘を濡らしているのさ」

抜刀して戦うばあいに目釘がゆるんで刀身がぬけたりせぬよう、普通つば、をもってしめしておくものだ。

「そんなもので？」

まさか、そんなもので濡れはしない。が、左近はこの思いつきがひどく気に入ったらしく、子供のように真剣な表情でこの作業に熱中した。

「表に、阿呆《あほう》がいる。阿呆を斬るにはそれなりのまじないが必要だろう」

やがて左近は階段をゆるゆると降りた。


路上に出た。

西から東へ、狭い道の両側に妓楼が押しならび、嫖客《ひょうかく》がぞめき歩いている。ここ一月このかた、大坂在府の諸大名はあらかた帰国してしまい、そのためにこの巷《ちまた》もひどくさびれてしまっていた。

（武士が、多いな）

左近は、路上の人数、人体《にんてい》をすばやく見てとってそう思った。しかもどの武士も二人ずつ組み、遊女を大声でからかっている者、足をもつらせながら歩いている者、みな一様に酔漢をよそおっている。いかに傾斜《けいしゃ》の巷でも路上いっぱいに酔漢があるいているなどは、出来すぎた偶然といっていい。

左近は、腰を落し、歩幅《ほはば》を縮め、草履の裏で土をにじるような歩きかたで歩いてゆく。

よろっ
と、その左近へ酔漢がよろけ、よろけたとたん、それが術策だったのであろう、

「無礼者」

と、男は左近に抜き打ちを浴びせようとして刀を半ばまで抜いた。が、左近の抜刀のほうが迅《はや》かった。ばさっ、と男の首筋が鳴り、血が飛び、男はそのままの姿勢で横倒しに倒れた。

左近は飛びのいて足が地に触れるか触れぬという瞬間に、男の連れのいま一人の胴をはらって倒し、

「徳川内府の手の者とみた」

と、大音声《だいおんじょう》でわめいた。早くわめくほうが勝ちであろう。

「本多佐渡（正信）の郎党か、それとも井伊家の者か。喧嘩《けんか》を売るしぐさに事寄せて闇討を仕掛ける魂胆、見えて透いたぞ」

左近は、一刀をたかだかとあげるや、飛びこんできたいま一人の者を、蠅《はえ》でも叩《たた》き落すように左袈裟《ひだりげさ》に斬りすてた。

「予は、石田治部少輔の家来島左近である。いちいち名乗りをあげて来《こ》よ」

と、血刀をさげて悠々《ゆうゆう》と歩く。左近は事件をできるだけ大きくするために、目に触れる男はことごとく斬ろうと決意していた。

「どうだ、主家の名がいえぬか」

叫んだ左近の体へ、弾みきった体がぶつかってきた。

がっ
と、左近の刀の物打《ものうち》で敵の骨が鳴り、体が崩れ、地に横たわった。

町は、大さわぎになった。ばたばたと駈けこむ女、戸をおろす男、それらの物音がやがてしずまったときには、路上に動く者は左近と刺客群だけであった。刺客たちは退く気配もない。

左近は、歩度も変えず、最初からまっすぐに東へ移動しつづけている。

「町の者、きけ」

左近は、歩きながらわめいた。

「徳川内大臣いかなる御魂胆にや、太閤の御遺命にそむき奉って伏見を捨て、大坂に来たり、いま西ノ御丸におわす。その一事だけでも奇怪至極《しごく》」

とまでいったとき左近は刀をあげ、踏みこんで一人を突き刺し、引きぬくや、

「さらには今夜のこの所業、大公儀《たいこうぎ》のお膝もとともおぼえぬ奇怪さ」

歩いている。やがて町筋のはずれの辻まで出ると、南の通りから戞々《かつかつ》と馬蹄《ばてい》の音がきこえてきて、

「左近殿や、いずれに」

と、馬上の影が、松明《たいまつ》をかざしてわが顔を照らしながら辻の中央で輪乗りをはじめた。

「左近殿、いずれにある。この顔をごらんあれ。われこそは宇喜多中納言の内《うち》にてさる者ありといわれたる速水《はやみ》半左衛門でござるぞ」

中納言宇喜多秀家は反徳川の巨魁《きょかい》のひとりである。

「ああ」

左近は辻の物蔭《ものかげ》からぶらりと出てきて、

「ここだ」

と歩み寄り、馬の平首《ひらくび》をたたきつつ、どうであろうこの馬拝借ねがえぬか、といった。返事よりも早く半左衛門は馬上から手綱を投げて左近に渡し、自分はむこう側にとび降りて闇のいずくかに姿を消した。

左近は、すでに馬上にある。

やがて馬腹を蹴《け》り、馬を躍らせるや、たったいま通りすぎてきた町筋を疾風のように駈けはじめた。

馬上の太刀遣《たちづか》いは、左近の得意芸のひとつである。片手上段に構えつつ、馬蹄を避けようとして逃げる男を、剣ですくいあげるようにして斬った。首が、虚空《こくう》にはねあがって落ちたときは、左近の馬蹄ははるかかなたに遠ざかっている。

左近はそのまま馬で大坂を離れ、夜をこめて淀川堤を北上し、暁《あ》け方には六地蔵に達し、さらに馬を打たせて醍醐《だいご》の里を通り、三宝院門前をすぎて小野《おの》の里《さと》に入った。

竹藪《たけやぶ》がある。

馬をいたわりつつその藪のなかの径《こみち》をざわざわと分け入り、やがて一庵《あん》の境内に入った。庵は四方を藪でかこまれているため容易に人目につかない。

左近は馬を降り、馬を松の木につなぎ、鞍《くら》をおろしてやった。そのあと、袖無羽織《そでなし》をぬぎ、それをもって馬の汗をたんねんにぬぐってやり、井戸から水を汲《く》んで、水をすこしく飼《か》った。

そのとき庵の勝手口の戸障子がひらき、齢《とし》のころ三十五、六の尼僧《にそう》が出てきた。

「やあ、妙善《みょうぜん》」

と、左近はふりむきもせず、馬の琵琶股《びわまた》をこすりながらいった。

「血が」

尼僧は、左近の袖《そで》、袴《はかま》にとび散っている血痕《けっこん》をめざとく見つけた。

「どうなされました。いまどき、戦さもありませぬのに」

「戦さに似たようなこともある」

左近は馬のそばを離れ、はじめて尼僧の顔をまじまじと見た。

「変わらぬな」

と、尼僧のあごに触れた。

「お念仏のおかげでございましょう」

「おれもその若返りの念仏とやらにあやかりたい。齢をとったのか、夜をこめての騎乗はつかれる。あすの朝まで寝かせてくれぬか。あす、佐和山へ帰る」

と歩きながら言い、庵に入った。

「夜具は一揃《ひとそろえ》しかございませぬよ」

「それで十分だ。二人でくるまって寝ればいい」

「まあ」

尼僧は苦笑した。

「なんだえ」

「殿様は相変らず」

相変らず好色な、というのであろう。

「わたくしはむかしのような身ではございませぬ。尼でございますよ」

「いや、寝るだけだ」

尼僧は立ちあがって納戸《なんど》へゆき、そこにふとんを敷き、そのあと台所へ行って左近のために湯漬《ゆづけ》の支度をした。

尼僧は俗名を椿井《つばい》妙《たえ》といい、島家の一族という縁から左近の屋敷に奉公し、一女までなした仲である。ところが妙はその娘を五つで死なせ、相ついで老母にも世を去られてしまったため、にわかに菩提心《ぼだいしん》をおこし、左近の知らぬまに髪をおろし、佐和山の屋敷を出てこの小野の里にかくれてしまった。むろん、左近はそのあと庵の維持のために田地を買ってやったり、この小野の里を通るときは、まれに立ち寄って何がしかの金品を置いて行ったりはしている。

「二年ぶりだな」

左近は、湯漬をかきこみながらいうと、尼僧は笑いだした。

「四年ぶりでございますよ」

「そうだったかな」

「相変らずお元気なご様子、重畳《ちょうじょう》しごくに存じます」

「あまり元気でもない」

「どうして?」

尼僧の口調に、つい体を知りあった同士の馴《な》れなれしさが出る。

「戦さがはじまるのさ」

「いつ?」

「何時《いつ》かはわからぬ。しかし、まちがいなしにおこる」

「おこるって、どなたがおこすのでございます?」

「おれだよ」

と、左近は箸《はし》を動かしながらいった。

「やむをえぬ戦さだ。このいくさ、たれかおこさねば、日本に正義というものが未来永劫《えいごう》に地を払ってしまう」

「おおげさな」

「しかし勝目は敵が八分、こっちが二分、利口な者ならやらぬばくちだな。負けて命があればおれもこの庵にきておとなしく木魚をたたく境涯《きょうがい》になろう」

「そんなお気もないくせに」

と、妙善は左近の気象を知りぬいているらしく、笑って相手にしない。

夏の月

朝の蟬《せみ》が、鳴いている。

「どこだろう」

左近はその音《ね》に耳を立てつつ箸の動きをとめ、妙善をみた。

「なにがでございます?」

「蟬がさ」

「裏の槻《つき》の木でございましょう、きっと。きのうの朝も槻の木で鳴いていたようでございますから」

「ははあ、あの蟬はきのうからずっと裏の槻の木にいたのかね」

「だと思いますけど。だって、おなじ声でございますもの」

「結構なおひとだ」

「わたくしが?」

「そうさ。そんなのんきな料簡《りょうけん》をもっているくせに、なぜ子供と老母を亡《な》くしたぐらいでいきなり世を捨てる気持になったのだろう。女とはわからない」

「のんきな料簡をもっている女ほど、ほんとうは世やおのが生身《しょうじん》を厭《いと》わしく思う心がつよいのかもしれませぬよ、それにいったんそうときめると大胆で」

「おまえ、太閤殿下がおなくなりあそばしてこのかたの世間の騒ぎをどう思う」

「思う？　わたくしが」

妙善は、ちょっと眼を翳《かげ》らせて思案する様子をしてみせたが、やがて、

「わかりませぬ」

熱意のない声でいった。

「こんな山里の庵《いおり》にいては、世間の物音はすこしも入って参りませぬし、たとえ入ってきても、庵に住む尼にはなんのかかわりもないことでございますもの。それこそ、あの蟬がきのう鳴いていた蟬と同じであろうとちがおうと、かかわりはありませぬ」

「相変らず智恵ぶかげなことを申すわ。きのう鳴いていた蟬が秀吉で、今朝鳴いている蟬が家康か」

左近はクスクス笑った。

「家康蟬はきのうの秀吉蟬とそっくりな鳴き声をたてているから、いつのまに交替したものやらわからない。それが同じであれ別であれ、世間の庶民《ぼんげ》とは関係がないというわけか」

蟬が鳴きやんだ。

左近は、湯漬の箸を動かしはじめた。

「騒いでいるのはお大名衆ばかりでございますね」

「まあな、おれはその種の、生悟《なまざと》りしたような物言いはきらいなたちなのさ」

「それはお悪うございましたこと」

妙善は声を立ててわらった。左近は食べおわり、箸を置いた。

「煎茶《せんちゃ》を一服、おあがりになりますか」

いや、と左近は首をふった。

「それより、ねむりたい」

「お臥床《ふしど》は、納戸にとってございます」

と、妙善はさきに立って案内した。

そとは朝の陽《ひ》がいっぱいというのに、閉めきった納戸は、暗い。

「どうぞ」

妙善は杉戸《すぎど》をがらりとあけ、手燭《てしょく》をとって入った。この尼は表むきは貧しげに住みなしているが、寝所だけは贅沢《ぜいたく》で、床《ゆか》が帳台のように一段高くあがっており、かけ蒲団《ぶとん》も木綿と綿ではなく、絹のかわにたっぷりと真綿《まわた》が入れられている。

「妙善は、ひそやかにおごっておる」

「暮らしのなかでひとつぐらい贅沢をゆるしてもらわねば、いかに尼でも面白くはございませぬ。ねむっていますあいだだけがお浄土でございますもの」

「なまめいた匂《にお》いがする。妙善の匂いか」

「いいえ、そこの」

妙善は柱にかけた花入れを指さし、

「石榴《ざくろ》の花でございましょう」

と、手燭をあげてその花を照らした。妙善が照らすにつれて真紅の筒形の花が浮かびあがり、それが青すぎるほどの葉と対照して目がさめるようにあざやかであった。

それを見ているうちに、左近の体ににわかに情念があふれた。

「妙善」

と、引きよせ、彼女がもつ手燭をそっととりあげ、枕《まくら》もとに置いた。さらに一方の手を動かして、すらすらと妙善を膝《ひざ》の下に組み敷いてしまった。

「いけませぬ」

抗《あらが》いつつも妙善の胸があえいでいる。

「殿様、左様に無体はなされますな。妙善は尼の身でござりまするよ」

「かたくるしいことを言うな」

左近は腕をあげて額の汗をぬぐった。抗いながらも下からそれを見ていた妙善は吹きだして、

「お疲れあそばしているくせに」

と、つい昔のくせでからかうと、左近は、

「なんの」と、精悍《せいかん》ともいえるような笑顔で応じた。

「いいのさ、男は、疲れているときのほうが」

「殿御《とのご》はそれでよろしゅうございましょう。女の身はそうは参りませぬ。かようなことを致

すと、せっかく清らかに暮らしてきた妙善は、あとで悔んで泣かねばなりませぬ」

「女の救いがたいところだ」

言いながらも左近は手をゆるめない。

「でも成道《じょうどう》のさまたげになりまする」

「直後にわすれ去ってしまえ。蠅《はえ》がとまったほどの思いもあとにのこさぬことだ。そのかわり、これがさなかには死ぬほどに愉悦することだ。それが仏法でいう覚者《かくじゃ》の心というものだろう」

「そうでしょうか」

妙善の抗いが、弱まった。成道のさまたげにならぬというのなら、この左近に死ぬばかりに愛されたい。

「そうさ」

と言ったとき、左近の手が、妙善の秘所に触れた。

「おや、咆《ほ》えている」

妙善の秘所の様子を、左近はそんなふうに表現して笑った。この尼のほうが、堺や愛宕町《あたごまち》の遊女より反応がどれだけ可憐《かれん》であるかわからない。

「申されますな」

妙善は、つらそうに左近の胸に顔をうずめた。左近はその様子がいかにも可憐であったらしく、にわかに所作が手荒になった。

そのことがおわると、左近はさすがに疲れたのか、寝床に伏せきったまま息を荒くしている。

妙善は厠《かわや》へ立ち、やがてもどってきて、濡《ぬ》れ手拭《てぬぐい》で左近の体をふいてやった。

「お苦しゅうございますか」

「いや」

「お疲れあそばしているのに、あのようなご無理をなさるからでございますよ」

妙善は、含み笑いをしている。その落ちつきぶりからみて、左近が先刻いった「あとは忘れよ」という行《ぎょう》が、まずまず妙善の心のなかで出来あがりつつあるのであろう。

「いや、疲れてはおらぬ」

「色好みの殿様、もう寝《やす》みあそばされますように」と、妙善は蒲団をかるくたたいた。

左近はねむった。

日没後、起き、すばやく衣服を着けた。

仏間のほうから妙善の夜の看経《かんきん》の声がきこえてくるが、左近はそのまま声をかけず、濡れ縁へ出、縁でわらじをはき、やがてとびおりた。

井戸端の樹《き》に馬がつながれている。左近の寝ているあいだに妙善が飼料《かいば》をやってくれたらしく馬の足掻《あが》きに生気がある。

月光が、境内に皓《しろ》い。

左近は馬にまたがるや、すぐに手綱をひき、くるりと馬頭をまわし、かつ、戞々《かつかつ》と歩ませはじめた。

看経の声がやんだ。

妙善が濡れ縁まで走り出たとき、左近の人馬はすでに月下の飛影になって藪の小径《こみち》へ消え去ろうとしていた。

(佐和山へお帰りあそばす)

妙善は、濡れ縁につまさきを立てたまま、追おうとしない。追ったところで、馬をとめて別れを惜しんでくれるような相手でないことは、妙善はよく知っている。


話はかわる。

その刻限、大坂でのことである。

奉行の増田《ました》長盛は、陽が落ちてから本丸の御用部屋を退出し、屋敷にもどった。夜に入ってから風が絶え、夜気《やき》が蒸れて、息をするのもくるしいほどに暑い。

長盛は湯殿で汗をながしていると、小姓がきて、

「大蔵少輔《おおくらしょうゆう》様がお見えになられ、とりいそぎ拝眉《はいび》をえたい、との御口上《ごこうじょう》でござりまする」

といった。大蔵少輔とは、同僚の奉行長束《なつか》正家のことである。

ちなみに秀吉が豊臣家の執政官として選任した五奉行の官名は、
治部少輔《じぶしょうゆう》　石田三成

弾正少弼《だんじょうしょうひつ》　浅野長政
民部卿《きょう》法印　前田玄以《げんい》
右衛門尉《うえもんのじょう》　増田長盛
大蔵少輔　長束正家

となっている。

このうち、石田三成は家康の策謀にかかって佐和山に退隠し、浅野長政は家康のわなによって武蔵府中で蟄居《ちつきょ》し、前田玄以はまだぶじであるというものの、京・伏見の担当であるため、大坂にはいない。

かつて秀吉によって豊臣家の実務をまかされてきた五奉行は、いまや増田、長束のふたりだけになりはててしまっている。この一事だけでも、市中の町人たちは、

「徳川殿はおそろしい」

とうわさしあっていた。

「太閤様みまかられてより一年にならぬというのに、御奉行は欠けに欠けて二人しかおわさぬ。このぶんでは、あのお二人も、いつわなの中に陥《お》ちられることか」

この恐怖は、当然、小心で怜悧《れいり》な増田長盛、長束正家のいずれもが感じていた。

増田長盛は、長束の突如な来訪をきいて、

(はて、なんの用であろう。つい先刻まで御用部屋で一緒にいたのだが)

といぶかしみながら、湯殿を出、略装のままで茶室へ渡り、そこへ長束を招じ入れた。

「蒸せますな」

と、増田長盛はいった。

「左様」

長束正家は、いちずに思いつめたような、固い表情でいる。算数にかけては稀代《きたい》の頭脳をもち、その頭脳によって今日の地位まで立身したこの官吏は、野戦攻城の武官にみられるようなふてぶてしさがない。ほそい眼がひかって、

「それがし、しばし奉行職をすてて国許《くにもと》に帰ろうかとおもう」

「ほう、だしぬけに」

「いや、このことは前々から考えていた。今日もこの意中を御用部屋で貴殿に打ちあけようと思ったが、人の耳もあり、かように夜陰、おたずね申したわけでござる。男としてもはやこれ以上、お城の御用をつとめるわけにはいかぬ」

「西ノ丸の仁（家康）のことか」

「左様」

「家康殿が、なにか嫌味《いやみ》を申されたか」

「本朝唐土《ほんちょうもろこし》にも類のない悪人とはかの人のことであろう」

と、長束正家は泣きはじめた。

増田長盛にも長束の気持が、同職であるだけによくわかっている。取りたてて男泣きに泣かねばならぬほどの大事件があったわけではないが、事件といえば毎日とめどもなく起こり

つづけていることだ。もはや事件ともいえず、すでに滔々《とうとう》として世の風潮にすらなっているといっていい。

家康の横暴が、である。

たとえば諸侯間の嫁取り婿《むこ》取りにしてもそうであった。秀吉は諸侯が私党を組むことをおそれ、諸侯間の私婚を禁じ、婚儀縁組はいっさい大老と奉行の合議によって差しゆるす、というふうに遺言していた。

ところが家康は秀吉の死後、はばかることなく諸侯とのあいだで姻戚《いんせき》関係をむすび、三成が健在のころ、三成の糾弾によって一時遠慮をしていたが、三成失脚後は、もはや公然とその遺法をおかしている。

ちかごろ、大坂の諸侯屋敷は、大半は婚礼の準備か、婚礼そのものか、もしくは縁結びの下準備で沸いているといっていい。すべて家康の縁者になるがためのものである。

「極端な例では」

と、長束正家はいった。

「現在の妻と離別してまで、徳川殿に縁をもとめようとしている大名もあるときく。むろんかの西ノ丸殿はそういう風潮をよろこび、一族や譜代の臣の娘を養女とし、際限もなく縁を結ぼうとしている」

言葉が、激してきた。

「大名の縁組については、故殿下の御遺法により、われわれ奉行の加判《かはん》がなければさしゆるされぬ。ところが家康は」

と、正家はついに呼び棄《す》てた。

「一人の判形《はんぎょう》で書付《かきつけ》を出している。太閤殿下御存生《ごぞんじょう》のときでさえわれらの加判なき書付はありえなかった。奉行はもはやあってなきも同然」

「このような」

と、正家はつづけた。

「家康の白昼公然たる私曲をみて、太閤恩顧の大名の一人でも義によって論難するというようであればまだ失望はせぬ。奸人《かんじん》の非を鳴らすどころか、あらそって家康のもとに走り、ひざまずき、その機嫌をうかがうという風、加藤清正しかり、福島正則しかり」

聞くうちに、増田長盛も頬《ほお》に血がのぼり、眼が悲憤でうるんできた。

「右衛門尉殿よ」

と、正家はむせぶようにいった。

「左様な私曲を見て、家康を検断し、諸侯の非をただすがわれら奉行の役目である。ところが家康は大老職を笠《かさ》に着、関東二百五十五万石の兵力を背景にわれらを小虫のごとくあつかい、異見《いけん》を申しのべても聞こうともせぬ。かかるふしぎの世に遭うよりは、しばらくなりとも領地に帰り、天下の政務から離れ、この塞《ふさ》がれたる胸を癒《いや》してみたい。お手前ひとりを奉行職にのこして去るのは心苦しく、さぞさぞつらいこともあろうが、わしはもはや一日も大坂に居るに堪えられぬ。このわがままをゆるしてくれぬか」

よほど心労しきっているらしく、ただえ痩《や》せているこの男の顔に黒い隈《くま》が出来、病み衰えた犬が雨にうたれているような姿にみえる。

「そのご様子では、職にとどまり候《そうら》え、とはわしも言いがたい」

と、増田長盛はかすれた声でいった。

「しかし大蔵少輔、このままでは家康の私曲はとめどもなくひろがり、ついには御本丸の秀頼様を追い出し奉って天下のぬしになりおおせるかもしれぬ。それが家康のそもそもの目的でありそこまで行かねば私曲をやめぬであろう」

「わかっている」

「それをわかっていながら、われらはなんともできぬのか」

「力がない。力あっての法であり正義である、ということを、このたびはつくづくと知らされた。わしの所領たるや近江水口《みなくち》五万石」

この小禄《しょうろく》では家康に対してなんの力があろう。増田長盛の大和郡山《こおりやま》二十四万石をあわせても、たった二十九万石しかない。

「治部少輔はどうしている」

と、突如、長束正家は叫ぶようにいった。

「天下に家康を怖《おそ》れぬ大名はあの横柄者《へいくわいもの》ただひとりであったが、佐和山に退隠してからというものは鳴かず飛ばずではないか」

「あの男も、非力にはかわらない」

佐和山十九万余石なのだ。増田長盛のほうが、まだしも石高は多い。

「しきりと佐和山城の堀を深くしたり、塀《へい》を高上げに上げたりしているらしい」

「やるつもりか」

言いながら、正家も思わず慄《ふる》えた。やって勝てるはずがない。

「わからぬ。それより大蔵少輔、お手前が水口に帰られたら、おなじ近江の国内ゆえ、いちど使者を出して様子を訊《たず》ねられるとよい」

「しかし」

それもこわい。

「もし使者を出したがために、治部少輔はわれらが加担すると思い、われらを抱きこんでいきなり挙兵してしまえば、もはや抜きも差しもならぬ」

「大蔵少輔、だいぶお疲れのようだな」

増田長盛はもてあました。石田三成がいかに喧嘩《けんか》早い男でも、そうはやすやすと挙兵にふみきるまい。兵を挙げるかぎりかならず勝つという計算が成り立つまで三成は三成なりに工作するであろう。

「そうだろうか」

「そうだとも」

「わからぬぞ」

「やはり、お手前にはしばらく御静養が必要なようだ」

と、長盛は、この大坂の複雑な政治に疲れはてた同僚を玄関まで送り、別れぎわにそう言った。

正家が去ったあと夜気がやや動き、多少の雨がふった。

宇喜多騒動

大坂の玉造《たまつくり》

「いたち屋」

という風変りな屋号をもつ口入屋《くちいれや》が、大暖簾《おおのれん》をかかげている。

大坂に大名屋敷が密集しているため、この稼業《かぎょう》が多い。大名が国許《くにもと》に帰ったり、合戦支度《かっせんじたく》をしたり、客をよんで能の興行などをしたりするときに人夫が要る。その人夫を提供する稼業である。

いたち屋は、石田家がまだ城北の備前島に屋敷をもっていたころに出入りしていた口入屋で、石田家が佐和山にひきあげてからは、玉造の宇喜多家へ出入りしている。

亭主を、銅六といった。

「勘定知らずの銅六」

というあだなでよばれるほど物の勘定がわからず、

——人夫を百六十人差出せ。

といわれればぴたりと数通りに出すが、さてその勘定をとりにゆくときは、ぜにの勘定が出来ない。やむなく屋敷の役人が算盤《そろばん》をおいてやり、人夫数に労銀を掛け、さらに銅六の歩《ぶ》合《あい》まで掛けてやって支払ってやる。

こんな男だが人間に愛嬌《あいきよう》もあり、無欲で侠気《おとこぎ》がある、というので人気があり、稼業は繁昌《はんじよう》していた。

三成が佐和山に退隠したとき、銅六が島左近のもとにやってきて、

「殿様のお供のはしに加わって、あっしも佐和山にゆきます」

と言い出してきかない。

「佐和山は田舎だ。それに城下には別に口入屋もある。仕事などないぞ」

と左近が言ってきかせると、いやいや廃業してお中間《ちゆうげん》になるのだ、お草履でもとらせておくンなさい、と駄々《だだ》をこねるのである。

結局、なだめて大坂に残らせた。

左近が、小野の妙善尼の庵《いおり》を発《た》って佐和山に帰ったあくる日、琵琶湖《びわこ》にのぞむ左近の屋敷に、この銅六がたずねてきた。

「ほう、どうした」

と、左近はこの意外な訪客におどろいた。

銅六は小男で頭が大きい。この男が平伏している姿を左近のほうからみると、体が頭にか

くれて頭一つが畳にころがっているようにみえる。

「宇喜多中納言様が、大変でござりまする」

「中納言様が、どうかなされたか」

「いえ、お家が」

「お家に火事でもあったのか」

「いえいえ火事ならばまだよろしゅうござります。御重役衆の仲間割れでたいへんな騒動でございます。あのぶんでは、玉造の御屋敷で御家中同士の合戦がおこるのでございますまいか」

宇喜多家の重臣が両派にわかれてたがいに中傷しあっていることは左近もきいている。が、合戦沙汰《ざた》にまでなる、というのは容易なことではない。

「それをわざわざ報《し》らせてくれたのか」

「へい」

口入屋が、わざわざ道中姿で近江くんだりまで他家の騒動を報らせてくれるとはどういうことであろう。

石田家の利害にひびく、と銅六は銅六なりに考えたに相違ない。三成がいざ兵をあげるとき、中納言宇喜多秀家はかならず味方になる、というのはいまや天下の常識になっている。銅六もそういう知識があっての上で、

――早く仲裁なさらねば、せっかくの御味方が、大事の前に崩壊してしまいますぞ。

ということを言いにきたのであろう。

「そちの一存で来たのか」

「へい。宇喜多様は手前どもの御出入りのお屋敷で、いわば主家も同然でございます。口入屋ふぜいがなんの差し出たことを、とお叱《しか》りを受けるかも存じませんが、御当家様におすがりせねば中納言様の御家がつぶれると思い、すねをとばして参ったのでございます」

というのは、多少うそのようだ。

大坂にいたころの屋敷出入りの商人たちがいまも石田家からうけた恩義をわすれず、さまざまな見舞の品をもっては佐和山にやってきてくれる。というのは表むきで、そのつどかれらは、家康の言動、諸侯の動静、市中の評判などを、それとなく話して帰る。そういう情報提供のかたちで、かれらはひそかに三成の志を蔭《かげ》ながら援《たす》けようと思っているらしい。

（この銅六も、そうか）

と、左近はおもった。が、いずれにしても事件は容易なものでない。


宇喜多家の当主秀家は岡山に居城をもち、領国は、備前、美作《みまさか》、備中《びっちゅう》半国、それに播州《ばんしゅう》三郡にわたり、五十七万四千石を食《は》む大大名である。

天正元年のうまれだから、ことしは満二十六になる。

若い。

少年のころから秀吉のそばに仕え、小田原ノ陣には海上輸送の総司令官になり、朝鮮ノ陣には明《みん》の大軍を開城で破ったり、晋州城《しんしゅうじょう》を陥落せしめたりして武功はたてたが、なにぶん秀吉手飼いの殿中育ちのため、苦労を知らぬところがある。

「宇喜多中納言は、少年のころから太閤に猫《ねこ》かわいがりに可愛がられた。自然太閤のわるいところばかり真似《まね》られたご様子がある」

と、左近などは見ている。秀吉のわるいところというのは、能狂言好き、普請道楽、茶道ぐるいという、いわば遊び好きの面である。

ちなみに、秀吉に少年のころから育てられた者といえば加藤清正、福島正則などがあり、そろいもそろって武骨者である。かれらは秀吉がまだ織田家の一部将として野戦攻城にかけまわっているときに、手もとで薫陶《くんとう》された。自然、その時期の秀吉の体臭をかれらはうけついでいる。

宇喜多秀家は、事情がちがっていた。秀吉が天下をとってから薫育され、秀吉の趣味生活のなかで成長した。勇気もあり軍才もある男なのだが、それよりも遊び好きの貴公子、というにおいのほうがつよい。

が、人柄《ひとがら》はいい。

(ひょっとすると、諸侯のなかで、いちばん人間が善いのではないか)

と、左近もみている。

秀吉も、そう見ていたらしい。臨終の前、秀吉は五人の大老職のひとりひとりに言葉を残

したが、秀家についてはとくに親身な表現で、

「宇喜多秀家は幼少のころから取り立てた者である。秀頼をもり立てることについては余人とちがい、いかなることがあっても遁《に》げ走りはすまい」

と言っている。秀家の人柄のよさを、秀吉はもっともよく知っていたのである。

極端な家康ぎらいである点は三成と同腹で、

「家康をほろぼさねば、豊臣家はなしくずしに、廃亡してしまう」

と見、ひとにも公言してはばからない。そういう点、三成にとっては得がたい同盟者といえるであろう。

ところがこの貴公子は、かんじんの戦力である「家」をおさめることがもっともにが手だった。

なにしろ五十七万四千石という大封の大家臣団を統御してゆくのだから、尋常なことではおさまらない。

が、秀家は少年大名であったころからの習慣で、いっさいを筆頭家老の長船紀伊守《おさふねきいのかみ》にまかせっきりだった。

長船は才智もあり、忠節心もつよい老人だったが、好悪《こうお》の情がつよい。しかも長期にわたって権力をにぎってきたために自然、閥ができた。

この長船閥を、より一層にあくのつよい色彩に仕立てあげた者は、中村刑部《ぎょうぶ》という男である。

刑部は、宇喜多家の譜代ではない。秀家の夫人が前田家から嫁《とつ》いできたとき刑部は付人《つけびと》として前田家から宇喜多家に入った。

新参者だが、才弁《さいべん》に長《た》けている。たちまち長船紀伊守に取り入り、やがて宇喜多家の行政を担当するひとりになった。この刑部が才腕にまかせて露骨な情実人事をするために、閥外の重臣団との対立がいよいよ深刻になった。

ところが、長船が病死した。

政局が一変し、筆頭家老は反対派の宇喜多左京亮《さきようのすけ》が任じ、閣僚の人事はことごとく反長船色でぬりつぶし、例の中村刑部はしりぞけられた。

政権の座から落ちた刑部は、それを恨んでひそかに主人秀家にお目通りを乞《こ》い、

「かれらは」

と、いまを時めく反対派をこう訴えた。

「政権を奪いたいあまり、長船紀伊守殿を毒害したのでございまする。重ねて申しあげまする。紀伊守殿は病死でございませぬ。左京亮殿に殺されたのでございまする」

「ばかな」

と、秀家は一笑に付した。

家政に興味はなかったが、この言葉のいつわりを見ぬくだけの賢さが秀家にはある。

「二度と左様なことはいうな」

と、刑部をさがらせた。

中村刑部の讒言《ざんげん》を見ぬくぐらいの利口さがありながら、事件の根源をさぐってこの機に家政を整えようとは秀家はしない。天性、政治がきらいなのであろう。

秀家は、放置した。このため事態は悪化した。左京亮党が、

「刑部が、讒言し奉《まつ》ったそうな。かかる不義漢を打ちすてて置くわけにはいかぬ」

と言い、中村刑部を斬る、と騒ぎだした。

刑部にも、味方がある。

「中村刑部を斬るというなら、われらにも覚悟がある。一戦をも辞さぬ」

と言いだしたために騒ぎが大きくなり、ついに、玉造と備前島にある宇喜多家の大坂屋敷内では、いつ家臣同士の合戦があるかわからぬ形勢になっているという。

「そうか、そんな騒ぎか」

さぞ家康がよろこんでいるであろう、と左近は思いつつ銅六をねぎらい、金品をあたえ、

「せっかく佐和山へ来たことゆえ、湖水を渡り、竹生島《ちくぶじま》にでも参詣《さんけい》してみてはどうか」

と、じきじき浜へゆき、船手衆をよんでその手くばりまでしてやった。銅六はよろこんで辞し去った。

「宇喜多家が――?」

と、三成は、左近からその話をきいたときにがい顔をした。

騒動が悪化すれば宇喜多家の戦力は低下する。だけでなく家康はこの騒動を材料に宇喜多家を取りつぶしてしまうかもしれない。

「早い処置が必要だな」

三成は、思案をめぐらせた。かといって、退隠の身のかれ自身が大坂へ乗り出してゆくわけにはいかない。

「刑部少輔がいい」

と、三成がいった。

三成の十年来の盟友である大谷吉継のことだ。吉継は誠実な性格で諸侯のあいだで信望もあつく、とくに宇喜多秀家とも仲がいい。この大谷吉継に調停を買って出させれば、万事うまくゆくであろう。

三成はさらに思案した。

(大谷吉継がたとえうまく調停しても、そのあとで家康が乗りだしてきて事をこわすかもしれぬ)

家康にとっては、反徳川の勢力の一つである、宇喜多家五十七万四千石が消滅してくれるほうがのぞましい。

(されば、大谷吉継のほかに、家康の直属大名をひとり入れればよい)

それには、家康の譜代の大名のなかでも実直な人柄で通っている榊原康政がこの場合うってつけだろうと、三成は思い、その案を左近に話した。

「ご妙案でござる。家康の家来が調停しているのを横から家康がこわすわけには参りますまい」

幸い、大谷吉継は居城の敦賀《つるが》から出てきて、いま大坂で病いを養っている。三成の密使が大坂へ飛び、このことを相談すると、吉継はこころよく引きうけた。すぐ吉継は榊原康政に出むき、

「宇喜多家のことでござる」

と前置きし、

「秀頼公の天下がまだ初々《ういうい》しい折りから、中納言（秀家）の家中がこうも騒動するのは天下のためによろしくござらぬ。本来なら、内府のお指図で取り鎮《しず》めたいところであるが、それでは事が公々然の沙汰になってまずい。それよりも、貴殿と拙者の両人のみで調停したいと思うが、いかがでありましょう」

というと、榊原康政はむしろよろこんで承知した。家康はいまのところ、本多正信、井伊直政といった謀略の才のある者を寵用《ちょうよう》し、榊原康政のような野戦攻城むきの者をやや疎略《そりゃく》にしている傾きがある。康政はそれを多少不満に思っていた矢さきだったから、

（おれは戦場だけの男ではない。左様な政事むきのことができるぞ）

というところを、みせたかったのであろう。

むろん、家康には無断で動きはじめた。この点、佐和山で策を練った三成の思惑どおりであった。

調停は、大谷吉継が宇喜多秀家自身への説得をひきうけ、榊原康政は宇喜多家の重臣団への説得を受けもった。

大谷吉継は秀家に会い、このことを話すと秀家もこまりぬいていた折りでもあって、

「ともかくも、お頼み申す」

と、調停者に一任した。

ところが、康政が担当した家臣団のほうが厄介《やっかい》で、康政は両派それぞれを自邸によんで事情をきいたり、わざわざ宇喜多屋敷に出むいたりして躍起の奔走をつづけたが、容易にまとまらない。

数日、むなしく過ぎた。

この噂《うわさ》が、家康の耳に入った。

ある夜、家康は、本多正信など数人の近臣と雑談をしているときに、

「小平太は」

と、榊原康政のことを言った。ついでながら康政は通称小平太、官名は式部大輔《しきぶだゆう》、上州館林《たてばやし》で十万石を食《は》み、徳川家での仕事は江戸詰めで、家康の子秀忠の輔佐《ほさ》に任じていた。

「小平太は、相役の平岩親吉《ちかよし》が勤番交替のために江戸を去って大坂にのぼってきたのに、江戸へ帰任しようとしない。ばかりか、他家の争いに没頭しているのは、おそらく欲に耽《ふけ》ってのことであろう。よほど物がほしいと見える」

と、ひどく意地のわるい表情でいった。

欲にふける、というのは、他家の調停をして成功した場合、調停されたほうはその労に酬《むく》いるための謝礼をする慣習がある。それを康政はほしがっている、と家康はいったのである。

家康が、常套《じょうとう》でつかう手といっていい。

かれは康政をこの調停から退かせたいと思っているが、康政をよびつけて正式にその命令をくだすと、事が大きくなり、世間が、家康の宇喜多家に対する気持をさまざまに想像することになる。

それよりも、悪罵《あくば》一つを放っておけば、それを康政が耳にし、自発的に手をひくだろうとみていた。むろん家康は、康政を少年のころから使っていて、かれが物欲の徒であるとは思っていない。

この悪罵が、康政の耳にきこえた。

かれは心外に思い、夜中ながら大谷吉継を訪ね、その次第をるる説明して、

「こうとなっては侍の一分《いちぶん》にかかわることでござる。手を引いて早々に江戸へ帰りたい」

といった。

翌日、康政は江戸へ去った。

康政が手をひいたことが、騒動を一そう悪化させることになった。

宇喜多家の重臣たちは、もはや調停不成立と見、直接主人秀家に対し、

「中村刑部を当方にお渡しあれ」

とせまった。

秀家としては、主人の権威にかけて渡すわけには行かない。それをはねつけた。

「されば力をもって頂戴《ちょうだい》するまででござる」

と、かれら反刑部党の宇喜多左京亮以下五百人ばかりが武装して備前島屋敷に籠城《ろうじょう》し、秀家に対抗した。

秀家としては、こうまで事態が悪化してしまえば独力では手がつけられず、ついに家康のもとにゆき、公式の調停を願い出た。

家康は快諾した。

むろん、公平にみて、主人に対して武装籠城した左京亮以下の重臣団に非がある。当然切腹、という観測が世間におこなわれていたが、家康はむしろかれらを保護する処置をとった。かれらを関東その他の地にくだし、表むきは蟄居《ちっきょ》、というかたちをとらせたが、内々に扶持米《ふちまい》を送って扶《たす》けた。のち、かれらは徳川家の家臣になり、戸川肥後守は備中庭瀬で二万九千二百石、花房志摩守は旗本寄合席《よりあいせき》で六千石を食み、それぞれその家は維新までつづいている。

三成の謀略は敗れた、といっていい。

会津若松

俠《おとこ》見たけりゃ

会津にお出《いで》
会津若松　お発《た》ち飯《めし》

そんな意味の俚謡《うた》が、上杉百二十万石の城下会津若松ではやったというが、この稿の筆者は実否を知らない。

「お発ち飯」

というのは、先代上杉謙信がのこしたこの家の軍陣の慣習のひとつである。謙信という人は、いざ戦いにのぞむというとき、陣中で盛んに飯をたかせ、ありったけの山海の珍味を添えて士卒に食わせた。

このため上杉家の家中は、陣中で大釜《おおがま》がいくつも据《す》えられた、ときくと、

「すわ、いくさぞ」

と、出陣を予知し、勇躍したといわれる。

「俠見たけりゃ」

という俠とは、たれのことであろう。主君上杉景勝のことか謀臣直江山城守のことか、それとも主従もろともを指すのか。あるいは謙信が遺《のこ》した上杉軍団そのものを指すのか。

いずれにせよ、太閤の死後、二百諸侯が家康に平身低頭しているみぐるしさは、京大坂の町人でさえ眉《まゆ》をひそめている時勢だ。

——上杉だけは、その家風からみて違うだろう。

という期待が世間にある。病的なほど義侠《ぎきょう》を好んだ上杉謙信の遺風がまだ世間の印象になまなましい。というより上杉家はそれのみが自慢で、伏見や大坂屋敷に景勝がいるときも、家士たちは出入りの商人にまで謙信ばなしを語り、謙信の天才的軍略やその逸話、好みなどといったものを意識的に宣伝していた。

「謙信公は一度も領土的野心で戦争をおこしたことがない。つねに義戦であった」

事実、そうにはちがいない。

そのたぐいのはなしは、上方では市中の小童にまで浸透している。

その上杉軍団の総帥《そうすい》である景勝が、居城会津若松に帰った、ということは、満天下の期待と疑惑をひきおこすもとになっているといっていい。

上杉景勝と直江山城守は、世間のそういう期待を知っている。

極端な無口でとおった景勝だし、また必要なこと以外はいっさい喋《しゃべ》る習慣をもたぬ直江山城守だから、かれらの口から、

「家康に、正義というものがなにかを見せてやる」

などと口外しなかったが、帰国後、事実をもってかれらは雄弁に喋りはじめた。

若松城の修築

周辺の諸支城の造営

牢人《ろうにん》の募集
などである。

上杉家の盛名と、世間でささやかれているその帰国の真意に魅力を感じて馳《は》せあつまってきた牢人のなかに名ある者が多い。

まず車丹波《くるまたんば》がいる。

名は猛虎《たけとら》である。

常陸《ひたち》の車郷《くるま》の名族で、常陸の国守佐竹氏に仕え、一手の将となっていた。それがにわかに佐竹氏を牢人し、一族郎党をひきいて隣国の上杉氏に仕えたのは、すでに景勝と気脈を通じている主人佐竹義宣《よしのぶ》のむしろ指図によるものであろう。

性勇猛で智略があり、上杉家ではさっそくこの隣国の高級将校を一手の将とした。

この車丹波には後日譚《ごじつだん》がある。開戦とともに徳川方の伊達政宗と瀬上《せがみ》で戦って大いに破ったが、関ケ原のあと、佐竹家にもどり、さることで非業《ひごう》の死をとげた。その子に善七という者がある。

車善七である。関ケ原ノ役後、家康もしくは秀忠を刺すために江戸に潜入し、つてを得て江戸城の庭作男となり機会を窺《うかが》っていたが、事顕《あらわ》れて捕われた。善七、秀忠の面前にひきすえられたときその態度がいかにもいさぎよかったので一命を救われ、官許による非人頭《ひにんがしら》になった。徳川期の最後まで江戸の非人頭車家は、代々善七を襲名している。

岡野左内という者がある。

もともと蒲生《がもう》氏郷《うじさと》の家来であった。氏郷の死後しばらく牢人し、上杉家のまねきに応じて会津へやってきた。禄《ろく》、一万石である。

非常な戦さ上手だが、奇癖《きへき》がある。銭を貯めることであった。それも名人の域に達していた。貯めるだけでなく、平素座敷いっぱいに銭をまき散らし、夏などはその上に素っ裸で昼寝をして銭の感触をこよないものとして楽しんだ。

「武士のくせに」

と、上杉家の家中でも左内をきらう者があったが、左内は意にも介しない。ところがいよいよ開戦というときになって主人景勝に軍資金を永楽銭《えいらくせん》で一万貫を献上しみなをあっといわせた。

開戦とともに左内は伊達軍と戦い、乱軍のなかで逃げる敵の一騎に二太刀をあびせたが、それがあとで敵将伊達政宗であったことを知って歯嚙《はが》みしてくやしがった。

戦後、蒲生家に復して、一万石を領した。死ぬときに、他人に貸した金の証文をことごとく火中にし、さらに主家蒲生家に三千両を献上した。奇士といっていい。

いまひとりの奇士がいる。

加賀前田家の牢人で、前田慶次郎利大《としかず》という者である。利家の亡兄の子で、本来ならば前田家で万石も食むべき立場の者だった。

学問があり、武辺もあったが、けたはずれの風狂者《ふうきょうもの》で前田家での連枝《れんし》の身分と五千石の高禄をすてて天下を放浪した。

「忽之斎《ひょっとさい》」

というふざけた号を、この男はこのんで用いた。

異装をこのみ、若松城下にやってきたときは二幅袖《ふたはばそで》の奇妙な長袖の着物を着、背に旗を背負っていた。

旗には、

「大《だい》ふへん者《もの》」

と大書し従者には、どの家中でも卓抜した武功ある者が持つを許される皆朱《かいしゅ》の槍《やり》を持たせていた。

若松城下に入ってくると、人のむらがる茶店で、

「家康は天下をくすね盗《と》ろうとしている。その意中がわかっていながらどの大名も家康の機《き》嫌《げん》をとることで物狂おしいばかりじゃ。かくも腑《ふ》抜けぞろいの世になりはてたなかで、上杉景勝ばかりは男なりと見た。さればこそヒョット斎ははるばるとやってきたぞ」といった。

はじめ直江山城守に会い、さらに景勝に拝謁《はいえつ》した。景勝も前田利家が手こずったこの有名な奇人の名はきき及んでいる。

よろこんで召しかかえ、二千石を与えた。

ところが、上杉家の家中では、平素慶次郎が背に指して歩く「大ふへん者」の指物《さしもの》の文句が気に入らない。

「大武辺者《だいぶへんもの》とはなにか」

というのである。上杉家は当時、天下最強の軍団の一つとされていたから、
「他国ではいざ知らず、当家にきて大武辺者と御自称なさるのはいかがであろう」
と、面とむかって慶次郎をなじった。慶次郎は大声で笑い、
「そう読んだか」
と、なおも笑った。やがて笑いおさめ、
「これは大不便者《だいふべんもの》と読むのよ。永の牢人ぐらしで手許不如意《てもとふにょい》であり、かつ女房もおらぬ。いかさま不便である。されば大不便者と書き認《したた》めた。左様な洒落《しゃれ》もわからぬとはさすがに田舎衆だ」
といった。
そのほか一手の将として遇せられた新規召しかかえの牢人は、
山上道及《やまがみどうきゅう》
上泉泰綱《こういずみやすつな》
小幡将監《おばたしょうげん》
斎道一《いっきどうじ》
などがある。いずれも指揮能力を買われたもので、いざ開戦のときには天下の軍をまわして奮迅《ふんじん》のはたらきをするであろう。
牢人を召しかかえただけではない。
上杉家の旧領は越後である。越後には、会津転封のときに残留して土着した旧重臣の家が

多く残っている。
景勝と山城守はそれらに密書をつかわし、
「いざ開戦のときには越後において一揆《いっき》をおこせ」
と命じた。越後は、新領主として堀秀治《ひではる》が三十三万石を領している。堀秀治は歴然とした家康方であるために開戦のときには、会津へ攻め入るであろう。その後方を一揆で攪乱《こうらん》せしめようとするのである。
その密命をもらった旧臣は、
宇佐美勝行《うさみかつゆき》、同定賢《さだかた》、万貫寺《まんがんじ》源蔵、斎藤利実《としざね》、柿崎景則《かげのり》、同三河、丸田清益《きよます》、安田定治、加治資綱《すけつな》、矢尾阪《やおざか》光政、朝日采女《うねめ》、竹俣壱岐《たけまたいき》、七寸五分監物《くずはたけんもつ》、長尾景延、庄瀬《しょうせ》新蔵、神保刑部、遠藤讃岐《さぬき》
などであった。

現在《いま》の秋田県仙北郡に角館《かくのだて》という小さな町がある。ここの領主が戸沢氏という。当主は、戸沢政盛という満十三歳のおさない大名である。

石高は、四万石程度で、角館の城も、土を掻《か》きあげて、芝草をうえて土塁《どるい》にした程度のささやかなものにすぎない。

この少年大名が、

「会津上杉家がひそかに戦備をととのえている」

ということを探知したのである。戸沢氏は伏見に屋敷がある。帰国のために奥州へ帰る途中、経路として上杉領を通過せねばならぬ。

上杉領に入ると、峠々には石材を運びあげて砦《とりで》を築きつつあり、道路には道路普請の人夫がはたらき、それに、米を積んだ荷車がかぞえきれぬほどの数で若松の主城にむかっている。当然、兵糧米《ひょうろうまい》としか思えない。

しかも若松への街道は、若松へむかう牢人の姿が、おびただしく見られた。

「これはどうしたことだ」

満十三歳の少年が、家来にきいた。

「はて」

家来は、上方《かみがた》での噂《うわさ》をきいている。

「上杉家は内府に弓を引き奉るつもりではありますまいか」

「戦さか」

少年は、目をかがやかせた。

「左様、はじまるかもしれませぬな」

「いつ」

「いつとはシカとわかりませぬ。しかし戦さがはじまれば殿は強いほうにおつきあそばされぬといけませぬぞ」

角館の戸沢家はそのようにしてこんにちまで家を保ちつづけてきた。四百年来の伝統といっていい。この家は小豪族ながら家系がふるい。平氏の一族で兼盛という者がこのあたりにくだってきて土着したと戸沢家では称している。戦国期に入って南部氏に属していたがのち独立し、ほどなく中央で秀吉が覇権《はけん》をにぎったために京へ才覚ある家来を馳《は》せのぼらせて本領を安堵《あんど》してもらった。

中央の政変に機敏に対処せねば僻地《へきち》の小大名などの運命はどうなるかわからない。それだけに戸沢家は京大坂の政情の動きに異常なほど過敏だった。

「太閤殿下なきあとは徳川殿の世になりますぞ。殿は左様お心得なさらねばなりませぬ」

(そんなものか)

としかこの少年はわからない。

ところで、会津の山野でおこっているこの異変についてどうすべきであろう。

「これは一大事でござりまする」

しかし、たとえ会津の上杉氏が戦端をひらいても会津からははるかなる北方の山間にある角館の戸沢氏などがおびやかされることはない。そんなことよりも家来たちはこの様子を大坂の家康に急報し、それによって戸沢氏の誠意を嘉《よみ》してもらわねばならぬ、と思案し、それを少年に言上《ごんじょう》した。

「あの家康《ひと》に報《し》らせるのか」

少年は、秀吉の晩年、伏見の殿中に御機嫌奉伺《ほうし》にのぼって秀吉から抱きあげられた記憶がある。

が、家康には、伏見を出発するとき、大坂城西ノ丸に登城し帰国のあいさつをしただけの面識であった。

（ひどく肥《ふと》ったひとだ）

と、その肉体的特徴だけが心に残った。

「なにしろ御家は奥州の辺境にあり、御本貫《ごほんがん》もけしつぶのようなものでござりまする。いざ大戦さがはじまったとしても、兵力もすくなくさほどの働きができるわけではござりませぬ。手柄《てがら》はこのようなときに立てるべきものでござります」

さっそくその場から心利《き》いた家来が上方にむかって出発した。

夜を日についで道をいそいで大坂へ逆もどりし、家康の謀臣本多正信の西ノ丸郭内《かくない》の屋敷をたずね、正信に会ってその旨《むね》を伝えた。

「お手柄であった」

正信は、年寄りくさい咳《せき》をしながら戸沢家の忠勤ぶりをほめ、

「さっそく上様に申しあげる。あとあとも諜者《ちょうじゃ》など入れて会津の動きをよく見張られよ」

そう言って使者を帰し、すぐ家康の居間へ行って、

「会津の風聞、どうやらまことでござりまするな」

と、戸沢の使者の一件を話した。

「なるほど、実説《まこと》にちがいない」

「上様にも、そろそろ御運がまわって参りましたるようで」

「いやさ、加賀の前田の一件はしくじったが」

と、家康は苦笑した。

家康にすれば、辺境の大名が自分に腹をたてて戦備をととのえてくれることが、いまや足《あし》摺《ず》りして待ちこがれるほどに望ましいのである。そうなれば、

「あの者は豊臣家に逆心あり」

と宣伝して幼い秀頼に大名の総動員を要請し、その大名群をひきつれて「討伐」に出かけ、その野戦体制のままで幕府を強引にひらいてしまう。

加賀の前田の場合は、ことさらに穽《わな》を設けてみたがむこうがかからなかった。ところが上杉氏の場合は、当方で穽も設けぬのにみずから立ちあがってくれそうなのである。

「謙信以来、義の好きな家だからな。なかなかに勇んでくれるわ」

「まことに」

「ところで、佐和山の狐《きつね》はどうしている」

西ノ丸の狸《たぬき》、といわれた家康は、三成のことをそういった。

「当然、景勝と気脈を通じていような」

「左様。上様が上杉征伐のためにはるばると会津へおくだりなさるあいだに、そのお留守をねらって上方で兵をあげ、東西呼応しつつ上様を挟撃《はさみうち》し奉るのが、石田三成めの戦法でござ

りましょう」

「うかとは出来ぬ」

「左様、御油断あっては逆にこちらがしてやられることになりましょう」

ほどなく、上杉氏と国境を接する越後の堀秀治のもとからも同様の急使が到着し、さらに徳川氏の本拠である江戸からもその旨の報告が入った。

使者はすべて正信老人が応対している。

「折りをみて上様に申しあげておく」

というのが、正信のきまりきった返事である。

「折りをみて?」

という悠長《ゆうちょう》な言葉に、どの使者もおどろいた。

「左様な場合ではございませぬぞ」

と忠義顔でせきこむと、正信はいよいよ表情を晦《くら》ましつつ、

「左様さ、このたぐいの報らせは他からも入っているが、上様はいっこうにお取りあげなさらぬ」

「な、なぜでござる」

「上様はこう申される。上杉家は謙信公以来義を重んずる家風であり、景勝殿は無類の律義者で故太閤殿下よりあれほどに信頼された仁じゃ。よもや豊臣の御家に謀叛《むほん》の弓をひくことはあるまい、と。左様にな、申されまするわい」

いざ征討のときの名目である「豊臣家の御為《おんため》」という名分を、いまから世間へさりげなく流しておく手である。

そのころ琵琶湖畔の佐和山城でも、会津の動静について、敏感に機能がうごきはじめていた。

連絡将校として島左近、朝倉内膳《ないぜん》のふたりの家老を、変装させて会津に派遣することを三成は決定した。

目的は、挙兵の時期をいよいよ最終的に取りきめるためである。

奥州の雪

島左近が、会津上杉家と連絡をとるべく琵琶湖畔の城を発《た》ったのは、湖水に雁《かり》がしきりと鳴きわたっている季節であった。

秋が、暮れようとしている。

「奥州はおそらく雪だろう」

と、三成はこの季節に左近を奥州にくだらせねばならぬことを、ひどく気にしている様子だった。

左近は、自分に対してそういうこまかい心づかいをしてくれる三成に、はげしい感動を覚

えている。が、口だけは、

「ご無用なことを申されるものかな」

と、例によって三成をあざ笑った。

「主人はただ家来に、征《ゆ》け、とのみ申されるがよろしゅうござる」

左近は牢人《ろうにん》姿であった。

同行する副使の朝倉内膳も牢人の姿をとっている。それぞれ家来を一人、中間小者《ちゅうげんこもの》を五人連れていた。

旅次《りょじ》をかさねて江戸に入ったときには、季節は冬になっていた。

左近も内膳も、はじめてみる江戸である。

「殷賑《いんしん》なものだな」

と左近は、さすが関東二百五十五万石の城下町だけのことはあるとおもった。

かんじんの城はさほどのことはない。城塁は多くは土をかきあげた田舎城ふうのもので石《いし》垣《がき》は意外にすくなく、諸門のうちでなお萱《かや》ぶきの門さえある。家康の質実さが、この郭《くるわ》がまえにもあらわれているような気がした。

（太閤は、いかに好みとはいえ無用の土木建築工事で天下の財をつかいすぎた。家康はその弊を真似《まね》まいと懸命に自分をいましめているような恰好《かっこう》が、この城だ）

と、左近は思った。

「存外、小体《こてい》な城だな」

朝倉内膳もそう思ったらしく、左近をかえりみていった。

「家康はまさかこの城で戦おうとは思っていまい」

事実、家康の日本制覇《せいは》への構想のなかには江戸籠城《ろうじょう》の一項などはないであろう。

「この城をみても、家康の料簡《りょうけん》がわかる」

と、左近がいった。

「家康にとっていま必要なことは城普請で金銀米塩をつかうよりも、それをひたすらに貯めおいていざというときの軍資金にすることだ。城など、いかに粗末でもいずれ天下をとれば諸侯に手伝わせて一挙に壮麗なものにすることができるのだ。あの老人の利口さが、あの土塁やあの粗壁《あらかべ》にもあらわれている」

かといって、江戸城は他大名の城郭とくらべれば巨大である。家康は、自分の家来だけでも万石以上の大名級の者を多く抱えているのである。それらの江戸屋敷が、城の内外にびっしりならんでいる。

左近たちは、その屋敷群をも観察した。

(感心なことに、どの屋敷も、田舎の地侍《じざむらい》の館《やかた》より造作《ぞうさく》が粗末だ)

と、左近はおもうのである。それは徳川軍団の貧弱さをあらわすものではなく、むしろ逆にその素剛さ、その資金の蓄積ぶりをあらわすものであろう。

(手ごわい)

と、左近は思いつつ下町のほうにゆくと、海浜がどんどん埋めたてられて街衢《まち》が出来てゆきつつある。

非常な活気であった。都市の規模としてはまだまだ京大坂にくらぶべくもないが、町で活動している商人《あきんど》、職人などの顔つきは上方の両都よりもはるかに活力にあふれているようにおもわれる。

「庶人の数が、ふえる一方だそうだ」

内膳はいった。諸国からこの新興都市をめざして馳せあつまってくる庶人の数は、あるいは増加率は京大坂をはるかに凌《しの》ぐであろう。

(庶人には勘がある。江戸へくれば職がある、物が売れる、という目さきの利益だけでなく、江戸がやがては天下の中心になることをかれらは皮膚で感じとっているのではあるまいか)

江戸を離れ、江戸川を越えて奥州街道に入れば風物が蕭条《しょうじょう》としてきた。

白河に入ったときは、山も野もことごとく雪にとざされている。白河で出迎えの人数が来ているかと思ったが、連絡がわるかったらしく、かれらはさらに自力で上杉領内を旅行せねばならなかった。

この古関で馬を買い、さらに蓑《みの》、笠《かさ》、わら沓《ぐつ》といった雪の行装を厳重にして北にむかい、郡山《こおりやま》に入った。

郡山では、会津若松城からの出迎えの人数がすでに来着していて、連絡のわるさを詫《わ》び、二人を貴人のごとく遇しつつ、猪苗代湖《いなわしろこ》の北岸道路を会津若松にむかった。

天地ことごとく雪である。

「この雪は、いつ融《と》けます」

左近は、馬上で叫ぶようにいった。雪が融けないかぎり、上杉家はなんの作戦行動もできず、それにつれて石田家も立ちあがれず、従って天下に戦雲がおおうこともない。

「雪が融けるのは二月の暮でございましょうか。しかし山手のほうは三月のなかばまで雪が残っているようです」

と、上杉家の家来がいった。

やがてかれらは会津盆地に入った。山波は遠く、野はひろい。

（奥州第一の穀倉だ）

と左近はおもった。この闊《ひろ》い雪原の下にある土壌にあぶらぎったほどに肥沃《ひよく》さを感じ、それが上杉家百二十万石の軍事力にむすびつくものとして心頼もしかった。

家老直江山城守三十万石の居城は米沢である。が、出迎えの者のはなしでは、いま若松城内の装束屋敷《しょうぞくやしき》にいるという。

左近と朝倉内膳は、直江山城守にともなわれて若松城に入り、本丸にのぼって上杉景勝に拝謁した。

年のころは満で四十くらいであろう。ながいあごをもった蒼黒《あおぐろ》い顔の男でひげはなく、剃《そり》あとの青さがめだっている。

「島左近、朝倉内膳であるか」

と、養父謙信とおなじく無口で評判をとった男は、存外高すぎる声でいった。

「左様でござります。主人治部少輔《じぶしようゆう》から御機嫌をうかがい奉れ、とのことにて奥州へまかり越しましてござりまする」

「このように達者だ。治部少輔殿はいかがわせられるかな」

「ありがたきお言葉でござります。以前は好まれなんだ放鷹《ほうよう》を、ちかごろはよほどお退屈なのかしきりと」

三成はしっている。山野をあるきまわる鷹狩りほど、領内の地形偵察《ていさつ》によいものはない。

「景勝は」

と、この無口な男はいった。

「太閤《ひと》の孤児・寡婦《かふ》(秀頼・淀殿)をあざむきて天下を盗まんとする者を、義によって討とうとしている。左近、わが家の山城守と相議してその軍法をさだめよ」

景勝のいったのは、それだけである。

その翌日、左近は山城守の装束屋敷で目がさめた。

主人の心づくしなのであろう、中庭の雪がはらわれて、苔《こけ》が盛りあがっている。

左近は、小姓のすすめる煎茶《せんちゃ》を喫しながら、山城守のことを考えた。

(文雅な男だ)

と、庭の陽光をながめていた。山城守が家康への挙兵を決意して京を去るとき、一詩を賦《ふ》した。そのみごとな詩句が、庭を見ている左近の脳裏によみがえった。

春《しゅん》　雁吾《がんわれ》に似たり、吾、雁に似たり
洛陽城裏花《らくようじょうりはな》に背《そむ》いて帰る

いま天下で、直江山城守兼続《かねつぐ》ほど文藻《ぶんそう》のある武士はいないであろう。山城守は上杉軍団をひきいて朝鮮ノ役で出陣し、しきりと武功をあげていたとき、ある日ふと気づいて、

「わが軍はいたずらに異郷に勇を誇り、いたずらに鮮奴《せんど》の首数を獲《と》ることのみに夢中になっているが、そんなことになんの意味があるか。よろしく至宝を収めて万世に益《えき》すべきだ」

として、敵城に入ればかならず書庫をさがさせた。至宝とは書物のことである。

それらの書物を陣中で選び、貴重なもののみを米沢の居城にもち帰った。

そのなかに注疏《ちゅうそ》のみごとにそなわった宗板漢書《そうばんかんじょ》や左伝、史記などがあり、これらは山城守が望んだとおり、江戸時代の儒学に大いに貢献している。

午後、山城守は人ばらいをして左近と膝《ひざ》をつきあわせて戦略の打ちあわせをした。

上杉家の作戦原理は一つである。

焦土抗戦であった。

「この会津の地に天下の軍をひき入れてさんざんに駈け悩ませ、ついには疲れさせ、その疲れ腰に痛撃をあたえて再び立つあたわざるまでにしたい」

それには、百二十万石の領土を一大要塞《ようさい》に化する必要があろう。

山城守は、領内の地図をひろげた。

「いまから申しあげるゆえ、左近殿に御異見があらばお教えねがえまいか」

まず会津七口《ななくち》といわれる南山《なんざん》口、白河口、信夫《しのぶ》口、米沢口、仙道《せんどう》口、津川口、越後口にそれぞれ堅城を築き、七つの道路を整備して軍隊輸送と兵糧輸送に機動性をあたえ、……と説きつつやがて秘中の秘というべき軍略の説明に移った。

「おそらく家康の本軍は白河口より攻め入るでござろう」

と、山城守は地図の一点を指で示した。

「ここが白河でござる」

「いかにも」

「この白河の南に、革籠《かわご》原《はら》という広い盆地がござる」

そこを予定戦場にしたい、と直江山城守はいうのだ。広闊《こうかつ》の地で大軍の決戦に堪えうる地形である。

「そこへ家康を誘い入れる手は？」

「白河の南に越堀・芦野という奥州街道の宿場がござる。ここに軽兵を出して北上してくる敵の大軍にあたらせ、一戦々々とたたかっていつわり敗走する。敵は追撃するであろう。自然と革籠原に入ってくる」

その革籠原に十分に敵を侵入させたのちその先鋒《せんぽう》を激しくたたく。先鋒の崩壊をみて家康はおそらく本隊をすすめてそれを救おうとするであろう。その家康の本隊に対し、関山《せきやま》の背にいる景勝の直属部隊が躍り出て左からたたき、同時に高原にいる直江山城守指揮の隊がとびだしてきて右より突きかかり、三方より敵を包囲しつつ叩《たた》きに叩けば勝ちを一挙に制するであろうというのが、山城守の戦術であった。

左近は、地図をにらんで半刻《はんとき》ばかり考えこんでいたが、やがて顔をあげ、

「妙案はそれしかない。私が山城守殿でも左様につかまつる」

「ああ左近殿もそう思うてくださるか」

山城守は、島左近と自分とをもって日本で最も傑出した軍略家だと思っている。そのふたりの意見が一致したことが、山城守の表情をひどく明るいものにした。

「しかし」

と、左近はいった。合戦は理のみでは勝てない。時運というものがある。もし思わぬ手違いができてこの一戦に利をうしなえばどうなさる——と山城守にきくと、

「主人中納言景勝以下、上杉家の全員が討死するばかりでござる」

と、山城守は微笑とともにいった。

「それが、上杉家の家風に適《あ》う」

山城守の強烈な美意識がそこにある。謙信を崇慕するあまり、謙信の人柄《ひとがら》、言行、人とし

ての切れ味、それらがもはや一種の宗教となって直江山城守兼続のなかに生きているようである。太守《たいしゅ》景勝のばあいは、山城守以上に単純勁烈《けいれつ》な男だけになおいっそう、この宗教的な美意識はつよいであろう。

「万世に義ある武士の芳烈をのこすのが、このたびの合戦の目的でござる」

と、山城守はいった。あわよくば上杉家の天下を、とこの山城守も思わぬでもあるまいが、それよりも、当節珍奇とすべき観念といっていい儒教的な大義名分の観念が、山城守をしてかれのいう「奸賊《かんぞく》討伐」に熱中させているのであろう。でなければ、家臣として「上杉家の全滅」という言葉が、やすやすと出るはずがない。

「して、挙兵の期日は？」

と左近はいった。この問題は何度も、検討を重ねてきたところであり、これからもなお連絡を密にせねばならぬであろう。

「秋に多少の普請・作事をつかまつった」

領内の軍事上の土木工事のことである。初秋に着手しはじめたがやがて雪になったためにいまは中止している。

「来年二月から、再興したい。三月にはあらかた完成つかまつろうかと愚考する。三月十三日は先代謙信公の二十三回忌にあたります。来年はこの法会《ほうえ》を盛大につかまつりたい。この法会を理由に領内諸城の将を若松城にあつめ、義戦をおこすべきことを打ちあけ、作戦の概略を説明し、以後、公々然と国内の工事を行ないたい。されば三月以降いつなりとも開戦できるが、理想をいえば七月以後十月までに東西呼応して蹶起《けっき》する仕儀になればもっともよいと考えている」

と、直江山城守はいった。

「とにかくこの雪」

庭にまた降りはじめている。

「おさまらねば、奥州の悲しさ、なんともなりませぬよ」

左近は数日滞在し、ふたたび雪を冒《おか》して奥州街道を南下し、中山道《なかせんどう》を経て近江佐和山城に帰って、一切を復命した。

正月は、過ぎている。

「この正月、大坂では、妙なことが多かった」

と、三成は、左近の留守中の上方の情勢を教えた。むろん城に籠《こも》りきりの三成は、これらの情報を大坂のしかるべき筋々から得ている。

家康はいよいよ増長している、というのである。

大坂城内における正月の賀礼なども、西ノ丸の家康は、本丸の秀頼と同様の作法によって諸侯の拝礼をうけたばかりか、元旦《がんたん》から五日までのあいだ、連日猿楽《さるがく》を興行し、大小名は揉《も》みあうようにしてその拝観に詰めかけた。

妙なこと、というのはそのことだけではない。会津の上杉家から、景勝の代理として重臣の藤田信吉《のぶよし》が賀礼にのぼってきたのである。

上杉家からの賀礼の使者が大坂にやってくるのは当然な儀礼で、怪しむに足りない。

問題は、藤田信吉であった。能登守《のとのかみ》を称し、もともとは甲州武田家に属し、上州沼田の小領主だった。裏切りぐせのある男といっていい。

「なぜ、あんな男を差しのぼらせたのか」

と、三成もそのことをきいたとき、上杉家のために残念がった。

武田氏に属する以前も裏切り行為の絶えなかった札《ふだ》つきの男で、武田氏が滅亡するときも奇怪な行動をとっている。滅亡後上杉景勝につかえ、会津のうち大森城をあずかった。情勢を見るのに機敏すぎるほどの眼をこの男はもっているのであろう。

(つぎの世は家康だ)

と、会津の地からはるかに天下をながめてそう思っていたにちがいない。

この男が、上方にのぼってきて大坂城本丸で秀頼に拝謁して元旦の賀をのべ、さらに西ノ丸にゆき家康に拝謁した。

「おお、能登(藤田信吉)か」

と、家康は気味のわるいほどの親しみをこの男にみせた。

「いま、猿楽がはじまろうとしている。弥八郎、案内《あない》してとらせよ。能登よ、ゆるりと見物するがよい」

と言い、猿楽がおわったあと信吉をよび、ながながと物語をした。

「風聞できいている。上杉中納言は、豊家《ほうけ》に謀叛《むほん》の弓を引き奉ろうとしているそうじゃな」

と家康は言い、信吉がなにか言おうとすると、

「言うな、わかっている。そちとわしの間柄だ。他人行儀なことは言うまいぞ。とにかく帰国して中納言に申せ。たがいに大老の身である。天下の政治《しおき》について相談したいことも山積している。豊国廟への参詣《さんけい》もかねて早々に上方にのぼって来よ、とかように申し伝えよ」

と言い、手ずから、時服や銀などをあたえた。そのあと、信吉は別室にひきとり、本多正信とながながと密談している。

「家康に買収されたようだ。肚《はら》に一物《いちもつ》を蔵して帰国した藤田信吉を、会津中納言や直江山城守がどう始末するか」

三成は、それが気がかりらしい。

国抜け

上杉家の使臣藤田能登守信吉。

この男には特異な嗅覚《きゆうかく》があるらしい。大坂を離れ、東海道を馬でくだりながら、この男は、

(上杉家も、もうだめだ)

と、思いつづけていた。次の世はまちがいなく家康による天下であろう。

（なにしろ徳川殿は関東二百五十五万石の大大名だ。たとえ上杉・石田と一戦してひとたびは破れても関東に割拠し、その大身代《おおしんだい》、大兵力を動かして諸方の敵とたたかえばいずれは芽をふく。寄らば大樹《たいじゅ》の蔭《かげ》という。わしもここで考えねばならぬ）

譜代の臣ではない。

もとをただせば関東地生《じ》えの地侍の出である。信吉の経歴はひとことで言いつくせないほど複雑だ。武蔵国《むさしのくに》大里《おおさと》郡用土《ようど》（現・埼玉県）の出で、父親は用土で小さな城をもっていた。そのころ関東は越後の上杉謙信の勢力下にあったため上杉家の被官《ひかん》になっていたが、謙信の死後、小田原の北条氏の勢力がのびるに従い北条氏に属し、上州沼田の城に出仕していた。やがてさまざまな権謀術数をつくしたすえこの沼田城の守将の一人となり、天正七年、城をまもる北条家の将士を殺して沼田城を乗取り、これを甲州の武田勝頼に進呈して信吉は武田家に属し、沼田の金剛院《こんごういん》に城館をかまえた。武田家が織田信長によってほろぼされ、関東探題として織田家の将滝川一益《かずます》がやってくると、信吉はこれに属した。天正十年信長が死ぬとともに関東に変動がおこり、信吉は沼田に居たたまれなくなって一族郎党八十三人を連れて脱出し、越後へ走り、上杉景勝をたよった。

なにしろ信吉は歴戦の古豪である。上杉家で大いに武功をあらわしたが、なかでも佐渡一国を鎮定した功績がもっとも大きく、景勝はその武功を愛し、上杉家が会津若松に転封されてからは領内の大森城をあたえ、家老職の一人にしている。

いまでこそ百二十万石の上杉家の高級官僚として落ちつきはらってはいるが、若年のときは関東の小豪族として自立し、関東の政治情勢がかわるたびにたくみに泳ぎ、大勢力の側につきつつ自分のささやかな独立をまもるのに汲々《きゅうきゅう》としてきた身だ。その点、直江山城守のような官僚あがりの男ではない。

（おれは、自分の箸《はし》で自分の飯を食ってきた男だ）

という自負もある。直江のような教養こそないが、戦国争乱のなかで生き残った地侍あがりのこすっからい世間智《せけんち》があり、時勢をすばやく見ぬく感覚も、ほとんど動物的なまでに鋭敏だった。

藤田信吉は、泊りをかさねながら会津へくだってゆく。行列は騎士十人、徒士《かち》三十人、その他小者までふくめて六十余人である。

東海道は舞坂・浜松のあたりからずっと降りつづきで掛川《かけがわ》でやっと雨は小降りになったが、金谷《かなや》まできたときは大井川が氾濫《はんらん》していてとうてい渡れぬという。数日、水嵩《みずかさ》のひくのを待たねばならなかった。

金谷の宿《しゅく》で人数をとどめ、さる長者の屋敷を借りて宿所とし、土地の遊女をよんで毎日酒びたりで日をすごした。

日中も次の間で寝床をとらせ、妓《おんな》と籠《こも》りっきりで酒を飲んだ。

藤田信吉は赫《あか》ら顔で頭が禿《は》げあがり、顔半分にねずみ色の疎髯《そぜん》がはえ、皮膚にみごとなつやがある。みるからに豪傑めかしい男だが、眼だけが別人のもののように異様に眼裂《きれ》が長く、しかもほそい。その眼が、荒淫《こういん》のなかでも笑ったことがない。

思案をかさねている。

（本多佐渡守正信という男は、徳川家の家中でさえ狐狸《こり》の智恵があるとして好かれてはおらぬが、食言《しょくげん》したことのない男という評判もある。まさか、おれをあざむくまい）

信吉の胸中、正信が大坂でささやいた言葉が、灯のように光輝を帯びつつある。

「主家の上杉家をお裏切りなされ」

とは正信はいわない。そういうことは決していわないが、よく似たことを言い、

「能登殿、世がいかになろうと、お手前のお身《み》の立つようにかならずする。なにしろお手前は、生国《しょうごく》が武蔵であるうえに、遠くは坂東《ばんどう》の名族畠山《はたけやま》氏から出ている。関八州をおさめる徳川家とは浅からぬ縁と申してよい。いついかなることがあっても、徳川家としては疎《うと》んじは致しませぬぞ」

と繰りかえし言った。要するに、徳川家に有利な行動をせよ、ということであろう。

（それは、どういうことなのだ）

その一事がわからない。上杉家でなにをすれば徳川家の御為になるのか。信吉はそのことばかりを考えている。

五日目に雨があがった。

信吉は、思案をきめたらしい。金谷を発《た》って東にむかったときは、この男はこの男なりに思案の吹っきれたような、晴れやかな色を面上にうかべていた。

藤田能登守信吉が会津南山口を通って会津盆地におりたのは、三月のはじめであった。沿道のあちこちでは巨木を切って柵《さく》を結い、石をつみあげて塁をつくり、道路を普請して重い荷駄車《にだぐるま》を通過できるようにするなど、盛大な防衛工事がはじまっていた。きけば会津仙道から募集した人夫は八万人であるという。

(景勝は、やはりやる気か)

恐怖に似た思いでそれらの工事現場を縫い通りつつ、信吉は若松城下に帰着した。城下の装束屋敷で旅装を解き、さっそく城にのぼって景勝に拝謁《はいえつ》した。

景勝は上座にある。

さがって一ノ家老直江山城守兼続が紺の肩衣《かたぎぬ》をつけ、ただひとりで側に侍《じ》している。ほかに人はいない。

二ノ家老である藤田信吉はゆるされて景勝のひざ近くまで進み出、やがて大きな顔をあげ、上方の情勢をのべた。

無口な景勝は、沈黙したきりである。顔色も変えず、質問もしない。

直江も、だまっている。

(いったい景勝も兼続も、聞いているのか)

と疑わしくなるほどに静まりかえった空間のなかで、気おいこんだ信吉の声だけがむなしく響いた。

「大坂表に参りましたところ、徳川内府の勢いは旭日《きょくじつ》の昇るごときありさまにて、西ノ丸にはわざわざ天守閣を建てあげ、詰め間詰め間にはご機嫌奉伺《ほうし》の大名や大名の家老、京の公卿、諸大寺の僧、神官などがひしめき、ご在世の太閤とすこしもかわりませぬ。もはや家康公は天下様におなりあそばした、と京大坂のしもじもも噂《うわさ》しておりまするが、目《ま》のあたりにみてその御勢威は噂以上のものでござりまする」

「…………」

景勝は、沈黙している。信吉はつづけざるをえない。

「さらに驚きましたることに、わが上杉家謀叛のことは、もはや諸侯の屋敷の中間小者でさえ知らぬ者はなく、大坂の殿中も城下もその噂でもちきりでござりまする」

「…………」

「殿中では、いつ家康公の御陣触れがあるか、きょうかあすかという評判にて、そのみぎりにはぜひ先鋒《せんぽう》をうけたまわりたいと申し出る大名があとをたたず、というありさまでござりまする。このぶんにては、天下の諸侯こぞって家康公の御幕下《ごばっか》につき従うことにも相成りかねませず、さすれば御当家は、太閤御在世のころの小田原北条氏の二の舞になり、御滅亡目前のこととおどろき、いそぎ馳《は》せ帰りましてござりまする」

(脅《おど》して謀叛を思いとどまらせることが、とりもなおさず家康の機嫌に叶《かな》うことだ)

と藤田能登守信吉はおもったのである。信吉の判断では、いかに家康が強勢でも、上杉景勝百二十万石の反乱は手痛かろう、これを事前に消しとどめるのが家康への忠勤の道だ、と思案をきめていた。まさか家康が内心、景勝の反乱を待ちのぞんでいるとは、この男程度の能力では想像もつかないところだった。

「くりかえして申しまする。家康公はいまやまぎれもない天下様でござりまする」

信吉はそういって景勝、兼続の反応をみるために言葉をとぎらせた。

が、両人は黙然としている。信吉はやむなくこの場の沈黙をみずからの声でやぶらねばならなかった。

「いまにして」

と、声をはりあげた。

「新規取立ての城々を打ちこぼち、さらにはちかごろ御召しかかえの牢人《ろうにん》どもを召し放ち、御自身すみやかに上方へおのぼり遊ばしてお言いひらきあそばされぬと、お家滅亡の大事に立ちいたりますること、火を瞻《み》るよりもあきらかでござりまする」

信吉の報告と説得はおわった。

景勝はあおあおとしたあごを心もちあげ、視線を下にして信吉を見つめていたが、やがて、

「苦労であった」

といった。あとにもさきにも、景勝の唇から洩《も》れた言葉はそれだけであった。

信吉はしばらく座にいたが、景勝がなにもいわぬために不覚にも落ちつきを失った。

その様子を、横あいから直江山城守が刺すような視線でみている。信吉は居たたまれなくなり、いそいで拝礼をすますと、そのまま退《さ》がった。

そのあと、直江山城守は両手を膝《ひざ》からおろし、景勝のほうへ顔をむけ、わずかに苦笑をう

かべて、

「能登守、どうやら御家を売りましたるようで」

景勝もそうみていたらしい。山城守と同質の笑いをうかべ、

「そのようだ」

とうなずいた。双方しばらくだまっていたが、やがて山城守のほうから口をひらいた。

「お斬《き》りあそばさねば、ゆくゆく御家に仇《あだ》をなしましょう。前歴が前歴でござる」

「いや」

景勝はくびをふった。

「様子をみる」

それだけを言った。信吉はいざ合戦のときには類のない働きをする。景勝はそれを惜しんだのであろう。

その翌日、若松城から使番が八方に飛び、領内の諸城主に、「若松城にあつまるよう」との命令が伝達された。

招集の日は、十三日である。

名目は軍議ではない。ことしが先代上杉謙信の二十三回忌にあたるため、その大法要を若松城で営む、というものであった。

が、上杉家の諸将は、その日、法要にかこつけてなにがおこなわれるかを知りぬいていた。打倒家康の宣言と第一回軍議であろう。

信吉の城下屋敷にも、使番が入った。信吉はことさらに笑顔をもって接し、

「承りました、とお伝え申せ」

と返事して使番をかえし、そのあと大いそぎで供人数をととのえ、夜を日についで居城大森城に駈けもどった。大森城のあとは、いま福島県東海岸の大浦村に残っている。

すぐ腹心の家来をよびあつめ、

「国抜《くにぬ》けをする。支度をせよ」

と命じた。信吉にすれば当然であろう。景勝、兼続があの態度では、これ以上上杉家にとどまることは危険だった。

「どこへ参られまする」

「江戸へ」

信吉はこうなった以上、脱走して江戸の徳川秀忠に駈けこみ訴えをするつもりだった。

大森城を、十一日に出た。むろん、表面は若松城の謙信の二十三回忌に参集するため、という体裁をつくっている。

が、行列をみれば、その道中目的が尋常でないことが沿道の百姓の目にもわかった。信吉の妻妾《さいしょう》や、子女、侍女たちが行列に加わっている。それだけでなく栗田刑部をはじめおもだつ家来のすべてとその家族がこぞって行列に参加していた。家財をはこぶ荷駄《にだ》もえんえんとつづいてゆく。

「大森の殿様が国抜けなさるのでは？」

という情報がつぎつぎと伝わって会津若松城に入ったのは十二日の夜であった。

「七口をかためよ」

と直江山城守は七つの出入口の閉鎖を命じ、とくに江戸への出口である南山口を重視し、家老の一人で福島城主である岩井備中守信能《のぶよし》に軍勢をさずけて追跡を命じた。

岩井信能は急行した。

南山口に達したときは夜が白むころで、案の定、藤田能登守信吉のながい行列が南をさしていそいでいる。

岩井の隊は砂塵《さじん》をあげてあとを追い、ころあいを見はからって銃撃を開始した。

藤田の人数は坂の上にいる。女子供がまじっているため行動が鈍重で、このままでは逃げきれない。

「殿、ここはそれがしが殿軍《しんがり》をつかまつって斬り防ぎまするゆえ、早う落ちられよ」

と信吉に馬を寄せて言ったのは、家老の栗田刑部だった。

信吉はそれを頼みとして人数を叱咤《しった》しつつ逃げた。追手は栗田刑部と坂の上下でさんざんに戦って刑部を斃《たお》したが、信吉をついに逃がした。

信吉は江戸へ出た。

江戸では榊原康政の屋敷にかけこみ、景勝謀叛の一件を訴え、かつ康政の取りつぎで中納言秀忠にも拝謁した。

秀忠は事の重大さにおどろき、すぐ急使を大坂の家康に報《し》らせる一方、信吉にも、

——そのほうは、この一件の証人としてすぐさま上方にのぼるように。

と命じた。

藤田信吉はふたたび東海道をのぼって大坂に入り、旅装も解かずに西ノ丸に登城し、家康に謁し、同様のことを訴えた。

「このたびのふるまい、豊臣家のおんために殊勝《こうぎ》である」

と家康はほめ、とくに秀頼の什器蔵《じゆうきぐら》のなかから豊臣家の定紋入りの短刀一口《ひとふり》をとりだして、「秀頼様から」という名目で信吉に与えた。

さらに信吉の身柄《みがら》は徳川家で保護され、京に移し、大徳寺に入れた。

藤田信吉はのちこの手柄で下野国《しもつけのくに》西方で十一万五千石の譜代大名に取り立てられたが、大坂ノ陣の翌元和《げんな》二年五十九歳で没し、嗣子《しし》がないという理由で所領没収され、絶家になった。

信吉が駈けこんできたあと、家康は奥の一室に本多正信をよび、策を講じた。

「罪状明白でござる。景勝、秀頼様に異心ありということで諸侯をあつめすぐさま東征あそばされよ、と申しあげたきところでござりまするが、それではあまりにも上様としてはかるがるしきおふるまい、と世間が思いましょう。ここはいったん会津へ問罪使をおくり、景勝に上洛《じようらく》をすすめ、もしそれを拒絶したあかつきは天下の兵を擁して上杉を討伐する、という段どりのほうが重々しきかと存じまする」

「ふむ」

家康は、考えている。この器量人は、信長や秀吉のような電発的に才気がはたらくたちではなく、わかりきった問題でも熟慮をかさねてゆく。

ややあって肉の厚い瞼《まぶた》をあげ、

「よかろう。ほかに思案があるか」

「あくまでも問罪使は秀頼様がお出しあそばす、という体裁をつくるのが天下の聞えのためによろしいかと存じまする。ゆくゆく征伐に相成るとき、徳川・上杉両家の私戦という印象をあたえぬよう、あくまでも公戦というように持ってゆくようにあそばされねば」

と、あとはこまかい具体策に話を移した。

やがて、正使として徳川家の一将の伊奈《いな》図書頭《ずしよのかみ》、副使として五奉行の一人増田長盛の家老河村長門《ながと》がえらばれ、四月一日、大坂を発せしめた。

かれらは道中をいそぎ、会津若松に入ったのは同月十三日である。

景勝、兼続のふたりは、むしろこの問罪使の来るのを待ち望んでいた。

問罪使が公式のものである以上、上杉家の返答も天下に対する公式のものになるであろう。

公式の文書をもって家康の陰謀を糾弾し、その糾弾状をもって天下の諸侯の心情に正義をよび醒《さ》ます、というのが、景勝と兼続の本意だった。

おそらくそれは、家康に対する公式の挑戦状《ちようせんじよう》にもなるであろう。

挑戦

春は過ぎようとしている。

暦の上ではまだ夏は来ないが、家康の問罪使が上杉景勝の城下に入った日は、会津盆地の天は雲ひとつなかった。

光が、盆地にあふれている。野は菜の花の黄と桑の緑で染めわけられ、どの村も春蚕《はるご》を飼う男女がいそがしそうに立ちはたらいていた。

「もう夏だな」

馬上の伊奈図書頭がつぶやいた。馬は、城の天寧寺口《てんねいじぐち》をめざしてゆく。行列の先登《せんとう》には上杉家の家臣が先導役として馬をすすめ、ついで伊奈図書頭とその供《とも》人数、それにつづいて副使河村長門が黒鹿毛《くろかげ》にゆられてゆく。

(さすが、上杉百二十万石の居城だ)

伊奈図書頭は、前方の蒼天《そうてん》にうかびあがっている七層の天守閣を仰ぎながら思った。

本丸の東は上方《かみがた》ふうに高石垣を積みあげた斬新《ざんしん》な城塁で、南はどういうわけか芝土居《しばどい》を掻《か》きあげ、その上に石垣をつらねただけの古風な塁になっている。

城は、本丸、二ノ丸、三ノ丸のほかに、馬場脇丸《ばばわきまる》、稲荷郭《いなりぐるわ》、北出丸《きたでまる》、西出丸、といった小城郭がそれぞれ高櫓《たかやぐら》をあげ、櫓と櫓のあいだは武者走りなどで連結し、堀と石垣が複雑な構成をなしている。

（よく見覚えておかねばならぬ）

伊奈図書頭はおもった。いざ合戦になれば、十六城門のうちどの門の攻撃を担当せねばならぬかわからないが、とにかく城郭の景観、門の配置、市街の道路などは、記憶しておいて損はあるまい。

かれらは、天寧寺口の門から城内に入ると、休憩所にあてられている二ノ丸の家老屋敷の一つに招じ入れられた。

かれらが通りすぎたあと、市街ではその噂《うわさ》でもちきりだった。

城下の本町に、越後屋というこの町最大の口入屋があり、使節団が通ったあと、武家奉公人や人夫頭などが二、三十人もあつまってかしましく噂した。

「徳川殿はとほうもない」

「あの連中、戦書をたずさえ参ったそうな」

「いよいよ戦さぞ」

というようなことを声高《こわだか》に話しあったが、当然、群れのなかには声の低い連中もいる。眉《まゆ》をひそめ、声をひくめ、言うことも悲観的だった。

「なにせ、天下の兵をこの会津一つが引きうけねばならぬようになるのだ。いかに御当家が謙信公以来の武勇のお家とは申せ、はたして勝算があるものかどうか」

「御当家には城州殿がいる」

直江山城守兼続のことだ。

「謙信公の衣鉢《いはつ》を継ぎ、智謀神のごとしといわれた仁だ。たとえいかようのことになろうとも、まさか御当家が負けるようなことはあるまい」

「負けるようなことがあるまい？」

と、声高の連中がききとがめた。

「なにを弱気な。御当家の勝ちにきまっている。御当家が越後春日山城《かすがやまじよう》に鎮《おさ》まっていなされたころから、一度といえども負けたことがあるか。謙信公のおんときには甲州の武田信玄殿さえあわれや御旗本まで切りくずされ謙信公おんみずからの太刀《たち》にて三太刀まで打たれたぞ。さらには関東を斬《き》りなびかせ、小田原の北条家さえ越後の兵を見れば城門に閂《かんぬき》をかけて息をひそめて出勢《しゆつせい》せざったものじゃ。なんの、徳川殿がごとき。たまたま天運よく栄達し内大臣の位を得、大坂西ノ御丸にあって天下諸侯を拝跪《はいき》させているといえども、ひとたび戦場に出てわが上杉勢と互角に戦えば、またたくまに屍《かばね》をわれらの馬蹄《ばてい》の下に踏みにじられねばならぬ」

「左様にうまくゆくものかのう」

声の低い者がつぶやいた。

「案ずることはない。上杉百二十万石の采配《さいはい》をもつ仁は、城州殿だ」

「その城州殿が」

家康の問罪使をどうあしらうか、これは声高の者も声の低い者も、おしなべての強烈な関心事だった。

景勝が、上座にいる。

正副の使者が着座し、あいさつをのべた。

「遠路、苦労であった」

景勝は、越後なまりのつよい発音で、ゆっくりといった。

眼だけが、すさまじいほどに光っているがこれは元来の顔癖《かおぐせ》なのである。沈毅《ちんき》な容貌《ようぼう》をもち、戦場に出ればこれほど静かな大将ぶりを発揮する男もめずらしい。

——大将の態度に二《に》はない。ただひたすらに床几《しょうぎ》に静まりかえっているものだ。

そう信じている。たとえ戦況がわるくなっても景勝の本陣のまわりの旌旗《せいき》は動かず、景勝の態度も神色自若《じじゃく》としてしずまりかえり、旗本の士も、全員敵の方角にむかって折り敷きをしたまま、咳《しわぶき》一つ立てることすらゆるさない。これが謙信以来の軍法の一つで、大将と本陣のゆるがぬ姿がそこにあればこそ全軍はいささかの動揺もせずにふるいたつものだ、という思想が根拠になっている。

いざ進襲、となればときに景勝は、謙信がそうであったように一騎突出して全軍を鼓舞し、敵軍に駈《か》け入って勇猛果敢な武者ばたらきをすることもあった。

が、景勝自身の頭脳のなかにある戦略戦術の才能はどれほどのものか。名将なのか愚将なのか、これはたれにもわからなかった。

それほど無口なのである。多弁は結局、おのれの手のうちゃはらわたを他人に見せてしまう、無口ならばそれがわからない。

――殿様はいったい何をお考えなのか。

家中《かちゅう》の者さえわからなかった。景勝のそば近くに仕えている近習《きんじゅう》の者さえわからない。このため上杉家の家中の者の景勝を怖《おそ》れるさまが尋常ではなく、みな汲々《きゅうきゅう》として自分の義務を遂行し、さだめられた統制に服従し、戦場では勝手に退く者はなく、みな生死《しょうじ》をわすれて突撃した。

ふしぎな大名というほかない。

察するに、謙信の遺臣というよりも弟子をもって任じている直江山城守が五つ年上の景勝をそのように訓練づけたものであろう。

「わが君は先代謙信公のお血をひかれているとは申せ、その神才までは継がれておりませぬ。されば謙信公の形《かたち》のみひたすらにお真似《まね》あそばしませ。頭脳のほうはそれがしが引きうけまする。主従二人《ににん》あわせれば、かろうじて謙信公に相成りましょう」

とは露骨に言わなかったであろうが、自然と景勝が悟るように仕むけて行ったにちがいない。景勝も人並以上の男である。直江の意を汲《く》み、自分を自分でそう躾《しつ》けて行き、ついには外形、挙措動作、勇気、気概、という四点では謙信以上の謙信になりおおせてしまったのであろう。

その景勝を、正副二人の使者は、顔をあげてじっと見つめている。

(この男、何を考えているのか)

景勝の表情のなかからそれを懸命に読みとろうとしていた。

景勝は、渡された書状を黙読している。この書状は身分がら、家康が差しだした、という形をとっていない。景勝と親しい相国寺の僧承兌《しょうたい》の忠告書、という形式をとっている。が、内実は家康の詰問書であることにはかわりない。

景勝は読みおわり、顔をあげた。眼光に凄味《すごみ》がさしたほか、表情の変化がない。唇《くちびる》はかたく結ばれたままである。

たまりかねて伊奈図書頭は進み出、「徳川内大臣のお言葉」というものを口頭でるるとのべはじめた。

要するに、

「貴殿にあっては籠城《ろうじょう》、合戦の御支度に寧日《ねいじつ》もないよし。諸方からの報《し》らせでその証拠をいくつも知っている。故太閤殿下の御恩を蒙《こうむ》りながら幼君秀頼公に弓を引き奉るとは慮外千万」

これが、叱責《しっせき》である。要求としては、

「されば御料簡《ごりょうけん》をあらためられ、一日も早く申しひらきのために御上坂なされよ。景勝殿はそれがし家康と同様大老の身である。ご相談したい儀が多い。たとえば朝鮮外交のことなど急務もある。早々に参られよ」

というものであった。

図書頭は喋《しゃべ》りおわった。

景勝は、はじめて微笑し、やがてその微笑を消して、

「お答えする前に伺いたい。この書状と申し、その御口上と申し、いかにも仰々しきものであるが、いったい誰に対して申されているか」

「言わずもがな、上杉中納言景勝殿、すなわち貴殿に対してでござる」

「景勝にか」

面上に血の色がさしのぼった。

「景勝が、豊臣家の御恩をわすれて幼君に御謀叛《むほん》し奉ると申されるのか」

「いかにも」

「愚かなことを申されるものかな。この上杉家には先代謙信が遺《のこ》した家法がある。家法は義をもって第一としている。景勝はその祖法をまもり、その祖法に殉じようとする者だ。たとえ天地がくつがえろうとも、この景勝が幼君にそむき奉るべきや」

「しかし書状にも認《したた》め候《そうら》いしとおり、国中で新城を築き、諸国の牢人《ろうにん》を徴募なされていること、これは歴々たる事実」

「左様なことは上杉家内々の行政《しおき》で、そとからとやかく言われることはない。徳川内府が左様にお疑いというのは、つづまるところ、讒者《ざんしゃ》がいるのであろう。その讒者をこれへ召し連

れて参られ、実否を御糾明《ごきゆうめい》なされよ。それはどうか」

讒者とは、上杉家を脱走して家康のもとに走った藤田能登守信吉をさしている。

「その讒者をこれへ引っ立てて参られて実否御糾明なき以上は上方へは参らぬ。また上方にて天下の仕置《しおき》の相談をしたしという内府の御口上なれども、拙者はいささか存ずる仔細《しさい》あれば、内府の末座につらなって大老の職をとるということは御免をこうむりたいと思っている」

景勝は、言葉を切った。あとは石のように沈黙した。この沈黙が、この男の、発言の最後だった。

正副両使はそのあと何度も問いかさねてみたが、素手で岩戸をはたくむなしさをくりかえすばかりだった。

「当家の意向は」

と、横から、米沢三十万石従四位下山城守直江兼続がはじめて口をひらいた。

「書状に認《したた》め、明朝御宿舎までお届け申すでござろう。それを持ちたずさえて、上方に帰られよ」

これ以上の論議は無用、という態度を、山城守は言外にふくませた。

会見がおわり、使者たちは二ノ丸の宿舎にひきあげたあと、景勝と兼続は茶室に席をうつし、主従水入らずで茶を楽しんだ。

茶室でふたりが茶を喫しているあいだ、先刻の使者についての話題はどちらもいっさい口にせず、菓子の話だけが出た。

松風《まつかぜ》という京菓子である。その菓子が、茶菓子として出ている。本願寺がまだ武装教団であったころ門主《もんす》顕如《けんによ》が信長と屈辱的講和を遂げて石山城を明け渡し、紀州鷺森《さぎのもり》に立ちのく道すがら、兵糧方の某が工夫して顕如に差しあげたのがこの菓子のおこりだという。

話は、それだけだった。

やがて山城守は退出し、大町口《おおまちぐち》の城門わきにある上屋敷にもどり、

「書院に筆硯《ひっけん》を用意せよ」

と言いつけ、衣服をぬぎ、湯殿に入り、児小姓《こごしょう》二人に体を洗わせた。

湯殿を出たときは、すでに胸中、文想が高鳴るように湧《わ》きはじめている。

書院にすわった。

「料紙はこれのみか」

足りない、というのだ。家康の暴慢に対する胸中の鬱積《うっせき》をたたきつける以上、よほど長文の手紙になるであろう。

「もっと用意せよ。墨も、硯《すずり》の池にまんまんと水を満たして磨《す》れ」

想《そう》、ようやく至った。

直江山城守は、切るように筆をおろした。

「尊書《そんしょ》、具《つぶさ》に拝見、多幸《たこう》多幸《こう》」

と、まず冒頭に書き、いきなり本題に入った。箇条書きである。

「わが上杉家について、さまざまの雑説が上方において流布《るふ》され、内府も御不審とのこと、なんとも仕方のないことである。会津は遠国《おんごく》であり、そのうえ景勝は若輩ときている。この二つ、謀叛のうわさを生むにはうってつけの条件であることを思われよ。それだけのこと。いたって苦しからざることゆえ、尊意を安んぜられよ。かような流説《るせつ》で心を労せられるな」

「景勝に上洛《じようらく》せよと申されるが、当方はなかなかそうは参らぬ。なにしろわが上杉家は一昨年、父祖伝来の故地である越後から会津に国替《くにがえ》になったばかりである。庶政が山積している。それを片づけるために昨年九月に下国《げこく》したが、下国早々また上洛となれば、いつ国の行政《しおき》をつかまつるべきや」

「景勝に異心なき旨《むね》、誓紙に書いて差しだせとのことであるが、誓紙などは何通書いても意味はない。要は心である。景勝は律義の人物であるということは故太閤殿下がもっともよく存じておられた。その心、太閤の死後といえども変わらない。太閤御死後、諸侯の人心大いに変わったが、景勝をそういう種類の人間と思っていただいては当方迷惑する」

と、山城守は、文中に皮肉をふくませ、暗に太閤の死後、家康が大いに変貌《へんぼう》したことを痛罵《つうば》した。

「さらに、当家が武具を集めていることを攻撃していなさるが、これまた迷惑である。上方武士というのは、今焼茶碗《いまやきちやわん》や炭取《すみとり》、瓢《ふくべ》（茶道具）といった人蕩《ひとたら》しの道具を御所持なさる。田舎武士はそうは参り候《そうら》わず。もっぱら槍《やり》、弓箭《ゆみや》の道具を支度つかまつる」

「また、当国がしきりと道路をつけ、川には舟橋《ふなはし》を架《か》けている、とお責めなさるが、これは聞こえぬ。道路橋梁《きょうりょう》をつけるは国家の行政上当然のことである。讒者の一人堀秀治（越後国主）は会津から越後へ攻め入る軍用道路をつけていると申しているそうであるが、考えてもみられよ、久太郎（堀の通称）ごときを踏みつぶすのに、何の道路が要り申すか。これまた御無用の斟酌《しんしゃく》」

「それにもし景勝が逆心あって籠城《ろうじょう》するとなれば、道路開発とは逆に、国境の出入口をふさぎ、道路をこぼつのが当然である。それをいま景勝は、十方に道を作っている。もし天下の軍に包囲されれば十方に兵を出して防戦せねばならず、人数も足りぬ。やがては攻めおとされてしまう。道路開発はむしろ敵意なき証拠と見られよ」

さらに承兌の手紙に、「さきごろ加賀の前田利長に謀叛の風聞があり、それを内府は詰問《きつもん》なされたが、しかしながら結局は御仁慈をもって事をおだやかにおさめられた。こういう例もあることゆえ、よくよく思慮なされよ」という一文がある。山城守は、この項の返事をかくにあたっていよいよ筆に怒りが籠《こも》った。山城守は前田事件が家康によって捏造《ねつぞう》されたことを知っており、家康の穏便な処置というのは、前田家の未亡人芳春院を人質にとりあげ、その人質を私物とみなし、是も非もなく江戸に送りつけ、強引に前田家を自分の奸謀《かんぼう》の陣営に引き入れてしまったことを知りぬいている。

（この項は、返事を書くのもばかげている）

と、山城守は思い、たった三行、

北国肥前殿（前田利長のこと）の儀、
思召《おぼしめし》のまま仰付《おおせつけ》られたる由《よし》、
御威光浅からず候《そうろう》事。

とのみ書いた。「思召のまま」というのは家康のほしいままに、という意味である。御威光浅からず候事、とは、「けっこうな御威光でござりまするなあ」という意味だ。嘲弄《ちようろう》のかぎりをつくしている。

山城守はなおも書きつづけたが、文意修辞とも家康に対する痛烈な当てつけに満ち、暗にその奸謀を、天と景勝だけは見ぬいている、というおどしを文意の底に秘めさせ、最後に日付、署名、宛名《あてな》を書きおわったあと、「追伸」として、

追而《おつて》急ぎ候間《あいだ》、一遍《いつぺん》に申述《もうしのべ》候。
内府様又は中納言様（徳川秀忠）、御下向《おげこう》の由に候間、
万端、御下向次第に仕《つかまつ》るべく候。

と書いた。この三行が、挑戦状である。意味は、「追記する。うわさによれば家康殿か秀忠殿かが会津討伐に下向なさるらしい。万端、つま

りすべては――その節に仕ろう」
というもので、家康が三軍をひきいて来るならば来《こ》よ、我は国境に陣を布《し》いて待つであろう、ということである。

家康は、大坂西ノ丸で伊奈図書頭の帰国の報告をうけ、やがてこの書状を披《ひら》き、黙読し、読みおわって書状を伏せ、

「自分はことし五十九になるが、この齢《とし》になるまでこれほど無礼な手紙を見たことも聞いたこともない」

と、つぶやいた。家康はほとんど呆然《ぼうぜん》としている。憤《いきどお》ることをさえ忘れたような面持《おももち》で、息を細めていた。

風雲

家康は、演技者であらねばならない。

この天下を一場の舞台とすれば、たったいま、家康は主演役者の位置に立たされている。

「…………」

と、満堂、咳《しわぶき》の声もない。西ノ丸大広間に居ならぶ近臣、諸大名は、声をのみ、この会津

からの挑戦状に家康がどう反応するかを見つめている。

（どうなされるか）

この無礼な書状を会津からもち帰った伊奈図書頭などは血の気をうしなっていた。

「万千代（井伊直政）」

家康は、やがて唇をひらいた。おだやかな顔にもどっている。

「はっ」

と、井伊直政が平伏すると、家康は微笑し、まるで世間ばなしでもするような声音《こわね》で問いかけた。

「去年、そちにあずけておいた三条小鍛冶《こかじ》、あの砥《と》ぎはもう出来《しゅったい》したか」

説明するまでもなく三条小鍛冶宗近《むねちか》は平安朝の名工で、京の三条にすんでいたためその称があり、謡曲「小鍛冶」などで高名な刀工である。家康はそれを、秀吉から拝領した。

「もはや出来いたしております」

「これへもて」

直政はいそぎさがって、やがて白装《はくそう》のままのその一刀を捧《ささ》げもってきた。

「濡《ぬ》れ縁へおいておけ」

「縁へ、でござりまするか」

「左様、縁へ」

言ってから家康は刀のことを忘れたように別の話題を出し、近臣と談笑したあと、ツイと立ち、するすると縁側へ進み、白装の一刀をひろいあげた。

風が、庭に満ちている。

庭といっても、秀吉ごのみの奇岩奇木の多い豪奢《ごうしゃ》な庭園でなく、この大坂西ノ丸を家康が修築するとき、とくに命じて山城山崎のあたりの孟宗竹《もうそうちく》を植えさせて藪《やぶ》にしたものだ。

藪が、天を掃きながらゆれている。

諸大名が、

（あっ）

と声をのんだとき、家康はおどろくほどの身軽さでその風のなかに身を飛ばしていた。

きらっ
と白刃《はくじん》が午後の天にきらめき、目もとまらぬ素早さで竹を斬《き》った。家康は、兵法《ひょうほう》（剣術）ぎらいの秀吉とはちがい、若いころから剣をまなび、天正のはじめ奥山休賀斎《きゅうがさい》から神影流《しんかげりゅう》の皆伝免許さえ得ている腕である。

ちかごろ、異様に体が肥満した。その贅肉《ぜいにく》をとるためもあってしきりと鷹《たか》狩りなどをしているが、容易に痩《や》せない。それほどの肥満体の家康が、かるがると身を動かし、小盆ほどのふとさの孟宗竹を、無声で斬った。

竹がやがて倒れたころ、家康は白刃を鞘《さや》におさめて直政に渡し、

「万千代、斬れる」

といった。事実、たくましげな竹が、薄《すすき》でも斬り払ったようにかるがると伐《き》れた光景を、

一座の者はみな目撃している。

直政は、無言で刀をうけとった。ふつうの家来ならば、

——いや、お刀よりも上様のお腕がよろしいのでござりまする。

とでも追従《ついしょう》をいうところだが、家康の家来の気風としていっさいそのようなことはいわない。家康が、そういう追従をきらうということを知っているからである。

家康は、風のなかで立っている。

直政はごくきまじめに、

「さすがは、五郎正宗か三条小鍛冶かといわれるだけござってよく斬れるものでござりまするな」

「——ああ、それより」

家康は思いだしたように、しかし彼がもっとも言いたかったことを大声でいった。

「万千代、この刀を太刀拵《たちごしらえ》にしておけ」

「いつまでに」

「早々にじゃ。会津の陣にこの太刀をもってゆこう」

たったいまの孟宗竹のごとく上杉景勝を斬る、という意味である。

この一言は、一座の諸大名の耳に雷霆《らいてい》の走る音のように聞こえた。家康が会津上杉家を討つ、という宣言であったといっていい。やがてこの庭さきからこの声は六十余州にとどろきわたるであろう。

その夕、すぐさま豊臣家執政官である奉行の増田長盛をよび、上杉討伐の一件を公式に伝え、かつ、

「わしが全軍をひきいてゆく」

と、いった。長盛は驚き、討伐のことも家康親征のこともふたつながら反対したが家康は笑って答えなかった。

長盛は退出するや、すぐ近江水口《おうみみなぐち》の居城にいる奉行のひとり長束正家にいそぎ上坂するよう急使を走らせ、かつ、豊臣家相談役である中老の生駒親正《いこまちかまさ》、中村一氏《かずうじ》にも連絡し、やがてかれらが参集するや、ともどもに登城して家康に拝謁《はいえつ》し、

「秀頼様いまだ御幼弱におわしまするのに天下に波風を立てるのはいかがでござりましょう。上杉景勝といい直江山城守といい、しょせんは礼をわきまえぬ田舎者でござる。その無礼はわれらがいかようにも叱《しか》りつけまするゆえ、内府はせっかくご分別くだされよ」

といったが、家康はさまざまな理由をあげて頑《がん》としてゆずらない。

「わしは幼君の御為よかれと思えばこそ、会津へ征《ゆ》く。このような無礼、横着をゆるしておいて、天下の政治《しおき》が立つと思うか」

家康は、すさまじいばかりの行動力を示しはじめた。打つ手に猶予《ゆとり》をおかない。

山城守の挑戦状がとどいた数日後に、秀吉恩願の大名三人をよび、全軍の先鋒《せんぽう》をつとめるように命じた。

福島正則

細川忠興
加藤嘉明

の三人である。先鋒といえば、功名の樹《た》て得《どく》であり、武将としてこれほどの名誉はない。

「武門のほまれに存ずる」

と、三人はそろって拝跪《はいき》した。家康にとってみごとな人選といっていい。三人とも気象があらく、戦場では猪突《ちょとつ》の勇を発揮するうえに、なによりも石田ぎらいであり、かつ、次の天下は家康であると見込んでかねがね徳川家に慇懃《いんぎん》を通じてきている連中である。

それにかれらはいずれも秀吉の旧恩最も深いため、かれらを先鋒大将にすることは、豊臣家の諸大名の気持を家康に吸いよせる点で、もっとも効果があるはずであった。たとえば、

――左衛門大夫（福島正則）でさえ、家康の意を迎え、その先鋒となって働くのか。

と、諸大名は思うにちがいない。多少ふんぎりのつかぬ心境でいる連中もあらそって家康の馬印のもとにはせ参ずるであろう。

家康はさらに行動した。

六月二日には、在国の諸大名に軍令をくだし、在坂の諸大名には、それぞれ帰国して出兵の準備をするよう命じた。

その六日。

早くも家康は在坂の諸将を大坂城西ノ丸に総登城をもとめ、会津討伐戦の軍議をひらいている。

もはや、討伐に反対する者はない。時流は一変した。議場のふんいきは、むしろこのあたらしい時運にわれさきに乗ろうという気分が充満し、戦略戦術について諸大名は口々に発言した。

家康からみれば愚劣な戦術論が多い。当然なことで、諸大名にとっては発言して存在を認められたいことが目的であり、なにを喋《しゃべ》っているかという内容はどうでもよかった。

ただあちこちで舌だけが鳴っている議場であったが、家康は終始機嫌よくうなずき、どの意見にも耳をかたむけ、いちいち、

「さすがは戦さ巧者の兵部殿」

とか、

「いや、修理殿はよく気づかれた。これはわしもうかとしていたの」

とかといった相槌《あいづち》をうってやり、かれらの武将としての自尊心を満足させてやった。

席上、堀秀治という男がいる。

官名は左衛門督《さえもんのかみ》、通称は久太郎。

二代目である。

父親の堀久太郎秀政というのは美濃《みの》の出身で、天下に知られた勇者であり、戦場の駈《か》けひきがうまく、秀吉には明智討滅以来随身し、しばしば武功をたててついに越前北ノ庄十八万余石の大大名にとりたてられ、とくに羽柴の姓をゆるされ、「羽柴北ノ庄侍従」という敬称でよばれていた戦国生きのこりの名物男のひとりであった。が、この初代久太郎はいまは亡《な》

い。

この二代目久太郎である堀秀治はまだ二十五歳でさほどの才幹もないが、秀吉の在世当時、亡父の功によって越後に移封され、上杉謙信の居城であった春日山城をあたえられ、三十三万石に加増された。

秀治は、越後移封にともない、前《さき》の越後国主であった上杉景勝にあることで恨みをもった。その恨みがあるために、隣国の会津の動静をこまごまと家康に密告している。

その密告だけで十分の功績があるのだが、この軍議の席上、なにか発言し、より以上に存在を認められたいとあせった。

(なにを申しあぐべきか)

と、あれこれと思案をめぐらせたが、発言するに足るほどの意見が思いうかばない。

やっとあることに思いつき、咳《せき》ばらいを一つして、

「申しあげたき儀がござる」

と膝《ひざ》を進めた。小男である。

「内府は、白河から会津までの道中にある背炙勢至堂《せあぶりせいしどう》という所をごぞんじなるや」

「存ぜぬ」

家康は、かねがね密告者として自分にずいぶんと利益をもたらしてくれているはずなのに、この利口ぶった久太郎二代目の小僧面《づら》がどういうわけか好かなかった。

「ご存じないとあれば、念のために申しあげまする。この背炙勢至堂というところは非常な

嶮所《けんしょ》にて、人ならばやっとふたり、馬ならば一騎、かろうじて通れるほどの切所《せっしょ》でござりまする。上杉方はここに砦《とりで》をかまえ十分な備えをしている様子でござれば、先鋒のみなみな様にあってはずいぶんと御用心あってしかるべきかと存じまする」

（なにを言やがる）

と、家康はおもったのであろう。感情を露骨に顔色に出した。

ひとつには家康が顔色を変えたのには、理由がある。上杉家には謙信の鍛錬をうけた勇将猛士がそろっているという世評が高く、諸大名のなかでもそれを信じている者が多い。このさい、この種の発言は諸大名に無用の恐怖心をおこさせるだけではないか。

そのうえ、この発言は家康の自尊心を、いちじるしく傷つけた。家康といえば、信長、秀吉なきあと、天下第一等の軍略家として自他ともにゆるしている。景勝ごとき者がどれほどの陣立てをしてもなにほどのことがあろう。この発言は、せっかく天下に君臨しようとしている家康の威信を無用にひきさげるものといっていい。

「それだけかな？」

家康はわざと眠たげにまぶたを垂れ、ゆっくりといった。

「それだけかな、と申されますと？」

「いや久太郎殿のお齢に似あわぬ年寄りくさいご忠告はそれだけかと申している」

「いかにも左様で」

「あほうなことを申されるな。たとえそのように嶮《けわ》しい切所であろうとも、敵も槍《やり》は一本、味方も槍は一本である。路上では一人対一人。味方の槍が、なぜ上杉の槍に劣るのか。それとも劣ると申さるのか」

「い、いや」

若い二代目は、見るも気の毒なほどにあわてた。

「さ、左様なことはございませぬ。御味方衆の槍こそ優《まさ》っておりましょう」

「あたりまえのことだ」

家康は三河なまりで、にべもなくいった。諸侯はそういう家康の変貌《へんぼう》を恐怖の目でみた。秀吉の死後、豊臣家の大小名に対して必要以上の愛嬌《あいきょう》をふりまいてきたこの老人が、徐々に愛嬌をひそめ、天下の主、といった威厳をごく自然に押し出そうとしている。

軍議は、家康の叱責《しっせき》でうちきられ、諸侯は退出した。

家康は奥へ入ってゆく。その背後につき従いながら謀臣の本多正信老人は、

（さすがは上様）

と、家康の器量のみごとさに、内心、おどりあがりたいほどの得意とよろこびをおさえかねていた。

（ああなくてはならぬ）

と、この老謀臣はおもうのである。なにしろ家康が会津へつれてゆく軍勢の七割以上は豊臣家諸大名とその兵で、いわば借り物といっていい。借り物である以上、家康としては、

「なにぶんともよろしくお願いしたい」

と、頭をさげて頼み入らねばならぬところである。ところが、家康は三十三万石の大名一人を叱りつけることによって軍議の幕を閉じた。自然、他の諸侯の胸のうちにも、

(もはやわれらが主人は秀頼様にあらず、実力第一の徳川殿にこそ)

という印象、意識が、家康のあの威厳と自信にみちた態度によってくっきりとできあがったことであろう。

(いやさ、おみごとな呼吸よ)

本多正信は長い廊下を渡りつつ、あの座の家康を思いうかべて酔うほどの気持をもった。

そのあと、家康は休息もとらず、すぐ内々の軍議を奥の一室でひらいた。内々、といえばいつもの顔ぶれであった。正信老人のほかに、井伊直政、本多忠勝、平岩親吉《ちかよし》、といった連中である。

「攻め口と、部署をきめよ」

と家康はかれらに言い、自分は脇息《きょうそく》をひきよせ、体をなかば横たえた。

「わしに遠慮をするな。わしはここでそのほうどもの論議をきいている」

家康は、目をつぶった。家康はもともと天才的な冴《さ》えをもった男ではない。自分の独断を信ずるより、一同の賢愚さまざまの意見をききながら自分の意見をまとめてゆくという思考

法をとってきた男だ。幕僚たちは家康のそういう思考法を知りぬいているから、互いに大いに論じはじめた。

こんな光景は、しごく家康的といっていい。かれよりもさきに天下をとった信長や秀吉の場合にはあまりなかった。

幕僚たちは、一枚の絵図面を中心に討議した。会津上杉領の地図である。山河と城々が、そこに彩色されて描かれている。

やがて討議が尽きるころになると、家康はやおら体をおこした。

家康の決断と、その表明がはじまるのである。そうと察して祐筆《ゆうひつ》が、すばやく筆をとりあげた。

家康は、しゃべりはじめた。祐筆が、流れるようにそれを筆録してゆく。

喋りおわると家康は、

「どうだ、異論があるか」

と、さらに幕僚にきく。幕僚たちは家康の意見を基礎にもう一度論じ、最後に家康が結論をくだす。それでおわる。合議主義、というよりもこれが家康の思考法なのであった。

この結果、攻め口と部署の骨子ができあがった。

会津七口というが、主要な攻撃口を五つにしぼり、それぞれ大将をきめた。

まず、主決戦場になるはずの白河口には家康・秀忠の父子がみずからあたり、関西の諸将をひきいる。

仙道口の大将には佐竹義宣、信夫《しのぶ》口には伊達政宗、米沢口は最上《もがみ》義光が仙北の諸将をひきいてあたり、津川口は前田利長と堀秀治、これに堀直政、同直寄《なおより》、村上義明、溝口秀勝などの大名を与力《よりき》として付ける。

「諸大名の集合地は、江戸とせよ」

「あつまる日は」

「できるだけ早く、と、布告はそれだけでよい。日を示さぬほうが、かえって我遅れじとあつまって来よう」

「上様の大坂御発足は、いつになされます」

「明後日か、もしくはその翌日ごろには、御本丸（秀頼）に出陣の御暇乞《おいとまご》いをしたい。そのあと、準備のでき次第、大坂をはなれる」

「左様にはやばやと？」

「機は熟している」

言いおわったとき、家康の頰《ほお》は異様に紅潮し、両眼はすさまじいばかりに光った。

（この一挙で天下が、わがものになるかならぬか）

家康の一念は、もはやそれのみにかかっている。

家康動く

——徳川殿がおんみずから天下の諸侯をひきいて会津上杉家をご征伐なさる。

という報はこの夜のうちに大坂城下にひろがり、さらには、城下にむらがる諸大名の屋敷から、それぞれの国許《くにもと》へこの急をしらせる早馬、早船が、天下六十余州の四方八方へ飛んだ。

「素破《すわ》、天下がみだれるぞ」

という戦慄《せんりつ》が、大きくひろがりつつあった。ひとびとは思った、戦国の世がふたたびくるであろう。

そのなかにあって話題の主役の家康は、脂肪《しぼう》ではちきれそうになった肉体を、ずっしりと大坂城西ノ丸に落ちつけている。

(動くな)

と、家康はみずからに命じていた。林のごとくしずまっている、というのが、いまの家康にとっては興亡を賭《か》けた懸命の演技であるべきだった。かるがるしくは動かぬ——表情も立《た》ち居《い》振舞《ふるまい》も口から出ることばのひびきも、

——さすがは徳川殿は天下の重鎮であられる。

という印象を天下にあたえるべきであった。さればこそ、動揺する諸侯も、家康になびきあつまるであろう。

旗本の士にも、

「すべてたたずまいは粛然たるを心がけよ」

と、命じていた。諸家の武士が立ちさわぐなかにあって、徳川家の旗本のみは常よりも口数すくなく、口論はいっさいつつしみ、殿中にあっても路上にあっても物腰しずかにふるまう。されば、

——さすがは徳川軍団。

ということで天下の人心に信頼感をあたえるにちがいない。

翌朝、家康は早くから大広間に出た。

殿中に人があふれている、といっていい。家康が応接しきれないほど在坂大名や在国大名の家老がやってきては、つぎつぎと拝謁を乞うた。

「このたびの御決断、大慶しごくに存じ奉りまする。それがし、御馬前にて討死の覚悟で参陣つかまつりたいと存じまする」

と、口をそろえてかれらはいった。

まれに、家康自身の出馬を諫《いさ》める者もあった。加藤清正がそうである。

「内府が大坂をお去りあそばされたあと、どのような不届き者が乱をおこすやもしれませぬ。なにとぞ会津征伐は、左衛門大夫（福島正則）、甲州（黒田長政）、越中（細川忠興）、左馬助（加

藤嘉明）、それにそれがしの五人にお申しつけくださりまするように」

といったが、家康は微笑し、

「いや、このたびのことは私としてずいぶんと思慮をかさねたうえで決めたことだ。諫言《かんげん》はありがたいが、無駄《むだ》である」

といってそれ以上言わせず、清正を無視してかたわらの他の者を顧み、自分のむかしの武勇譚《たん》などを語りはじめた。

家康の戦歴はたれよりも古い。なにしろ永禄三年、桶狭間《おけはざま》の合戦《かっせん》のときに満十八歳で今川方の一将となり、三河兵をひきいて織田軍の前哨《ぜんしょう》陣地である丸根砦《まるねとりで》を攻めおとしている。

「あのころ故太閤殿下は、信長公のお馬の口取りとして戦場に出られていたそうな」

秀吉は、当時馬の口取りにすぎず、いまこの大広間に並居る豊臣家の大名衆も、ほとんどがまだうまれてさえも居ない。

清正は、うなだれてきいている。

「なにしろ、四十年のむかしだ」

家康は、いい気持そうであった。これほどのながい軍歴をもっている者は、日本史上、おそらく自分だけではないか。

「いや古い。わしの家中の者でさえ、あの桶狭間以来という古強者《ふるつわもの》は、渡辺半蔵ぐらいのものか」

たまたま、渡辺半蔵は座にいる。家康よりも齢《とし》は一つ下だが、顔に大傷が二つあるためひどく老いぼれてみえた。

「いや、古いのみにて、おはずかしき次第でござりまするわ」

と、笑《え》みもせずにいった。半蔵は徳川家譜代の士で桶狭間よりも三年前に家康に仕え、戦場ではつねに先駆《さきが》けし、桶狭間より二年後の永禄五年の三河八幡の合戦で味方が総くずれになったとき、殿《しんがり》にいた半蔵は一騎でとってかえし、敵中に槍を突き入れ突き入れして奮戦し、敵の名のある者と槍をあわせること十度、その間味方の士を数十人救ってぶじに退却させたため、その後、

「槍の半蔵」

という異名でよばれるようになった。いま、武蔵比企《ひき》郡のうちで三千石を知行《ちぎょう》している（のち、渡辺家は一万三千石）。

「人間の運とは妙なものだな」

家康は上機嫌《じょうきげん》である。

「渡辺半蔵ほどの古豪のものでも、わしのような者につかえたために、まだ三千石の身上《しんじょう》でいる。それにひきかえ主計頭《かずえのかみ》（清正）殿は」

と、はじめて清正を見た。

清正は、はっと平伏した。

「御運のよいことよ。太閤殿下の郎従として仕え奉ったために、まだお若い身空で肥後半国の大身代《おおしんだい》のぬしである」

清正への皮肉ともとれる。

同時に、徳川家では清正以上の武功者が、わずかな身代で掃いて捨てるほど多く居るのだという、家の自慢にもうけとれた。

「半蔵よ」

家康は、ますます機嫌がいい。

「このたびの上杉征伐はそちにとって久しぶりの合戦である。老いはしたが、なおも若衆ばらと先陣をあらそうつもりはあるか」

「ご無用なる冗談《ざれごと》を」

と、半蔵ははじめて苦笑し、

「武者なれば当然なことでござる。半蔵の骨は老いたりとも槍は老いませぬ」

「おお、よう申したぞ。半蔵がその齢で若やげばわしの血も若々しく騒ぐわ」

と家康は膝《ひざ》をうってよろこび、かたわらの小姓に言いつけて、

「二番目の具足櫃《ぐそくびつ》をこれへもて」

といそがせた。

やがて、家康愛用の兜《かぶと》、具足が重々しげにはこばれてきた。

家康自慢の南蛮甲冑《かっちゅう》である。ポルトガルの騎士の着用する洋式甲冑を堺で買いもとめ、その兜にシコロをつけたり、鎧《よろい》に草摺《くさずり》をつけたりして、日本風に仕立てなおさせたものだ。

総体が銀色にかがやき、兜は椎《しい》ノ実形《みがた》、鎧は鳩胸《はとむね》のつき出た異風なものである。

「半蔵」

と、さしまねき、

「これをそちに呉《く》れてやる。このたびの戦さではこの異風の甲冑を着てひとしお若やぎ、むかしの武勇に劣らぬ槍をかせげ」

家康の諸侯への示威であり、こういう演技のなかで上杉征伐にかけている自分の決意の容易ならぬものを諸侯にさとらせようとしているようでもあった。

夜がきた。

すでに伺候《しこう》の諸大名は下城《げじよう》したが、なおも家康の居室には煌々《こうこう》と灯《あか》りがつき、直参諸将との会議がつづけられている。

軍議がおわると、家康は旗本の士で佐野忠成《ただしげ》をよび、

「そちは大坂に残り、この西ノ丸の留守をせよ。女どもをあずけるぞ」

と命じた。家康としては、阿茶ノ局《あちやつぼね》など自分の側室たちを連れて東下《とうげ》するわけにはいかない。表面、謀叛《むほん》ではないのだから、あくまでも女どもは大坂に残しておかなければならなかった。家康に従う諸大名も、豊臣秀頼に対する「質」として妻子を大坂に残しておく。家康だけが連れ去るというわけにはいかない。

が、これが、家康にとっては目下の懸念《けねん》のたねなのである。

「そちは機転もきく。そちなればこそとおもい、局どもの身を託する。よいか」

佐野忠成は肥後守と称し、三千石の身上である。武勇自慢であったためこの役目が不服で

あったが、ともかくも受けた。

その後、乱の勃発《ぼっぱつ》とともに佐野忠成は婦人たちを保護して大坂城を脱出し、大和へのがれ、土地の知る辺《べ》に彼女らをあずけ置き、自分ひとりは伏見城に入城して戦死した。

戦後家康は大いに怒り、

「伏見で討死したというは一応は忠に似ているが忠ではない。わしは女どもを忠成にあずけた。忠成はその保護に終始すべきであったが、途中、わしの見も知らぬ他人にあずけ、おのれ一人の武名を樹《た》てんとして身勝手にも討死した」

としてその禄《ろく》三千石を没収し、その子成職《しげまさ》に五百俵だけ相続させた。


その翌朝、家康は本丸の秀頼のもとに伺候し、出陣の事情を話し、

「豊家《ほうけ》千年のためにそれがしにしばしの御暇《おいとま》をたまわりまするように」

と、形《かた》どおりの暇乞いの口上をのべた。むろん家康出陣のことは、家康の意を体した奉行増田長盛から秀頼とその母の淀殿にあらかじめ言上《ごんじょう》してあり、この暇乞いは一種の儀式にすぎない。

要するに家康の出陣の資格は、豊臣家五大老筆頭として秀頼の名代《みょうだい》となり、「豊臣家の叛臣《はんしん》」上杉景勝を討つ、というものであった。そういう資格なればこそ、秀頼の家来である諸大名を家康はひきいて行けるわけであった。

儀式も、名代に対する儀式であった。秀頼は近臣に教えられたとおり、

「苦労である」

と、幼い声でのべ、手ずから宝刀、茶器を出陣の祝いとしてあたえ、さらに本丸金蔵《きんぞう》から黄金二万両、兵糧蔵から米二万石を餞別《せんべつ》として下賜した。

そのあと、京の朝廷からも権大納言《ごんだいな》勧修寺《ごんかじゆうじ》晴豊《はるとよ》が勅使としてくだってきて家康の西ノ丸に入り、家康に勅語を賜《たま》い、布《ぬの》百反を下賜された。

家康は天皇の勅命と秀頼の台命《たいめい》をもって上杉を征伐する、という形式になり、その出陣にみごとな法的装飾がほどこされた。むろん、この勅使西下の下工作《したごうさく》は家康の密命をおびた京の商人茶屋四郎次郎、宇治の茶師上林《かんばやし》暁庵《ぎょうあん》らが早くから公卿を説いて膳立《ぜんだ》てをしていたものので、朝廷の自発的意見で大坂へ勅使がやってきたものではない。その点、家康は周到すぎるほどの手配りをほどこしていた。

いよいよ家康は慶長五年六月十六日の早暁大坂城を発した。

朝、陽《ひ》の昇るとともに家康は城の京橋口の城門から出た。

まだ朝も早いというのに内大臣家康の出陣の光景を見物するため、びっしりと市民が群れあつまり、京橋から天満《てんま》の舟着場までの数丁のあいだ、折りかさなるようにして土下座《どげざ》している。

「おや」

と、市民たちは拍子ぬけする思いがした。

秀吉の九州征伐、小田原征伐、朝鮮ノ役での肥前名護屋《なごや》への出陣風景というものを市民たちは見てきて記憶にある。派手ずきの秀吉のばあいは、さまざまの奇抜な趣向をこらし満都の人心を酔わしめるような華麗な演出をしたものであったが、家康はまるでそれと正反対だった。

地味に、着実に、家康直属のいかにも三河ぶりの篤実《とくじつ》そうな将兵三千人が歩武《ほぶ》をそろえて城門を出てゆくばかりである。

大将の家康自身がそうであった。

彼のみは甲冑さえ着けていない。浅葱《あさぎ》（水色）の帷子《かたびら》に広袖《ひろそで》の黒羽織、といった隠居風の服装に、頭には陽よけのために越前戸《と》ノ口《くち》産の笠《かさ》をかぶっている。

それだけであった。かれが、その常用の乗馬「島津《しまづ》駮《ばく》」というまだらの毛をもった日本第一の名馬にさえ乗っていなかったなら、

――あれが大将か。

と、ひとはうたがったであろう。

家康はそのまま天満の河岸から船に乗り、淀川をさかのぼった。御座船には葵《あおい》の定紋を染めぬいた戦陣用の幔幕《まんまく》がはりめぐらされ、船上には旗、幟《のぼり》が川風にひるがえり、その船を、三十人の人夫が陸をゆきながら綱《つなび》曳きしてゆく。

陸には、護衛のための戦士二千五百が伏見にむかい、日ざかりの堤みちをひしめくように

してのぼりつづけた。

「暑いことだ」

家康は、川風のなかでいった。

「左様で」

本多正信老人が、頭をさげた。

「わしはかように肥《ふと》っている。暑さのこたえかたが痩《や》せたそちとはちがう」

「いやいや、痩せたそれがしなどは、暑気が骨までこたえるようでござりまする」

「去年の暑さもひどかった」

と、家康はいった。去年の夏は、豊臣家の奉行衆に強談《ごうだん》してむりむたいに入りこんだ伏見城で家康はすごした。伏見城は桃山の高台にあり、夜分はよほど涼しかったが、日中の暑さは格別で、家康はしばしば天守閣にのぼり、納涼したものであった。

「去年はお天守で」

と正信が、含み笑いしながら家康にいうと家康もある事を思いだしたらしい。

「左様、わしが盗人《ぬすびと》をみつけた」

家康と正信ほか数人の側近だけが知っている納涼の思い出である。去年の夏、天守閣で涼んでいると、眼下に大台所の屋根がみえる。その屋根の下から台所奉公の下人《げにん》たちが、しきりと何か食物らしきものを袂《たもと》に入れたり、懐《ふとこ》ろにねじこんだりして出てくる。

「あれは、物を盗みおるのではないか」

家康は吝《しわ》いうえに、官規のゆるみを人一倍いやがるほうだ。

「台所役人があのようなことをするのは、その長《おさ》の取締りがゆるんでいるためだ。あの棟《むね》の長はたれであるか、すぐしらべよ」

と、みるみる顔色の変わるほどに不機嫌になり、左右が取りなしかねた。

そのとき傍《かたわ》らにいたこの本多正信老人が、のびあがって窓からそれを見おろし、やがて、

「弥八郎、あれについて存念がござりまする」

と、にこにこ笑った。

家康もその笑顔にとまどい、

「申してみよ」

というと、正信は扇子を膝に立て、

「あの光景、まことに御当家にとってめでたきことでござりまする。上様、むかしをお想《おも》い出しくださりませ。むかし岡崎城におわしましたる御小身のころは申すにおよばず、浜松城のころ御領国だいぶ広くおなりあそばしたとは申せ、それでも城内のお台所はまずしく、台所役人が鰹節《かつおぶし》一本でも盗むゆとりはございませなんだ。いまや関八州の太守《たいしゅ》にならせたまい、秀頼公になりかわって天下の政務もご覧あそばし、諸大名より参る貢物《みつぎもの》もおびただしく門内より入るように相成りましたればこそ、蔵々に物も満ち、台所もうるおい、自然盗人も出来《しゅったい》いたしまする。それそれ、いつも前波半入《まえなみはんにゅう》が御前にてうたう今様《いまよう》（流行歌）の文句にもあるではござりませぬか、

御台所と川の瀬は
いつもどむどむなるがよい

あれでござりまするよ」

正信にすれば、天下第一の大名であり、秀頼の代官ともあろう家康が、いつまでも台所のことまで口に出すものではない、と言いたかったのである。

家康は、苦笑してそのあとなにもいわなかった。言う必要もなかった。台所役人の処罰は正信が筋を通して始末するであろうことを知っていたからである。

「江戸へは」

と、正信は話題をかえた。

「いそぐくだられまするか」

江戸が、会津討伐の最終準備地になるため家康の江戸到着が何日か、ということで作戦開始のおよその日取りも決まろうというわけであった。

正信は、それについての家康の本音を聞き知っておきたい。

「そうさな」

家康は、懐ろをくつろげて風を入れた。

「いくさは夏場はこまる」

「ははあ」

「暑いことゆえ東海道はゆるゆるとくだり、途中、富士のあたりで鷹狩《たかが》りなどもしたい」

「ははあ」

正信は、深くうなずいた。

家康の意中が、自分が勧めようとしている作戦と符を合わせたようにおなじであることに満足したのである。

（留守中に、石田が挙兵する。それを上様は待っておわす）

家康の目は、奥州の片田舎である会津などに注がれていない。

大坂を去りつつ大坂に注がれつづけていることに正信は安堵《あんど》し、あらためて自分の主人の戦略眼のたくましさに心の底のゆすぶられるような畏敬《いけい》をおぼえた。

夕刻、伏見着。

家康は残照をあびつつ、出陣第一日目の宿所である伏見城に入った。

琵琶湖畔《びわこはん》

（齢かな、この疲れは。——）

家康は伏見城に入ったとき、さすがに物をいうのも大儀だった。なるほど齢でもある。しかしひとつにはきょうが道中の第一日で、体が旅に馴《な》れていない。船疲れがしたのであろう。

「すぐ寝《やす》みたい」

廊下を渡りながら本多正信老人にいった。

「これはいかに」正信はいった。「伏見在番《ざいばん》の諸将の謁見《えつけん》もなさらずに？」

「ああ、せぬ」

家康は、みじかくいった。

「これからさき、わしの一世一代の大狂言がはじまるのだ。舞台にのぼる前に体を疲れさせたくない」

家康は、元来、自分の疲労に対して用心ぶかい男だ。疲れれば物の考え方が消極的になり智恵もにぶる、ということをよく知っている。

「御意《ぎょい》」

と、本多正信老人はひきさがった。

家康は寝所に入った。

この寝所は死んだ太閤がときどき使っていた鴻《こう》ノ間《ま》で、襖《ふすま》の金箔《きんぱく》の地《じ》に、鴉《からす》に似た黒い鳥が無数にみだれ飛んでいる。

(この鳥のように)

と家康は思った。東海道の沿道の諸侯の心もどこに飛ぼうとしているのか、わかったものではない。江戸へくだってゆく家康を、途中で討ちとめようとする者があらわれて来ぬともかぎらないのである。

（疲れてはならぬ）

この江戸への道中そのものがもはや家康にとって戦闘行為の序幕であった。

家康は寝床に入り、目をつぶってからふと思いかえし、枕頭《ちんとう》の鈴をはげしくふった。ふすま越しに宿直《とのい》の近習が、低声《こごえ》で答えた。

「山下又助、これに控えておりまする」

「申しわすれた。佐州《さしゅう》（本多正信）に伝えておけ。明朝一番に、彦右《ひこう》に会うぞ」

「鳥居彦右衛門殿でござりまするな」

「左様」

家康はうなずき、やっと目をとじた。鳥居彦右衛門は、家康が大坂城西ノ丸に移って以来、ずっとこの伏見城の城代の役目をつとめてきた徳川家譜代の老将である。

家康は、眠りに落ちた。ほとんど夢さえ見ずに眠った。

早暁《そうぎょう》、はね起きた。

よほど快くねむれたものらしく、疲労はあとかたもない。

（おれはまだ若い）

昨夜の老人が、別な実感をもった、ほとんど駈け出したいような、それほどみずみずしい弾みが体中にみちあふれている。

この朝、慶長五年六月十七日は、この年に入ってめずらしいほどの快晴であった。

家康は、廊下へ出た。近習が、あわててあとを追い、扈従《こじゅう》した。家康の足が早い。

(上様は、どうなされたか)

近習がみないぶかしんだほど、家康の歩きかたは若々しかった。

左手が庭で、軒の庇《ひさし》のむこうに真蒼《まつさお》な天がみえる。家康はときどき首をまわしては天をながめ、若者のようにいきいきと歩いた。

(金殿玉楼《きんでんぎよくろう》というが、それはこの城のことであろう)

普請道楽だった秀吉が、その晩年、天下の富を傾けて築きあげた城である。物に数寄心《すきごころ》のない家康は、この城がこの伏見桃山の丘陵を削って普請中のころ、

(なんという阿呆《あほう》な贅《ぜい》をしたがる男だ)

と、内心秀吉の帝王趣味のとめどなさにあきれもし、それを手伝いさせられることに迷惑をも感じていたのだが、こうしてあらためて眺《なが》めてみると、秀吉の残したこの遺産がとほうもなくみごとなものにみえてきた。

(これがみな、わしの所有《もの》になるのだ)

家康は、そう思いつつ歩いた。所有になる、といってももともと無駄《むだ》と浪費のきらいなこの男のことだから、当節最大の無駄といえるこの伏見城そのものを欲しいとおもったわけではない。家康にとっては、無駄はあくまで無駄であった。

(だから、いずれは毀《こぼ》ってやる)

伏見城よりも、伏見城を「毀てる」という権力を、家康はいまはげしく欲している。

やがて、千畳敷といわれる大広間に出た。

(この間《ま》で太閤は、諸侯に謁見した。わしもしばしばこの間で謁見を受けた。太閤にすればいい気持であったことだろう)

家康は、ふと、秀吉がかつてすわっていた上段ノ間に自分もすわってみたくなり、子供っぽいほどの足早さでそこへあがった。分別くさい男で通っている家康にしてみれば、めずらしい挙動である。

家康はしばらく立っていたが、やがてゆっくりと腰を沈め、尻《しり》をすえた。

(天下がいよいよ、わしの懐《ふとこ》ろにころがりこんできた)

ながいあいだ、辛抱をかさねてきた。ついに待った甲斐《かい》があった、と思うと、家康のほおが、うずうずと笑みくずれてきた。

大広間は、森閑《しんかん》としている。

人といえば、いま上段ノ間にすわっている家康だけである。それ以外には、広間の片すみで、かれの近習の士、侍医など数人が小さく群れているにすぎない。

家康は、ひとり笑っている。

その光景があまりに異様だったのか、側に侍していた一人である板坂卜斎《ぼくさい》という者が、のちにこう記している。

十七日、伏見に御逗留《ごとうりゅう》。
千畳敷の奥座敷へ出御。
御機嫌好《よく》、四方を御詠《おなが》めあり、
座敷に立《たた》せられ、
御壱人《おんいちにん》、莞爾々々《にこにこ》と御笑被成候《おえみなられそうろう》。

家康がそういう挙動をしているとき、はるかな下座に人影がひとつあらわれ、うずくまった。

この城の留守をさせていた鳥居彦右衛門元忠である。

「近《ちこ》う」

とは、家康はいわなかった。みずから立ちあがって上段ノ間をおり、畳を踏んで彦右衛門のそばまでゆき、腰をおろし、右ひざを立て、

「彦右衛門。頼みたい大事がある」

といった。

彦右衛門は、皺《しわ》ぶかい顔をあげた。家康よりも三つ年上である。

老臣といえば渡辺半蔵もそうであったが、経歴のふるさはこの彦右衛門には及ばない。

なにしろ家康がまだ松平元康《もとやす》といっていた少年のころ、駿河《するが》の今川義元のもとに人質にと

られて行ったとき、三河からお守役《もりやく》の一人としてついていったのが、この彦右衛門であった。

当時、彦右衛門は、今川侍から奴僕《ぬぼく》のようにあつかわれつつも家康の身辺を離れず、夏には家康の体をぬぐってやり、冬には肌《はだ》で家康の足を温め、体を擦《す》れ合わせるようにして共にくらした。それ以来、ふたりのあいだには、主従、というより以上の濃密な共通の感情がながれつづけている。

彦右衛門という男は、律義で朴訥《ぼくとつ》で、主人のためなら水火も辞せぬという、典型的な三河者だった。

例がある。

彦右衛門は家康の身代が大きくなるにつれて禄《ろく》もふえ、いまでは下総《しもうさ》で四万石という大名の位置にある。当然、何々守《なになのかみ》という四位、五位の位官がつくはずであり、事実家康手飼いの大名はことごとくそれに任ぜられたが、この老三河者のみは、

「それがしはただの彦右衛門でけっこうでござる」

と、いかに家康がすすめても頑《がん》として受けず、いまだに日本唯一《ゆいいつ》の無官の大名として通しつづけている。

「彦右衛門、わしは会津へゆく」

と、家康は、この男にものをいうときだけは、幼童のときのような話しぶりになる。

「わしが会津にゆけば」

と、低声になった。

「上方で石田三成が旗をあげるであろう。このことはまちがいない」

家康は、一語々々、嚙《か》んでふくめるようにゆっくりといった。

「石田は大坂で西国大名を掻《か》きあつめ、まずこの伏見城に攻めてくるであろう。人数は十万、あるいはそれ以上かと思われる」

伏見城は、陥《お》ちるであろう。

家康にとって、捨て城といっていい。その捨て城の城将として、この鳥居彦右衛門を任命しようと家康はしている。

（律義者の彦右衛門以外の者には、この死城の城将はつとまらぬ）

と、家康はみていた。奮戦のうえ玉砕すべき城である。もし利口者を城将にすれば巧妙に立ちまわって敵と妥協するか、降伏するかもしれない。

（そうすれば徳川家の威信は地に落ち、後日の政略にまで影響する）

彦右衛門ならば、負けるとわかりきった防戦を愚直に敢行し、死力をつくして戦い、三河武士の勇猛ぶりをぞんぶんに発揮して天下を戦慄《せんりつ》せしめてくれるであろう。この任は、彦右衛門しかない。

「残ってくれるか」

家康はさらに、彦右衛門の副将として、内藤家長、松平家忠、松平近正の三人を添える旨《むね》をいった。総勢およそ千八百人である。

「承知つかまつりました」

と、彦右衛門は、顔色も変えずにうなずき、しかしながら、といった。

「どうせ陥ちる城」

と彦右衛門は、大広間を見渡し、

「いま申された三人の助勢は無用でござりまする。かれらは会津陣にお連れなされませ。この城の籠城《ろうじょう》は彦右衛門ひとりで十分でござる」

例の頑固さではげしく言い張ったが、家康にも考えがある。どうせ死戦とはいえ、彦右衛門の手が一手《いって》では五百にも足らず、城はあっけなく陥ちてしまい、これまた天下に徳川家の武威をうたがわれることになる。せめて何日かでも城をもたせるべきであろう。それには右の三人の助勢が必要なのである。

その旨を説くと、

「なるほど左様なお肚《はら》か」

と、彦右衛門はかるがるとうなずき、家康の説に賛同した。

（ひとつ難がある）

この城は故秀吉の別荘ともいうべき道楽城《どうらくじろ》で、鉛弾《えんだん》の貯蔵があまりない。

「彦右衛門」

家康は、思いきったことをいった。

「当城は太閤御存生のころから、天守閣にずいぶんと金銀を貯えられている。もし戦端がひらかれ、鉛弾が欠乏したとき、あの金銀を鋳《い》つぶして弾《たま》として撃て」

「さてこそは」

と、彦右衛門は膝《ひざ》をうった。

「それがし御幼少のころからお側ちかくに仕え苦労をかさねてきた甲斐《かい》がござる。それほどの御大度《ごたいど》ならば、上様は天下をおとりあそばすでござりましょう。伏見城の金銀など、弾として撃ちつくしても、後日天下をお取りあそばせばいかほどでも取り戻《もど》せまする」

夜に入って、家康はふたたび彦右衛門を奥座敷によび、酒をあたえ、さまざまの物語をした。彦右衛門はこころよく酔い、駿河流寓《りゅうぐう》時代の話などをし、

「おもえば、ながい主従の御縁でござりましたが、これが今生《こんじょう》で拝謁できる最後になりましょう」

と、彦右衛門はさりげなくいって座をさがった。やがて廊下を退《さ》がってゆく彦右衛門の足音が聞こえてきた。この老人は三方ケ原の合戦《かっせん》でびっこになったため、足音が異様に高い。その足音が遠ざかってやがて消えたとき、家康は急に顔を蔽《おお》って泣いた。

ちなみに筆者いう。

彦右衛門のような型の三河者のいるのが、家康の軍団の特色といっていい。

信長の軍団にも秀吉のそれにも、こういう気質《かたぎ》の将士はいなかった。風土のちがいといっていい。

信長は、尾張衆を率《ひき》いていた。尾張は交通が四方に発達し信長のころから商業がさかんな

ため、自然、土地の気風として投機的性格がつよい。才覚はすぐれていても、律義、愚直、朴強《ぼっきょう》といった気風にとぼしい。

隣国ながら、三河は逆である。純粋の農業地帯で、流通経済のうまみをまったく知らない地帯といっていい。自然、信長の軍団の投機的華やかさにくらべ、家康の軍団には百姓のにおいがある。この気質からくる主従のつながりの古めかしいばかりの強靱《きょうじん》さが、いま天下の諸侯をして家康の軍団を怖《おそ》れしめている最大のものであろう。

家康は翌十八日朝、伏見城を発して、昼前には大津城下についた。

京極《きょうごく》高次六万石の居城である。

城の本丸は湖上に突き出、大手門は京町口にある。

京極高次、三十八歳。

(腰の弱い男だが、それだけに十に九つ、わが方に味方するはず)

と、家康はみていた。

高次はかつて秀吉が明智光秀を討ったときかれは明智方に属していた。取りつぶされるはずであったが、許された。一つには京極家は佐々木源氏の嫡流《ちゃくりゅう》ともいうべき名家であったことと、高次の妹が秀吉の側室になって「松ノ丸殿」とよばれ、愛寵《あいちょう》をうけていたことにもよる。

さらにいま一つ、縁がある。高次の妻お初《はつ》は、淀殿の妹なのである。閨閥《けいばつ》の点からいえば高次ほど豊臣家に縁のふかい男もいないであろう。

ところが、徳川家にも縁がふかい。家康の世嗣《よつぎ》の中納言秀忠の妻が、高次の妻の妹なのである。縁は、両家にまたがっている。

しかし高次は秀吉の死後、家康に急速に接近し、

「一朝事《いっちょうこと》がありましたならば、手前を御幕下《ごばっか》とお心得くだされ、お心隔てなくお下知《げち》くだされよ」

と、何度も家康に申し入れてきている。事実、高次の大津城は家康にとって重要な戦略要《よう》塞《さい》になるはずであった。三成が大坂で兵をあげ、東方の家康を討つべく伏見を陥《おと》して大挙東《とう》上《げ》する場合、この大津城がその東進をはばむ要塞になる。三成の軍が、大津攻防で時間をついやしているあいだに、東国の家康は十分な戦争準備をすることができるであろう。

(高次の心だけはつかんでおかねばならぬ)

と家康はおもいつつ、隊列が大津城下にさしかかったとき、高次みずから京町口のそとまで家康を迎え出ていた。

「ご昼食をさしあげたい」

と申し出、家康はよろこんで承諾した。

案内されて城内に入り、大広間で馳走《ちそう》をうけた。

昼食がおわったあと、家康は京極家の奥に入り、秀吉の側室だった松ノ丸殿に拝謁し、

「ご壮健なによりに存じまする。お聞き及びのことと存じまするが、会津にて乱をおこす者があり、それがし、秀頼様ご名代として下向つかまつりまする。乱平《たいら》げしあと、ゆるゆるご謁見を頂戴《ちょうだい》し、いくさの物語などつかまつりましょう」

と、鄭重《ていちょう》に申しあげた。

そのあと、松ノ丸殿の義姉である高次の妻にこんどは逆に家康が上座にすわり、謁見をゆるし、気さくに物語などもした。

広間にもどり、家康は上段にすわった。

高次の重臣たちに謁をあたえるためであった。主人高次が、ひとりずつ紹介するうちに浅見藤右衛門という者の順番になった。

「その名、きき覚えている。浅見藤右衛門とは、むかし賤《しず》ケ岳《たけ》の合戦で武功ひびきわたった者ではないか」

そのとおりであった。浅見は家康にまで自分の名を知られていることに感激し、声をあげて感動した。

家康は、他の重臣にもまんべんなく声をかけてやることを忘れない。

「みな、よき面魂《つらだましい》よ」

などと多弁なほどにしゃべり、座を変えて、高次と一時間ばかり密談し、そのあと機嫌よく城を辞した。

隊列は大津城下をはなれ、陽《ひ》が沈もうとしているころ、今夜の宿営地である石部《いしべ》の宿《しゅく》についた。

（近江は三成の居城のある国ゆえ、よほど大事をとらねば）

とおもっているうちに、この夜、一人の大名が、ことさらに供は二人、槍《やり》ももたせず、白扇一本をたずさえたのみで、家康の宿所にやってきた。

襲撃

不意の訪客は、長束正家である。

齢は、四十すぎ。

小柄《こがら》で、痩《や》せている。おだやかすぎる風ぼうは、とてもこの男が、五万石の大名とはみえず、このようにただひとりで玄関に立っているあたり、土地の医者か神主のようである。

「なに、大蔵少輔（正家）がたずねてきた」

と、すでに寝所に入っていた家康はくびをひねった。

長束正家は、五奉行のなかでも、いちばん三成と親交がふかい。石田党といっていい。そのくせ、三成のような激しい個性がなく家康に対してもほどよくつきあってきた。

（所詮《しょせん》は、一介の能吏にすぎぬ。肚《はら》も度胸もない）

と、家康はかねがね見ていた。

秀吉が天下をとったとき、もはや野戦攻城の猛将は必要としなくなった。それよりも天下を行政する能吏が必要だった。

まず、子飼いの近習武士のなかから三成を抜擢《ばってき》し、それまで一介の「佐吉」にすぎなかった三成を、治部少輔に任官せしめ、大名にする一方、五奉行のひとりとし、天下の庶政、財政などをあつかわせた。

それと同様の理由で、秀吉は長束正家を抜擢して五奉行のひとりとした。正家はそれまで丹羽家の家来だった男で、秀吉にとっては陪臣である。若いころから経理にあかるく、そのほうの才能で世間にきこえていた。五奉行になってから次第に累進《るいしん》し、いまではこの石部の宿から十五キロ東方の水口の城主になっている。

「正家は一人で来ておると？」

と、家康は、寝所の入り口にうずくまっている本多正信老人に低声でいった。

「はい、扇子《せんす》一本もったまま」

「まさか、夜討の人数を、この宿場のどこかに伏せておるのではあるまいな」

「それほどの度胸はございますまい。しかし念のため、本多忠勝の人数が、宿場や街道のすみずみを探索してはおりまするが」

「会うか」

「いや、たかが、五万石の小大名。内大臣たる上様が、わざわざ寝所をお出ましあそばすほどのことはござりますまい。それがしがかわって、用件をきいておきましょう」

「そちにまかせよう」

家康は、絹ぶとんの上に身を横たえた。

本多正信はひきさがり、玄関わきの小部屋に正家を招じ入れ、

「なにぶん旅さきにて、お通しできるほどのよき部屋がありませぬ。上様すでに御寝《ぎょし》あそばされておりますゆえ、それがし、御用をうかがいます。シテ、夜中わざわざ、なにを」

「いや、痛み入る」

と、正家は扇子を置き、

「それがしの城は、この石部のつぎの水口の宿にござる。城にて明朝の朝めしを支度しておきますゆえ、ぜひぜひ、お立ち寄りくださりませぬか」

家康およびその麾下《きか》三千人の朝めしを自城で用意しようというのである。

(なんじゃ、それだけの用か)

と、正信老人は拍子ぬけする思いだった。

「ご親切、痛み入る」

正信は一礼して奥へひっこみ、家康の意向をうかがったところ、「好意に甘えよう」ということだったので、戻ってきてその旨を長束正家に伝えた。

「お受けくださいましたか」

正家は喜色をうかべ、

「さればすぐ城にもどってその支度を命ぜねばなりませぬゆえ、これにて」

と、そそくさと戻って行った。

そのあと、正信老人三度《みたび》、家康の寝所の入り口にうずくまり、

「大蔵少輔、退出つかまつりましてござりまする。さて」

と、咳《せき》ばらいを一つした。

「上様には、ご本心、かれの居城にて朝餉《あさがれい》をお召しあがり遊ばすおつもりでござりまするか」

「朝めしなど、どこで食っても同じことだ」

「やつ、挙動に落ちつきがござりませなんだぞ。なにやらそわそわと」

「顔色は？」

「いつもよりも悪《あ》しゅうござりまする。なにやら、企《たく》んでいるとも受けとれる様子」

「あの腰ぬけに、なにができるものか」

「いや、後ろ楯《だて》に、佐和山の狐《きつね》がついて糸をひいているかもしれませぬわ」

同じこの江州である。三成の居城である湖畔の佐和山から長束正家の居城水口まで、間道を通れば四十キロほどの距離だ。

「なるほど、佐和山の狐がのう」

「上様を水口城に取り籠《こ》め、城門をぴたりととざして亡《な》きものにし奉る、という思案ぐらいは、たれでも考えつきそうなことでござりまする」

「しかし弥八郎」

家康は、臥《ふ》せながらいった。

「朝めしの招きをことわれば、家康おびえたり、と世間にいわれよう」

「まことに」

と、正信はうなずき、

「とにかく、今夜、この街道のさきざきまで人をばらまき、不審の現象《こと》がないかどうか、十分に探索してみましょう」

「当然なことだ」

家康は、昼間、大津城で快弁をふるったために、よほど疲れている。すこし不機嫌な返事をし、眼を閉じた。


この日の、前々日のことである。

湖岸の佐和山城の奥ノ間で、三成の家老島左近が、三成にしきりと弁じた。

「ご決意あそばせ」

ということである。家康が東下《とうげ》の旅行を開始している。東海道を用いているため、途中、この近江の南部地方を当然、通過する。

「幸い、水口城は、長束大蔵少輔殿の御城でございます。この水口城を利用し、途中、一挙に家康を刺し殺し、天下の乱のモトをお摘みとりなされませ」

「大蔵少輔は、気の小さな男だ。はたして加担するかどうかわからぬ。たとえ加担しても小心な者はとかく事をしくじるものだ」

「なんの、手前がうまくつかまつる」

「さて、のう」

三成は、煮えきらなかった。

「殿はなお、大合戦をお考えでござりまするか、天下真二つに割る、という」

「それしか考えておらぬ」

三成は、派手好みな男だ。おなじ家康を討つなら、古今にない大合戦の絵巻をくりひろげつつ天下の耳目《じもく》を聳動《しょうどう》させ、堂々と戦場で家康を討ちとりたい。

「仕掛を大きくすればするほど、世道人心のためになるのだ。義はかならず勝ち、不義はかならず亡びる、という見せしめを、おれはこの無道の世に打ち樹《た》てたい」

「ご無用なことを。戦さは世道人心のためにするものではござりませぬぞ」

（いつまで経《た》ってもこの殿は嘴《くちばし》が黄色い）

左近は、にがい顔で思った。三成はむかしから学問が好きで、ちかごろいよいよその傾向がつよくなってきている。物の考え方が観念的にするどくなり優《まさ》っているかわり、それのぶんだけ、現実へそそぐ目がにぶくなっているようだ。

左近は、徹底した現実主義者である。

(殿は、佐和山十九万余石でしかない。関東二百五十五万石の家康を相手に勝負するには奇《き》道権道《どうけんどう》を用いるしかないのだ。その奇道権道を、この殿は好まない)

左近は、さらに力説した。

「いや、申すな。なるほどあの怪獣を斃《たお》すには短刀一本あればよい。しかしそれをするくらいなら、太閤殿下の死後、殿中でわしは彼を刺している。刺す機会はいくらでもあった。が、わしはそれをしなかった」

「将たる者の道ではない、というわけで?」

と、左近は皮肉めかしく微笑した。

「そうだ。家康の非を鳴らすには堂々の陣を張り、正々《せいせい》と旗鼓《きこ》を進め、しかるのちに討たねば当方の正義が立たぬ。闇討《やみうち》などをしては、単にわしの私怨《しえん》にとれるではないか」

(そのとおりだ)

と、左近もうなずかざるをえない。ただし正義とか不義とかという観念が先行した場合、三成のいうとおりなのである。しかし家康の心臓を止めるには、そういう観念はむしろ邪魔になるであろう。

「とにかく」

と、左近はなおも食いさがった。

「水口の一件だけは、それがしにおまかせくださりませぬか。なんの、やったところで成功するかどうかはわかりませぬ。ただ家康が、この手を打てばどんな顔をするか、それをシカと見定めておくだけでも、むだではござるまい」

「よかろう」

とは三成はいわず、ただ、

「左近は、齢に似合わず血の気のさかんなことだ」

と苦笑し、黙認のかたちをとった。

左近は御前を退出すると、すぐ湖畔の自邸にもどり、自分の家老どもをよび集めた。

左近の家老は、かれの故郷の大和出身者が二人、この地元の近江出身が一人、甲斐《かい》の武田家出身の者が一人いる。

かれらに計画を話し、とりあえず、箸尾《はしお》権左衛門という大和出身の老家老に、

「水口の長束大蔵少輔殿のもとに手紙をもって参上するように」

と言い、計画の概要を書いてそれを持たせすぐ出発させた。

そのあと、左近は家中の者のなかから刀術抜群の者五十人を選び、家老吉原十蔵を将とし、牢人《ろうにん》、山伏《やまぶし》、商人などに変装させ、三々五々、めだたぬようにして水口へむかって発《た》たせた。

最後に、自分自身が、供四人に薦包《こもづつ》みをかつがせ、夜陰、佐和山城下を離れた。

薦のなかには、鉄砲が一挺《ちよう》、包みこまれている。

左近が水口の城下についたのは、夜が明けようとするころであった。

深編笠《ふかあみがさ》で顔をかくしているのは、この城下の町人などで、佐和山の名物男島左近の顔を見知っている者が多いからだ。

——島様が、お城下にお入りなされた。

という風聞がきこえれば、噂《うわさ》は噂をよんで、

(徳川殿をお討ちなさるのでは?)

などということを言い触らされぬともかぎらない。

城下の南は、甲賀の山々が押しせまり、それが青葉におおわれて目覚めるようにうつくしい。

左近は、城内に入った。

長束家の家老が迎えに出、左近を案内して城主長束正家に謁見させた。むろん、人払いをして、正家のそばには太刀持《たちもち》さえいない。

「手紙は読んだ」

と、正家は、おびえきっていった。

「内府をこの城内で討つそうな」

「左様」

左近は言葉はみじかく、しかし態度はいんぎんにうなずいた。

「なにもお手はわずらわせませぬ。ただ内府はおそらく石部に泊まりましょう。そのとき大蔵少輔様は馬一頭だけを曳《ひ》かせ、おみずから内府の宿所に参上し、朝めしのふるまいをしたい、とのみ言上していただければ、あとはそれがしがやりまする」

「いったい、なにをするのだ」

「この島左近とその家来を、城内にお隠しくださるだけでよろしゅうござりまする」

「こまる」

正家は、左近の目でもそれとわかるほどに慄《ふる》えている。

「相手は内府だ。そのそばには本多忠勝ら戦場往来の古豪どもがつねに侍立《じりつ》し、さらには三千人の兵を連れている。やみやみと討てるものではない」

「そこを討つのでござるよ」

と、左近は、わざと気楽そうにいった。

「易《やす》うは言うな」

長束正家は、いよいよおびえた。

「討っても討ちぞこねても、内府三千の兵がだまってはおらぬ。死にものぐるいになってあばれだせば、これしきの小城はまたたくまに踏みつぶされる」

「これは意外な」

左近は、微笑を絶やさず、

「当代きっての智者といわれる殿にもあるまじきことを申される。内府が生きてあれば豊臣家をつぶしましょう。豊臣家がつぶれてはこの水口の御城も、おそれながら殿のお命も無きものと覚悟せねばなりますまい。さればいっそ、いまこの御城内で一挙に」

「ぼ、暴《ぼう》に過ぎる」

「いやいや、御安心あれ。決して無理はいたしませぬ。手前ども家来を御家中の御接待役の皆々様に立ちまじらせて頂ければそれだけでよろしゅうござる。もしよろしき機会がなければ、この場はそれにて見送るのみ。決して無理はいたしませぬ」

「左近、こまるわ」

と、長束正家は泣きそうになったが、そこを左近はさまざまに弁じ立ててついに承認させてしまった。

左近は、五十人の刺客のうち、たった三十人だけを城内に残した。

(どうせこの城の中では成功すまい。臆病者《おくびようもの》の長束正家が事無かれを希《のぞ》んで、内府の身辺に自分の家来をさえ近づけぬに違いない)

おそらく、料理人も徳川家の役人が城の台所に入りこんでいちいち検分するであろうし膳《ぜん》部《ぶ》を捧持《ほうじ》してゆくお坊主、お小姓のたぐいも、長束家の者にはさせず、徳川家のその役目の者がするであろう。

(城内では手も足も出ぬ)

むしろ、城外である。そのためにこそ、左近は、残る二十人に対し、さまざまの変装をさせている。

左近は、街道に面した最も大きな旅籠《はたご》に目をつけ、長束家からその宿の亭主に話をつけてもらい、旅籠の台所の煙出しの屋根の下に鉄砲上手の者ひとりを潜《ひそ》めさせることにした。さらにはその旅籠の番頭、手代、下男に家来どもを変装させ、左近みずからもその旅籠内に潜伏して指揮をとることにした。

旅籠は、日野屋という。場所は城から東のほうにある。城での刺殺計画が失敗におわって家康がぶじに城門を出、街道を東にむかおうとしたときに、この日野屋に潜伏している左近らが、号砲とともに家康の乗物めがけて斬《き》りこもうというのだ。

(家康さえ討てば、行列はみだれ、徳川の家士どもも士気を喪《うしな》う。それを長束家も捨ててはおくまい。城門をひらいて打って出るだろう)

むろん、その手筈《てはず》は、こまごまと長束正家とその家老たちに左近はいちいち念を押しつつ言い含めてある。

「それがしは、最初の襲撃で家康を討ち取ったあと、その場で家来もろとも討死することになりましょう。その死をむだにしてくださるな」

と、申し添えておいた。誇張ではない。事がそこに至れば、左近と島家の家来は、家康の乗物わきでことごとく死ぬだろう。

「酒を貰《もら》えぬか」

と、左近は、日野屋の亭主の居間にすわりながら、若い内儀に丁寧にいった。

やがて内儀は、みずから台所へ立ち、酒を温めて持ってきた。眼のほそい色白な女である。この内儀は、あす、家康の行列がこの宿場に入る前に、亭主や使用人どもとともに城に退避することになっている。

「造作《ぞうさ》をかける」

と、左近は言い、みずから一杯飲み、つぎの一杯を、そばにかしこまっている若い亭主に差してやった。

三杯目は、内儀に差した。内儀も、酒量がありそうである。掌《てのひら》に杯をおさめつつ、つつましやかに唇《くちびる》へ近づけて行ったが、やがてグッと一息に干した。

「おふたりとも、おみごとな」

と言いながら、たがいに献酬《けんしゅう》するうち、若い亭主も内儀もうちとけてきた。

そのあと左近は一睡し、夕食の膳がはこばれてきたとき、もう一度献酬しあった。

左近には、ふしぎと人を懐《なつ》かせる魅力があるらしい。若い夫婦はこもごも、

「この宿を使ってなにをなさるのかは存じませぬが、われらにお気遣いなく、存分にお使いなされまし」

と、使用人には聞こえぬよう気を配りつつ、低声《こごえ》で左近にいった。

左近は無言で頭をさげた。酒気で顔が赤らみ、濃いひげの剃《そ》りあとが、くろぐろと顔を隈《くま》どっている。

日が暮れ落ちると、亭主夫婦は予定どおり城に入るべく十人ばかりの使用人をひき連れ、ひそやかに裏口から抜け出して行った。

残ったのは、左近とその家来だけである。

遁《とん》走《そう》

さて、石部宿の家康。

むろん、つぎの水口の宿で島左近が待ち伏せしている、とまでは気づかなかったが妙に目が冴《さ》えてねむれない。水口城主長束正家が訪ねてきてから、もう一刻《にじかん》になる。

（なにかある――）

これが胸さわぎというものであろう。枕《まくら》をあてている後頭部のあたりに血が沸きたぎって、わけもなく神経がいらだった。

「いま、何刻《なんどき》か」

「亥《い》ノ刻《こく》をすぎたばかりでござりまする」

宿直《とのい》の者が、襖《ふすま》むこうで答えた。

家康は目をつぶった。

そのころである。宿所の玄関に供ひとりを連れた武家がたずねてきた。

「それがし、この石部にて代官を相つとめまする笹山理兵衛と申す者」

と、取次ぎの家士に名乗った。

笹山理兵衛は甲賀郷士の出で、豊臣家の地方官のひとりである。この近江には豊臣家の直《ちょっ》轄《かつ》領が点在しているが、理兵衛は代官として石部に駐在し、その行政と収税を見ている。

理兵衛は根が甲賀の出だ。

この近江の甲賀五十三家といわれる郷士たちは、ゆくゆく世は家康のものになると観望し、家康に対してさまざまな忠義立てをしてきている。石部代官笹山理兵衛景元も例外ではない。

「夜分ゆえ、玄関先にて口上つかまつる。じつは怪しき風聞がござる」

と、理兵衛はいった。理兵衛、ついでながらその後、笹山の姓を篠山《ささやま》とあらため、この夜の密告の功によって幕臣にとりたてられている。

「島左近が」

と理兵衛がいったとき、取次ぎの家士がにわかに緊張した。

「佐和山の左近が？」

「水口城主長束大蔵少輔殿としめしあわせ、明朝、水口城下にて内府を討ち奉ろうとの謀策をととのえているようでござりまする」

そう言い残して、笹山理兵衛は去った。

取次ぎの士が本多正信老人をたたきおこしてその旨を伝え、正信は廊下を走って家康の寝所に急報した。

「――左近が」

家康はそうつぶやくと足を跳《は》ねあげてふとんを蹴《け》り、

「すぐ発《た》つ。供をせよ」

と迷わずに命じ、衣服をつけはじめた。つけながら家康は廊下へとび出している。

「上様、上様、御供のそろいまするまで、暫時《ざんじ》、暫時」

と、本多正信が、うろたえながらあとを追った。家康には、わかいころからこういう機敏さがある。

「上様、暫時、暫時」

と、正信はなおも叫んだ。むりもなかった。なにぶん、夜中である。供まわりも、部将も、家来も寝ている。家康のにわかな出立《しゅったつ》をたれも知らない。

家康は、玄関に出た。

「御立ちぞ。御立ちぞ」

と、本多正信は廊下を駈《か》けながら、部屋々々によばわって歩いた。

「静かに、静かに、宿場の者に気《け》どられぬように物音はつつしめ」

と、正信は声をおさえて鋭く呼ばわってゆく。やっと人々が起きる気配がした。

そのころには玄関の家康は、乗物のなかに肥満した体を入れようとしていた。乗物わきには走り衆（乗物わきの護衛の士）がわずか四人しかあつまっていない。

御槍持、挟箱《はさみばこ》持などはむろんのこと、かんじんの駕籠《かご》舁《か》きさえいなかった。

「早う、出さぬか」

と、家康はそれでも叱咤《しった》した。

走り衆は、自分たちで舁こうと覚悟したらしい。ばらばらと前後にわかれ、いっせいに長棒に肩を入れた。

走り衆といえば、騎行者でなく歩行者《ほこうしゃ》だが、かといって身分は徒士《かち》ではなく、旗本のなかから家康の身辺護衛のために選抜された屈強の士どもである。

玄関さきは暗い。

前の棒に肩を入れた長身の男が、いかにも頼もしげな腰つきであるため、

「汝《われ》は、何者か」

と、乗物から首を出して家康はきいた。

「渡辺半蔵」

と、ぶっきら棒な声が返ってきた。槍の半蔵である。具足こそ付けていないが、この火急のなかでいつ足ごしらえしたのか、半かけ草鞋《わらじ》をひしひしと足に結びあげている。家康は感心し、

「半蔵、まるで待ちかねたような支度ぶりだが、わしのにわかな出立がなぜわかった」

「情けなきおおせかな」

と、半蔵は無愛想にいった。

「それがし、幼少のころから上様のそばに召し使われておりますのに、これしきの御気配、わからいでなりましょうか」

うむっ、と気合を籠《こ》めて舁きあげた。半蔵はこのとき三千石。

槍を息杖《いきづえ》に、前後呼吸をそろえながら、家康の乗物を舁いて夜の街道を駈けはじめた。

水口へは十五キロ。

夜をこめて走り、夜陰にまぎれて水口城下を駈け過ぎるつもりでいる。

石部を駈けだした家康の乗物は、宿場のはずれを過ぎるころには、やっと御槍持二人が追いついて前を駈け、長刀持《なぎなた》一人、それに走り衆も二十人ばかりにふえた。騎乗の士は一人もいない。乗物から一丁ばかりおいて近習田上権三郎がただ一騎、馬をあおって駈けているのみである。

その田上のうしろ半丁ほどおいて五、六十歳の城和泉守《じょういずみのかみ》が一騎。

乗物わきの走り衆は、富永主膳《しゅぜん》、岡部小右衛門、松野茂左衛門、柴田四郎兵衛、小倉嘉平治（のちに惣兵衛）、岩本仁右衛門、山下亦助《またすけ》、鈴木与兵衛、河野金大夫、同孫左衛門など。

やっと駕籠舁きが追いついてきたので、前棒《さきぼう》をかついでいる渡辺半蔵が、

「きたか、かわれ」

と、走りながら肩代りさせた。

そのうち、家来の直参や走り衆の家来などがおいおい追いついてきたので、やっと二百人ばかりの人数になった。

石部の宿から三キロばかり行ったところに柑子袋《こうじぶくろ》という街道ぞいの部落がある。

この部落に、家康護衛の将のうち、最大の部隊をひきいる本多平八郎忠勝が宿営している。

忠勝、数えて五十三。上総《かずさ》大多喜で十万石を食《は》み、徳川家きっての勇将として天下に知られている。

家康の乗物がまだ到着せぬうちに、渡辺半蔵がただ一騎、松明《たいまつ》の火を流星のように曳《ひ》いてこの柑子袋の本多忠勝の宿所に駈けこみ、忠勝をおこし、急を告げた。

「さもあるか」

と、具足、武者わらじのままで寝ていた忠勝は全軍に起床を命じ、大いそぎで鹿《しか》の角の前立《まえだて》を打ったこの男の有名な兜《かぶと》をかぶった。

老練な男だ。落ちついて麾下《きか》の諸将を部署し、必要な指示をあたえた。

やがて家康の乗物が来た。

「平八郎、ご前駆つかまつる」

と忠勝は乗物のなかに声をかけて家康を安堵《あんど》させ、どっと押し出した。

忠勝指揮の与力、家来の数はざっと千人である。その千人が忠勝の命により帯にことごとく火縄《ひなわ》をぶらさげて駈けた。千本の火縄は千人の動きにつれて揺れ、それが狭い街道を二列にならんで東走した。この無数といっていい火縄の火の群れを遠望する者があるとすれば、

——なんとおびただしい鉄砲の数よ。

と、戦慄《せんりつ》したことであろう。むろん、忠勝の策である。

水口の手前に、三雲《みぐも》という部落がある。中世、近江で活躍した佐々木源氏の一流三雲氏の城館の地である。

街道の南側は山で、山麓《さんろく》を削《そ》ぎおとしつつ横田川が琵琶湖にむかって流れている。

橋がない。

領主長束正家がここにことさら橋をかけないのは、この川をもって水口城防衛の前線としているからであった。忠勝はここまできた。

馬上、松明をかざしている。

(敵は対岸にいる)

と見ねばならない。歴戦の者ならたれでもそう見る当然の戦術眼であろう。忠勝も、そう見た。

かれは家康の乗物をひきつけつつ、松明を暗い虚空《こくう》にあげ、やがてその虚空に大きくまるく円を描いた。鶴《つる》が翼をひろげたごとく横に展開せよ、という意味である。

与力の諸将(服部半蔵、加藤次郎九郎、水野太郎作、酒井与九郎、阿部掃部《かもん》、成瀬小吉《こきち》ら)の半分は北に、半分は南に展開し、土手の上に一線にならんだ。

ならんだ、とみるや、本多忠勝は、

「寄せよ」

と、松明を振った。千人の横隊がいっせいに河原に乗り入れ、瀬を渡り、対岸へのぼりきった。

忠勝はそれを収縮してこんどは縦隊になおし、街道上にならべおわると、馬上から大きく松明をほうり投げ、軍扇をいっぱいにひらき、

「駈けつつ、鬨《とき》をつくらせよ。水口城下を通過するまで、鬨の声をやめるな」

と命じ、みずから馬腹を蹴《け》るや、

「えい、えい、おう」

と叫びつつ駈けた。

全部隊が足並をそろえ、前隊がまず唱えると、後隊が唱える。

夜中のことだ。この部隊の歩《ほ》なみの音と鬨の声が甲賀の山々にひびきわたって、おもわぬ大部隊が通過してゆくように思われた。


一方、水口城下の旅籠《はたご》日野屋にとまりこんでいる島左近である。

――家康は、朝、この城下に入る。

と思いこんでいるこの男は、この時刻、野太刀を抱き、奥の一室の壁にもたれてまどろんでいた。そのときふと遠くから右の音響がとどろきわたってきた。

跳《は》ねおきて土間に飛び降り、一同を起こしてから裏口にまわり、家来の一人に梯子《はしご》を伝わせ、大屋根にのぼらせた。

家来が登りきって街道を見おろしたときはすでに家康の乗物は風のように通過し去っていた。

家来が降りてきて、その旨《むね》を伝えると、左近は扇子を捨てて笑いだした。

「通過したのは、おそらく内府の御乗物だろう。一隊は本多忠勝の下知《げち》に相違ない」

おれの負けだ、と左近はからりと言った。最初から十に一つの成功とみていただけに、べつに口惜しくもない。

「むかし、小牧の合戦で故太閤でさえ、内府のこれには鼻をあかされた」

これというのは、あの一見鈍重そうにみえる家康が、ときに見せる意外な機動性のことである。小牧の合戦は秀吉の先陣の秀次の軍が家康のこの手を食い、大将の秀次でさえ乗馬を失って徒歩で逃げるぐらいの敗戦を喫した。

(もともとむりだったかな)

と、左近にも心中ひそかな後悔がないでもない。大名の一家老が、わずかな手勢をつれてみずから刺客になり、家康の鉄壁のような部隊の隙間《すきま》をくぐってその首を掻《か》こうとした。見方によっては児戯にひとしいであろう。

(が、家康の胆《きも》を寒からしめ、夜中、寝床から走らしめたのは、遊びとしてもむだな遊びではなかった)

家康のにわかな通過を知って慄《ふる》えあがったのは、水口城主長束正家である。

この気の弱い男は、三成にも義理立てする一方、家康にも媚《こび》を売ろうとし、前夜石部の宿で申し入れておいたとおり、朝めしの支度をととのえている。

その家康が、約束にもかかわらず夜中に城下を駈け過ぎた。

(疑われた)

と、正家は思い、それがこの男を恐怖に駆りたてた。

家康とその部隊が鬨の声をあげつつ城下を通過したとき、正家は城の大台所にいた。なにしろ家康以下三千人分の朝食をつくるのである。正家はむろん不眠でみずから台所を指揮していた。

そのとき、この報を受けた。

さらにそれが確実になったのは、家康が過ぎ去ったあと、その老将渡辺半蔵がひとり家康の使者としてこの城にやって来てからであった。半蔵は正家に城下通過についてのあいさつの口上を述べた。

「ま、まことでござるか」

と、この故秀吉から最も信任された大名の一人である豊臣家の執政官は気の毒なほど狼狽《ろうばい》した。

「な、なぜ、内府にあっては早々に当城下をお過ぎなされた。手前が調えてさしあげる膳部に毒でも飼《か》ってあるとお疑い召されるのか」

「いや」

渡辺半蔵は落ちついている。

「先刻、申しあげたとおりでござる。上様にあっては急に思い立たれしことあり、せっかくの御厚誼《ごこうぎ》ながら路次を急がれたまでのことでござる」

「それも深夜に」

「左様、深夜に。軍陣に昼夜はござらぬによって」

と半蔵はいった。

長束正家は、それだけでは気持はおさまらない。半蔵に泣くように頼んだ。

「連れて行って下され」

「いずれに？」

半蔵は幾分冷やかにいった。半蔵は三千石、正家は従五位下大蔵少輔で五万石の大名である。が、この場合、位置がさかさまになったようであった。

「いずれへ、と申して、わかっているではないか。内府のおあとを追い慕い、ご胸中をこの耳、この目でお確かめしたい。半蔵殿、そのお介添えをしてくだされよ」

「さればお供つかまつる」

と半蔵もいわざるをえない。

正家はさっそく馬一頭を用意させ、家康の疑いを避けるために馬の口取り一人、家来一人を連れたまま、半蔵の隊とともに家康のあとを追って道をいそいだ。

(なんとしても内府に直々《じきじき》会って誤解を解かねばならぬ)

と、正家は馬上、生きたそらもない。

正家は、三成にとって職務上の同僚であり親友といってもよかった。三成から例の挙兵の秘謀についても打ち明けられている。気の弱い正家は、

「ぜひそのときは及ばずながら」

と、三成に加盟の約束をしていた。そのくせ、合戦は十に七つは家康の勝ち、としか思え

ないのである。そのためには、家康の機嫌をとっておくことも必要であった。

土山《つちやま》の手前の頓宮《とんぐう》という部落にさしかかったとき夜が明けた。

前面に紺一色の山脈《やまなみ》がある。鈴鹿《すずか》山脈である。慶長五年六月十九日の太陽が、山の峰をわずかに離れようとしていた。

正家は、さらに道をいそいだ。

土山の宿に入ったとき、路傍で大休止している家康の部隊に追いつき、渡辺半蔵を通じて謁見《えっけん》を乞《こ》うた。

家康は、乗物のそとに出、床几《しょうぎ》に腰をおろして夜行軍の疲れを癒《いや》している。

「大蔵少輔殿、これへ」

と、家康は気さくに声をかけた。

正家は遠くで馬を降り、将士の群れをかきわけて進み出、路上にすわった。

「いや、お気の毒なことをした。よんどころなき都合ができて火急の出立となった。そこもとにはいかいご迷惑でありましたな」

と家康は先《せん》をとってみずから詫《わ》び、正家の労を謝するために太刀《たち》一口《ひとふり》をあたえた。

この太刀が、正家を安堵《あんど》させた。帰路はゆるゆると馬を打たせ、水口城に戻った。

その朝、島左近は暗いうちに水口を発《た》ち、間道を通って佐和山へもどったときは、日も暮れようとしていた。

すぐ登城して三成に謁すると、三成は笑って、

「気が済んだか」

といったのみであった。そのあと、左近のほか、舞兵庫、蒲生郷舎ら家老をよびあつめしばらく雑談したあと、

「あすから、いつ陣触れを発しても即今出動できるよう、籠城《ろうじょう》・出戦《しゅっせん》両様の支度をせよ」

と三成は、のちに生起するいわゆる「関ケ原戦」についての最初の軍令を内々《うちうち》に発した。

この日、家康はそのまま土山から鈴鹿峠を越え、関《せき》の宿（伊勢）に入り、全軍を宿営させている。

敦賀《つるが》の人

越前敦賀は、日本海の要津《ようしん》である。敦賀湾の東南の浜に城があり、石垣《いしがき》は海中に突き出ている。

城主は、大谷刑部少輔吉継である。年配は三成とかわらない。

三成とは古い交友である。ともに近江の出であり、秀吉が織田家の一大名として近江長浜に城を持ったとき、吉継、三成はともに小姓として地元から召し出された。

通称を、紀之介といった。

「紀之介ほどの友垣《ともがき》を得たのは、わしの半生の誇りのひとつだ」

と、三成がかねがね言っている。

筆者曰《い》う。この時代、武士の人間関係は主従という縦のつながりと、父子、夫婦という関係があって成立している。のちの世の朋友《ほうゆう》、友達、といった関係はきわめて濃度が薄く、現実にその関係があっても、近代のように「友情」といった倫理概念にまでは発達していない。同性のあいだに厚情があるとすれば、それは同性愛による義兄弟のつながりぐらいのものであろう。

その点、石田三成と大谷吉継の関係は、ひどく現代的で、ひょっとするとこの時代では稀有《けう》の例に属するであろう。なぜならば、西欧の概念でいう友情《フレンドシップ》というものは明治後の輸入倫理で、徳川期の儒教思想にもあまり見られないし、まして戦国、またはさかのぼって鎌倉期の武士の倫理のなかでは皆無といってよかった。

その点でも、三成と吉継の友情は、珍奇とするに足るであろう。

当時も、このふたりの仲の良さが人目に異様であったらしく、

「吉継は三成に恩があるからだ」

と、恩という既成の倫理概念で解釈しようとした。そのために逸話ができた。

秀吉の在世当時、茶会があった。茶碗がまわされてゆく。吉継がそれを喫しようとしたとき、鼻水が垂れ、茶のなかに落ちた。

吉継は、癩《らい》患者である。すでに皮膚に異変を生じ、顔面が崩れはじめていた。居ならぶ諸侯たちはそれを知っているため感染をおそれ、吉継からまわされた茶碗を、喫《の》むまねだけを

して次に渡し、つぎつぎに空喫《からの》みをして送って行った。やがて茶碗は三成の膝《ひざ》もとにきた。三成はそれを高々と持ちあげ、ことごとく飲み干してしまった。

それを、当の吉継は見ていた。

「佐吉のためなら命も要らぬ」

とあとで吉継は人に語った、と世間は噂《うわさ》するのである。しかし三成と吉継の友情は、その程度の小事件によってにわかに結ばれたものではなく、友情の厚さは両人の性格によるものであろう。もっとも、友情は単に交友関係があるというだけでは深まらない。それを深めるために、右の事例のような耕しかたを、双方がして行ったことはまぎれもない。なにぶん、三成のほうが、豊臣家の官僚としては早く立身した。三成は立身するつど、秀吉に吉継のことを言上し、引き立てることをわすれなかった。その点、吉継は三成に、友情以外に恩義を感じていることはたしかである。

吉継は、軍事能力にかけては、あるいは三成よりすぐれていたであろう。秀吉の側近として終始してきた吉継は、その能力を表わすべき戦場にめぐまれなかったため、いまのところそれを実証する実歴がない。ただ秀吉はある夜の夜ばなしのときに、

「自分は紀之介を側で使うてきたために、この男のためには気の毒なことをした。いま夢想することは、この男に百万の軍の軍配をとらせて、自分は高みから見物していたい、ということだ」

といった。座にいた諸将は同感だったらしく、ことごとくうなずいた。

吉継は、官僚の出身である。清正、正則といった実戦の槍武者《やりむしゃ》あがりではないだけに、学問と智略をもって自分の武将としての資性を完成しようとしていた。平素は物静かな男だが、なによりもかれを特徴づけているのはその度胸のよさだった。秀吉は、吉継のその点を買い、「百万の軍の軍配をあずけてみたい」といったのであろう。

吉継もまた、家康から上杉征伐の動員令を受けている。東国へ出陣しようとしていた。

「自分が東国へくだるかぎりは、仕事はただ一つである。家康と景勝の仲を調停し、現地において和をもたらすことだ」

と、かねがね老臣にも洩《も》らしていた。むろん吉継は、三成の密謀をまだ聞いていないしこんどの上杉景勝の挙兵が、その作戦の一環であることも一向に気づいていない。

かれは敦賀で五万石。最近、豊臣家の直轄領十万石の代官も兼ねたから、動員能力は十万石以上の実力はある。

その吉継が、東国へくだるべく千余人の軍勢をひきい、越前敦賀を発《た》ったのは、六月の晦日《みそか》である。

吉継は、馬上ではない。

板輿《いたごし》の上である。馬の鞍《くら》に跨《また》がるには吉継の皮膚はよほどもろくなっており、すでに頭髪も脱け、両眼も完全に失明していた。顔を白い布で包み、軽装のまま、輿にゆられてゆく。敦賀から北国街道をゆるゆるとくだった。北国街道は美濃関ケ原において、中山道《なかせんどう》に合している。

吉継は七月二日、その中山道に入り、その日は関ケ原東方の垂井《たるい》の宿《しゅく》に宿営した。

宿所に入るなり、

「治部少がもとに使いせよ」

と、家来金崎椿斎《ちんさい》を佐和山に走らせた。用むきはむろん、たれもが知っている。三成の息子隼人正《はやとのしょう》を迎えにゆくためである。

この一件、三成の策略がある。三成は挙兵の秘謀を晦《くら》ますためにわざと上杉征伐に参加する旨を家康に通知し、

——拙者はむろん蟄居《ちっきょ》の身にて従軍致しかねますが、拙者代理として一子隼人正に家老を付けて下向させます。隼人正は少年の身でありますれば、その世話は年来の朋友大谷刑部少輔が見てくれるでありましょう。

と申し添えてある。そのことは、三成から吉継に依頼しておいた。律義者の吉継はその約束を果たすべく、

「いま美濃垂井の宿に到着した。この宿で待っているゆえ、隼人正殿を早々に差し下されよ」

という旨を、椿斎に口上させるべく佐和山に向かわせたのである。美濃垂井から近江佐和山までは、三十五、六キロほどの近さである。

その翌朝、椿斎は佐和山城に入ると、

（はて？）

と、疑問をもった。城内の武士はことごとく平装していて、東国下向の様子もない。

（妙だ）

と思いつつ三成に拝謁《はいえつ》すると、三成は、おお椿斎か、久しかったな、と親しげに笑《え》みかけたが、その様子がどこか普通でなかった。

「椿斎、隼人正様のお迎えに参上つかまつりましたが」

「おお、そのことよ」

三成は、ハタハタと膝を打った。その様子も、いつも沈毅《ちんき》で気むずかしい顔をしているこの横柄者《へいくわいもの》にしては、どこか似つかわしくない。

「椿斎。すこし、存念ができた」

「隼人正様ご下向につきまして？」

「いかにも。そのことについて、ぜひぜひそちの主人《あるじ》の刑部少輔に会わねばならぬ。まことに刑部少輔には足苦労なことであるが、この佐和山に来てくれぬか」

「その御存念とは？」

「椿斎、そちにはわるいが、これは秘事であるゆえ、いまは申せぬ。ともかく豊家《ほうけ》の一大事について談合いたしたい、と刑部少輔に伝えてくれぬか」

椿斎は不得要領で佐和山城を辞し、鳥居本《とりいもと》、番場《ばんば》、醒《さめ》ケ井《い》、関ケ原、と馬をいそがせて垂井の宿場にもどり、吉継に復命した。

(折り入っての談合?)

吉継は、慧敏《けいびん》な男だ。そのひとことで三成がなにを考えているかをさとり、ほとんど全身の血が沈むほどに愕然《がくぜん》とした。

(あの馬鹿が、家康を討つ気か。討てると思っているのか)

吉継は、自分の推測がまちがいであれかしと祈りたいほどの気持になった。吉継の見るところ、三成は到底家康の敵ではない。

「すぐ輿を。佐和山へゆく」

吉継は、どうあっても三成の軽挙妄動《けいきよもうどう》をさしとめねば、と決意した。輿はただちに垂井宿を出発し、軽塵《けいじん》をあげて美濃・近江境を越え、佐和山城に着いたときはすでに陽《ひ》が沈んでいた。

大手門にはあかあかとカガリ火が燃え、この城の名物家老の島左近と舞兵庫が礼装して迎え出、鄭重《ていちよう》に殿舎へ案内した。

三成は、殿舎の玄関で吉継を迎えた。三成はみずから手をとって吉継を式台へ上げ、

「よう来てくれた」

と、ひくい声でいった。「佐吉のことだ、やむを得ぬ」と吉継は応じた。

三成は吉継の手をひいて廊下を渡りながら、

「すでに夜分じゃ、話はあすにするか」

と、吉継の病状を察していうと、吉継はくびを横に振った。

「おれはこのとおりの盲だ、いまが夜か昼かという区別がない」

話があるならいますぐ別室ででもはじめようではないか、と吉継はいうのである。

三成はその吉継に夕食を出し、吉継の重臣連には次室で相伴《しょうばん》させ、士卒には城内を開放して酒食を供した。

食事がおわると、三成はみずから手燭《てしょく》をとって、この二十年来の友人を茶室に案内し、そこで人払いをした。

「なんの話だ」

吉継は菓子を割って口に入れ、顔をあげると、見えぬ両眼を三成にむけた。三成は、亭主の座にいる。

「挙兵する」

と、みじかくいった。誰《たれ》を討つ、ということは言わずとも通ずることである。そういってから、しばらく黙って吉継の反応をみた。

「よせ」

吉継は、低い声でいった。「やめることだ、世に無用の乱をおこすことになる」

「しかし」

「わかっている。内府の暴慢なるふるまいであろう。しかしながらいまのところ、従二位様《じゅにいさま》(秀頼)を廃し奉って自分がその地位にとってかわろうとしているわけでもない。義のために討つ、と佐吉がひとり呼号しても、内府の暴慢がそこまで至っていない現状では、天下の諸侯は多くは義軍の側になびくまい」

それに――と、吉継は言い足した。

「内府の威力は、大きすぎる。すでに天下そのものといっていい。いまの内府に刃向かうのはよほどの愚か者か、よほどの酔狂者でしかない。事はかならずしくじる」

三成は、だまっている。

吉継はさらに言葉を尽して説き、説きおわって、「豊臣家の天下を安んずるための方策としては」と言葉を新たにした。

「いまのところ、内府と上杉中納言を和睦《わぼく》させるほかない。わしが兵を率いて東国へくだるのはその調停のためだ。佐吉、おぬしもわしとともにこの両者を調停せい」

「それはできぬ」

「なぜだ。いま、大坂に幼君がましまます。その幼君の世に乱なかれと冀《こいねが》うことこそ、故太閤の御恩に報ずる道ではないか」

「考えがちがう」

と、三成は、吉継の消極的な平和主義を一つ一つ論駁《ろんばく》しはじめた。家康には天下を狙《ねら》う狼《ろう》心《しん》がある。これは紀之介といえども察していよう、と三成は言い、

「いまにして家康を討ち果たさねば、かの者はいよいよ増長し、ついには従二位様の天下を奪い奉る。このこと火をみるより明らかであるのに、天下の諸侯はその一事に目を蔽《おお》い耳を塞《ふさ》いでわが身の安全をのみ願っている。いや紀之介、おぬしはそうだとはいわぬ」

「左様、おれはそうではない」

吉継は気にもとめず、腹をゆすって小さく笑った。三成の情勢観測には、むろん吉継も同感なのである。同感であっても、さて挙兵討伐とまでは飛躍できない。

「むりだ。だから佐吉も、東国へくだれ。わしと共に内府・中納言の仲を鎮めよう」

「いや、おれにはできぬ」

と、三成は、同じ言葉をもう一度繰りかえした。吉継はそのことに不審をもった。

「まさか、佐吉、おぬし……」

と、思わず声をあげ、上体をかたむけた。（まさか、上杉景勝をそそのかし、それと密約を結んでこのたびの挙兵に踏みきったのではあるまいな）という意味を言外に籠《こ》めたのである。

——まさか。

という吉継の感情は、それほどの大事を企てる以上は上杉景勝などと相談する前に自分に当然相談があるはずだ、と思ったのだ。そこまでの友情で自分たちは結ばれていると吉継は信じている。

三成も慧《さと》い男だ。吉継のその言葉の裏の感情を察し、首を垂れ、

「すまぬ」

といった。すぐ顔をあげ、

「そこまでの談合が、景勝とのあいだで出来あがっている。わしはおぬしに相談すべきであ

ったが、おぬしが止めることを怖《おそ》れた。ともかく、矢は弦《つる》を離れてしまった。いまわしが挙兵をやめてしまえば景勝は会津の天地で独り戦わねばならなくなり、この佐吉の武道が立たなくなる」

「………」

吉継は、唇を閉じた。息をひそめ、沈黙をつづけはじめた。灯明《はあか》りのなかで、顔の白布がかすかに揺れている。表情こそわからなかったが、この男なりに深刻な打撃をうけていることは、この異様な沈黙でも知れる。

「紀之介、わしと共に起《た》ってくれ」

と、三成がいったが、吉継の白布にくるまれた顔貌《かお》はなんの反応も示さない。しずかに沈黙をつづけ、やがて燭台《しょくだい》の灯が暗くなったころ、ぽつりと、

「自滅するぞ」

と、三成に言うような、自分自身につぶやきかけるような声で言った。

そのまま吉継は立ちあがり、その夜は城には泊まらず、供をひきい、国境いを越えて垂井の宿へ帰ってしまった。

吉継は垂井の宿に帰ったが、かといってその宿場から出発しようともしなかった。軍勢を十数日とどめて動かない。

その間《かん》、何度も使者を佐和山に送り、三成に思いとどまるよう諫止《かんし》した。

「負ける、必ず負ける」

と、切言した。しかし三成は聴かない。ついに三度目の使者の平塚孫九郎為広が空しく垂井の宿に帰ってきたとき、吉継は吐息をついた。

「佐吉が」

とひくい声でいった。

「わしを友と見込んでこの秘密の大事を打ちあけてくれた。しかもその一事が豊家のためであるとなればもはや事の成否を論じても詮《せん》はない。あの男とともに死なねばなるまい」

そばに、平塚孫九郎がいる。かつて秀吉の直参で馬廻役だったものを、秀吉がとくにその武勇を愛し、吉継の軍団を強化するために与力大名として付けた人物である。官名は因幡守《いなばのかみ》で、禄《ろく》は一万二千石。

吉継はその平塚を、

「因州《いんしゅう》」と官名で称《よ》び、

「武士とはおもしろいものだ。そこもとの寿命もどうやら今年かぎりときまったぞ」

「望むところ」

と、平塚孫九郎は、老いた顔をほころばせた。やがて茶ばなしでもするように、

「この身の果てにかような大戦さができようとは思いもよりませなんだ。しかも江戸の老虎《ろうこ》を討つ義戦とあれば、ずいぶんとさわやかな死花が咲きましょう」

この夜、垂井の宿に驟雨《しゅうう》が通り過ぎ、地を裂くような雷鳴をとどろかせたあと、ほどなく霽《は》れあがった。

安国寺恵瓊《あんこくじえけい》

三成に加担することを決意した大谷刑部少輔吉継は、その翌朝、美濃垂井の宿営地を出発し、三成の居城である佐和山にむかった。

その道中、板輿《いたごし》の上で、

「本日、天晴る。生死二《に》なし」

と、何度か口ずさんだ。

大谷吉継は東から佐和山城にむかっている。おなじ日の朝、西から佐和山城をめざして、琵琶湖畔の街道を進んでいるひとりの人物があった。

華麗な駕籠《かご》にのっている。

しかもその駕籠わきには、立派な行粧《ぎょうしょう》をした武士二十人がつき従い、そのほかに槍持や挟《はさみ》箱《ばこ》持をふくめると、およそ四十人ばかりが、行列を組んでいた。

「あれはどこの殿様であろう」

と、道中をゆく旅人たちが目をそばだてるほどに、かれらは整然と行列を進めてゆく。粗野な風《ふう》がない。

旅人のなかでの物識《ものし》りが挟箱や乗物に打った紋所が菊花であることを見て、

「宮様ではあるまいか」

とささやいたりした。

実は、宮様ではない。道中の者の目をくらますため駕籠や挟箱は仁和寺《にんなじ》ノ宮のものを借用していたが、駕籠に乗っている人物は、大名であった。

しかも普通の大名ではない。

僧侶《そうりょ》である。

この国はじまって以来、僧侶で僧侶の形のまま大名になった者は、この人物しかない。その点、この時代でも珍奇な存在とされていた。

安国寺恵瓊である。

「すこし、お休みなされますか」

と、駕籠わきにいて奉行をつとめている長坂長七郎という者が、駕籠のなかへ声をかけた。京都を出て草津で一泊したほか、ほとんど休みなく道中をつづけてきている。

「ここは、どこか」

と、恵瓊は小さな声でいった。駕籠の左手の風景はひろびろと湖水へつづく水田で、手前に低い松山がある。

「安土《あずち》ではないか」

恵瓊は自分でこたえた。見覚えがある。二十年前、恵瓊は毛利氏の使者としてここへ来たことがある。当時、前方の松山には壮麗な安土城がそびえ、信長の全盛時代であった。

(もう、二十年の昔になるか)

禅僧恵瓊は、ふと回想の気持におちいらざるをえない。ことし、かぞえて六十三になる。信長・秀吉・秀吉の死、とつづいてきた戦乱の世で、この男は数奇といっていい半生を送ってきた。

「いかがなされまする」

と、長坂が問いかさねた。

「休まぬ。このまま、乗物を進めよ」

恵瓊はいった。

(治部少輔は待ちかねているであろう。いそがねばならぬ)

このたびの謀議は自分にとって最後の大仕事になるであろうと思うと、恵瓊は一刻も早く佐和山城に入って三成と語りあいたい気持に駆られた。

(わしはこの国の歴史を、すくなくとも一度《ひとたび》は変えた。こんどで二度《ふたたび》変えることになる)

それを思うと、老い枯れた五体の血が、にわかに熱を帯びるようである。

史上、安国寺恵瓊は、こういうことで知られている。話は三十年の昔のことだ。

信長が京に進駐し、天皇と将軍を擁し、天下に号令しようという勢いを示していたときである。

その当時、恵瓊は安芸《あき》の安国寺に住《じゅう》し、毛利家の使僧として四方に使いし、その卓抜な外交手腕は天下に知られていた。

京にも、恵瓊の寺がある。臨済禅《りんざいぜん》の大本山である東福寺の塔頭《たっちゅう》の退耕庵《たいこうあん》である。自然、恵瓊は京都の情勢にあかるい。

毛利は、山陰山陽十一カ国に版図をもつ王国である。その毛利家の最大の関心事は、尾張から興って京をおさえた信長の勢力の異常な成長ぶりであった。

早晩、織田・毛利の衝突はおこる。倒すか倒されるかの血みどろな戦いになるだろう。

信長とはどんな男か。

どういう野望をもっているか。毛利をどうするつもりか。織田家の内情はどうか。

将来《ゆくゆく》はどうか。

などということについて、できるだけくわしい情報と分析、観測がほしい。その機能を、大毛利家は、たったひとりのこの僧侶にまかせていた。恵瓊もまたその期待に堪えうるだけの男であった。当時、年は三十になってほどもない。

京に駐在しながら国もとへ、

「信長の代《だい》は、五年三年はもつ」（信長之代五年三年者《は》、持たるべく候）

と予言に満ちた情勢報告をかいている。

「しかも来年あたりは公家《くげ》の仲間入りするような高貴な身分になるでありましょう」

さらに、

「左候《さそうろう》て後《のち》」（それやこれやの後）と言葉をつづけて、

「高ころびにあをのけにころばれ候ずると見え申し候」

思わぬ事変によって信長は高転《たかころ》びにころぶかもしれぬ、という意味である。この予言は信長が本能寺で横死する十年前のことだ。みごとな的中ぶりといっていい。

なおこの報告書のなかで若い恵瓊は、

「藤吉郎、さりとはの者にて候」

と、いま一つの予言をしている。当時秀吉は織田家ではなるほど異数の出頭人《しゅっとうにん》ではあったが、まだ世間ではその名は知られていなかった。羽柴筑前守の名乗りさえ用いておらず、木下藤吉郎のころである。もっともこの翌年、秀吉は信長から筑前守をゆるされ、近江長浜で城持の身分になるのだが、この藤吉郎時代に信長の次の代は秀吉であると予言した恵瓊の洞《どう》察眼《さつがん》は、ほとんど神にちかい。

ついで、信長の毛利征伐のときである。その派遣司令官は、秀吉であった。

毛利方の備中高松城をかこんでいたとき、京の本能寺で信長が殺された。

その急飛脚に接し、秀吉はいそぎ毛利方と講和して軍を旋回し、東上して山城平野で明智光秀を討って信長の遺産相続権をにぎるのだが、この講和の直後、毛利方にも本能寺の変報が入った。

——謀《はか》られた。

と、騒ぐ者が多かった。「いそぎ秀吉のあとを追撃して秀吉を討ち、毛利家の天下を確立すべし」と主張する者も多かった。

が、恵瓊と、毛利家の宗家の後見者である小早川隆景《たかかげ》は群議をおさえ、講和条約どおり陣をはらって広島へ帰った。

「あとは秀吉の天下になる。恩を売っておいてわるくない」

という恵瓊と隆景の観測が、この水ぎわ立った撤兵にあらわれたのである。恵瓊はいわば、秀吉をして天下を取らしめる重要な役割りを果したといっていい。

かれが安土城の廃墟《はいきょ》をみながら、（おれは一度《ひとたび》は歴史を変えた）と述懐したのは、このことである。

秀吉は天下を取ってから、自分を早くから見ぬき、しかも自分に異常なほどの好意をもちつづけてきてくれたこの恵瓊を、疎略《そりゃく》にはあつかわなかった。

しかも、恵瓊には外交の才がある。その才能は、豊臣政権にとっても必要だった。秀吉は恵瓊を毛利家から貰《もら》い受け、直々の大名にした。

秀吉は伊予の和気郡《わけごおり》（現在の松山市付近）で所領をあたえ、しだいに加増して六万石の身代にまで恵瓊をひきあげた。恵瓊は僧ながらも大名である。同時に安芸や京に寺をもつ僧であり、同時に毛利家の顧問であり、さらには何にもまして秀吉の外交参謀であった。これほど複雑な社会的性格をもった男も、古今、類がないであろう。

恵瓊は、秀吉の九州征伐や朝鮮ノ陣に、めまぐるしく駈《か》けまわり、かれのもっている外交、調整の能力を遺憾なく発揮した。

このなりふりかまわぬ奔走ぶりは、単に秀吉の大名だから、というだけではこの禅僧の場合、割りきってしまえないものがある。胸中、つねに、

（豊臣政権は自分が作った）

という自負があったからであろう。その政権をより強固にするというのは、かれの場合、作品を舐《な》めるようにして仕上げてゆく彫刻家のような心境であり、忠義、恩義とかいった観念とは別な、それよりも強烈な感情が働いていたにちがいない。

秀吉が死んだ。

家康が政権を簒奪《さんだつ》しようとしている。俊敏な観測者である恵瓊は、当然、

——つぎの代は家康。

と観測したいであろう。しかしかれはそれをしなかった。逆に家康を阻《はば》む側に立った。恵瓊にとって、かれの作品である豊臣政権を破壊しようとする者は、何者であれ、ゆるせなかった。

（許さぬ男が、もう一人いる）

佐和山の三成である。

恵瓊は、この秀吉が寵愛《ちようあい》しきった豊臣家の執政官とふるくから仲がいい。三成の妥協のない性格も知りぬいている。

（三成ならかならず立ちあがる。立ちあがるとすればこの恵瓊が必要になる。三成は大事をおこす前にいちはやく自分に相談を持ちかけてくるであろう）

恵瓊はそう観測し、この季節の暑気に堪えながら国許《くにもと》の伊予にも帰らず、大坂屋敷でひたすらに三成の密使を待っていた。

密使がついに来た。三成の家来で八十島《やそじま》道与《どうよ》という者である。八十島は、京の道具商に化け、頭をまるめて大坂へ潜入した。

恵瓊の大坂屋敷は、農人橋《のうじんばし》から谷町筋に出たところにあり、このあたりを町民たちは安国寺坂とよんでいる。

恵瓊は、八十島に対面した。

「治部少は、決意したか」

と、恵瓊はいった。八十島はそれについてはなにも答えず、平伏したまま、

「佐和山にお出まし願えませぬかという、ただそれのみの御返事を賜わって来いとの主命でござりまする」

といった。恵瓊はうなずき「参る」とだけ言って、八十島を返した。

その翌日、恵瓊は大坂を発《た》ち、京に入り、京で一泊した。ついで近江の草津で一泊し、あとは道をいそいで琵琶湖を北上したのである。

安国寺恵瓊が湖畔の佐和山城に入ったのは、七月十二日の陽《ひ》が落ちてからであった。ほぼ前後して、美濃垂井から大谷吉継が佐和山城内に入っている。

二人の客は城内で夜食をとり、そのあと別室に案内されて、密議をはじめた。

「お疲れでござろう」

と、三成はそのことが気になった。吉継は癩《らい》患者、恵瓊は老人である。当然、長途の道中で疲労しているであろう。

「無用のご心配だ」

と、大谷吉継はいった。疲れてはいる。しかし、胸中、それどころではない。

「治部少、おぬしの策を言え」

と、吉継はいった。

三成は、日本を家康方と豊臣方とに分断する策をのべ、当方に加盟するはずの諸侯の名を列挙し、かつ態度あいまいな諸侯については大坂の人質（大坂屋敷にいる諸侯の妻子）をおさえて無理やりにも当方に味方させてしまう旨《むね》を述べた。

「かくて諸侯の大半は従二位様（秀頼）のお味方になる。家康に従って遠征している諸侯も、大坂の妻子をおさえられてしまえばおそらく戦意をうしなうであろう。家康は孤立する。東には上杉、西にはわれわれ、その東西両軍が競いあって家康を挟撃《きょうげき》すればいかに家康でも窮せざるをえまい」

「ふむ」

吉継は、異見をさしはさまない。表情もわからない。顔は白布で包まれている。

「いまの治部少の考え、安国寺殿はどうおもわれるか」

「計画としてはよい」

恵瓊は、それだけをいった。あとは加盟諸侯の団結と時運だけが勝敗をきめるだろう。

「安国寺殿、事が成るか成らぬかは、毛利家の加盟と奮戦いかんにかかっている。この点いかがでありましょう」

と、三成は恵瓊にいった。

そのとおりであった。豊臣家の大諸侯としては家康の二百五十五万余石に次ぐものは毛利家の百二十万余石である。これが西軍の旗頭になり、軍をあげて奮戦してくれることによってはじめて勝利の希望がもてるであろう。

大毛利家の当主毛利輝元は、元就《もとなり》の孫でことし四十八歳になる。さほどの器量はなくただひたすらに温厚である。そのよき輔佐《ほさ》役《やく》であった二人の叔父の吉川《きつかわ》元春、小早川隆景《たかかげ》はすでに亡《な》い。

いまの毛利家の外交を動かす者といえば、輝元の輔佐役の吉川広家（元春の子）と、顧問格のこの安国寺恵瓊であった。

「むずかしい」

と、横から大谷吉継はいった。輝元の輔佐役の吉川広家が、である。

広家は分家ながら十四万余石を食《は》み、秀吉から羽柴の姓をゆるされ、官は侍従。世間では「羽柴新庄《しんじょう》侍従」とよばれている。

政治・軍事についてはむしろ悪達者すぎるほどの手腕もあり、輝元のよき代理者であることはまぎれもないが、ただ人柄《ひとがら》にあくがつよい。このあくの強さは、人に対して好ききらいを言い立てぬ秀吉でさえ、あからさまに不快をいだいたらしい形跡がある。

自然、その感情は、広家にひびき、広家は秀吉をさほどに好まなかった。というより、憎《ぞう》悪《お》をもったこともあったであろう。

が、秀吉へ罵声《ばせい》を放つことはできない。自然その憎悪は、秀吉の側近である三成や恵瓊に集中した。

「あの二人ほどいやな男はない」

と、広家はしきりと蔭口《かげぐち》を言っているということを、三成は耳にしたことがある。

恵瓊にいたっては、広家と何度も激突し、その仲は犬猿《けんえん》といっていい。毛利家が朝鮮在陣中、広家は抜け駈けの奇襲をした。奇襲は成功し、戦況に好影響をもたらしたが、軍監の恵瓊は、

「抜け駈けは軍令違反である。軍功とは認めがたい」

として広家の功を三成に報告しなかった。自然三成も名護屋《なごや》の大本営にいる秀吉には報告しない。

この事件が、広家の三成・恵瓊に対する憎悪を決定的にした。

その男が、毛利輝元の最高輔佐官なのである。はたして三成や恵瓊の挙兵に応じて毛利家を動かすかどうか。

「動かせる」

と、恵瓊はいった。恵瓊は輝元そのひとに直《じか》に説きつけて西軍に参加させる自信がある、というのである。

「新庄侍従がなんと申そうとも、中納言様（輝元）は拙僧が動かしてみせる。ただし中納言様がいかに無垢《むく》なお人でも、無償ではお動きなさるまい。拙僧も説得しかねる。どうであろう、戦勝ののちは従二位様の筆頭大老の地位にお着けするということでは？」

家康の現在の位置に、輝元がすわる、ということである。

（はて、それでは徳川が毛利になるだけのことではないか）

三成は鼻白《はなじろ》んだ。三成にすれば、戦後、秀頼政権を確立してゆくためには家康のような強大すぎる大名は作ってはならぬと考えている。

そのとき、大谷吉継の影が、灯明《ほあか》りのなかで動いた。

三成の沈黙の裏が、この男には手にとるようにわかるらしい。

「治部少」

と、はげしくいった。

「そのとおりにせい。申しておくが、総じておぬしほどの横柄者《へいくわいもの》は世間にも類がない。平素、諸侯のあいだでの辞儀や作法も高慢で、このため諸将の恨み、憎しみを買っている。いざ、諸侯を会盟《かいめい》して大事をおこそうというこんにち、おぬしの名が表《おもて》立っては、豊臣家に忠を尽そうと思う諸侯でさえ家康に走る。この場合、勝利を得んとすれば安芸中納言を旗頭とし、戦後もお家の大柱石《だいちゆうせき》として立て、おぬしはあくまでもその下にあって事を計るがよい。それ以外に勝利の道はない」

「心得た」

と、三成は即座にいった。そのことは島左近にもいわれている。事の成る成らぬは三成の性格にある、と左近はいった。「いまさらお矯《た》め直しになるということも出来ますまいが、せめて徳川ぎらいの諸侯の気持だけでも損なわれますな。挙兵のときには、安芸中納言か、備前中納言（宇喜多秀家）を旗頭になされ、よくお仕えあそばしますように」と、左近は例の小うるさい叔父貴《おじき》のような顔つきで三成に言いふくめている。

「恵瓊殿、すべてはおまかせする」

と、毛利家工作を一任した。

戦書

三成には類のない能力がある。

いざ挙兵ときまると、電光石火のすばやさでその「事務」を片づけてゆくことだ。稀代《きたい》の能吏といっていい。

それに、計画規模がつねに全国的であるということだった。かれの脳裏には、日本列島の極彩色の地図がつねに存在している点、他の武将には類がない。

かれと仲のわるい「野戦派武将」の頭目である加藤清正が、たとえ三成の立場になっても、その挙兵は地方的にとどまったろう。清正でさえそうである。三成以外、家康をのぞくほかは、日本的規模において計画し、号令し、諸侯をうごかす能力をもった者はたれもいなかった。

その点、若いころから秀吉の秘書官として天下の行政、財務、人事を見つづけていたかれには、ものを六十余州の規模でみるという頭脳の訓練ができていたに相違ない。

三成はその夜、大谷吉継、安国寺恵瓊のふたりと挙兵の決定をしたあと、ふたりを別室で寝かせ、自分は寝なかった。

すでに深夜である。

表書院《おもてしょいん》に煌々《こうこう》とあかりをつけさせ、士格以上のすべてを召集した。

「奸賊《かんぞく》家康を討つ」

と、三成は、言明した。

頬《ほお》が、血を噴くように紅潮しているのが、島左近の座からも望見できた。

「討って、豊臣家の御安泰をはかる。この一戦、成否は天にあり」

と、三成の声はふるえはじめていた。

「予の一命の安否もいまは問題ではない。そのほうども、一命を予にあずけよ」

これは、訓辞といっていい。三成は簡潔にそれだけ言い、十一人の家老をのこして一同をひきとらせた。

燭台《しょくだい》がこの一群のまわりに片寄せられ、灯明りがいよいよ光輝を増した。

「そのほうどもに対しては、いままで議をつくしてきた。もはや論ずべきなにごとも残っていない。あとは予が命ずることを、そのほうどもは神速に実行してゆくのみである。されば」

と、三成はこの挙兵に関する最初の命令を舞兵庫にくだした。

「越後に一揆《いっき》をおこさしめよ」

それだけで舞兵庫には内容がありありとわかった。すでにここ数カ月、討議に討議をかさねてきたところである。

越後三十三万石は、徳川派の堀家の所領である。ほんの先年まで上杉家累代《るいだい》の領国であり、上杉謙信以来の遺臣の家が多い。その土着豪族たちに反乱をおこさせ、徳川方の堀家をして奔命に疲れさせようというわけである。蜂起《ほうき》すべき越後の土豪は、宇佐美勝行、同定賢《さだかた》、万貫寺源蔵、斎藤利実《としざね》、柿崎景則《かげのり》、丸田清益《きよます》、安田定治《さだはる》、加治《かじ》資綱《すけつな》、矢尾阪《やおざか》光政、朝日采女《うねめ》、竹俣壱岐《たけまたいき》、七寸五分監物《くずはたけんもつ》、長尾景延《かげのぶ》、庄瀬《しょうせ》新蔵、神保刑部、遠藤讃岐《さぬき》などで、すでに上杉家の直江山城守のほうからも三成からも密使を送って誓紙を交換してある。

「承知つかまつりました」

と、舞兵庫はいった。連絡の方法もすでに討議ずみのことだった。舞兵庫はそのまま御前を退出し、縁側へ出た。

庭さきに、羽黒山伏《やまぶし》に身をやつした男が五人、黙然と立っている。

「出立するように」

と、舞はいった。ただそれだけである。密書その他のことはすべて事前にととのえられており、かれらはただ「出立」の命を待つだけの運びで庭さきに待機していた。

彼等は、去った。この深夜このまま城下を出発し、夜を日についで越後と会津にくだるであろう。

舞兵庫が表書院の御前にもどると、三成はすでに、つぎつぎと命をくだしていた。家老には挙兵事務の分担がきめられており、三成がひとこと命ずるごとに事は即座に運ばれた。安芸《あき》広島の毛利家に使いする者、大坂屋敷にいる宇喜多秀家に使いする者、岐阜の織田秀信に使いする者、さらには最も重大な任務である大坂城に行く者などがつぎつぎとその行動に移った。

武装隊をひきいて城下を出発した者もある。この実戦部隊は三成の兄の正澄《まさずみ》が指揮し、近江の愛知川《えちがわ》に関所を設け、家康に従軍するため東下《とうげ》してくる西国の諸将をこの関所で食いとめ、説得の上、大坂城に逆戻《ぎゃくもど》りさせるためのものであった。

「殿は、どうなさる」

と、島左近はいった。本来なら三成はすぐ大坂城に飛び、全般の指揮をとらねばならぬところである。

「なお数日、この佐和山にいて、刑部少輔と打ちあわせをしたい。それにいま城を出てはめだつ。されば左近」

と、三成は、言葉を区切っていった。

「わしのかわりに今夜、大坂へ発ち、他の奉行衆を督励し、家康に従軍するため大坂へ入ってくる諸将を大坂で食いとめ、在国の諸将には秀頼様おん名にて召し状を発し、また豊臣家旗本をしかるべく部署して大坂の諸口《しょくち》を固めさせるように」

「心得ましてござりまする」

と、左近はいった。

「して、戦状は？」

それが最も肝要である。戦状とは、家康に対する宣戦布告の書である。

「そのこと」

三成は、かたわらの文箱《ふばこ》から持ち重りするほどにぶのあつい書状をとりだし、

「これは草案である。一昨夜、夜の白むまでかかって書きあげた。この戦書をそちは大坂へ持ちゆき、みなの連署をもらい、すぐ関東下向の家康あてに発するよう事を運べ」

「連署は、どなたとどなたでござる」

「まず奉行のことごとく」

三成は奉行を罷免《ひめん》させられているために、現職の者といえば、長束正家、増田長盛、前田玄以である。

「それに二人の大老」

大老のうち、家康と上杉景勝は会津で攻防しようとしているからむろん例外である。残る者は安芸中納言と備前中納言のふたりであった。

「承知つかまつった」

と、島左近は三成の前を退出し、搦手門《からめてもん》のそばの湖畔の屋敷にもどるべく城内の道をくだった。ふりかえると、表書院の灯はなお消えない。

（今夜は、寝《やす》まれぬつもりらしい）

左近はおもった。三成はかつて朝鮮出兵の動員計画をほとんど一人で樹《た》て、出陣の諸侯を部署してつぎつぎと朝鮮へ送った経験をもつ男である。いわば合戦準備をすることについては名人といっていい。

左近は、屋敷に帰った。

屋敷に帰るとすぐ湯漬の支度を命じ、その間、つぎつぎに命令をくだした。大坂へ連れてゆく家来は二百人。それに武器、弾薬、兵糧《ひょうろう》を携行するため荷駄《にだ》の人夫百人をつれてゆく。

「夜明けに出るぞ」

と、左近は最後に言い、湯漬を食いはじめた。

その席へ妻の花野《はなの》をよび、

「大坂へゆく」

と、いった。そのあと、「体はどうか」と左近はたずねた。ここ数年、この妻女の体ははかばかしくなく、寝たり起きたりの暮らしをつづけている。岳父の法眼《ほうげん》の診断《みたて》では重症の脚気であるらしい。

「そのお顔」

妻女は、微笑した。

「いつもとはちがい、お優しすぎるようでございます」

目に、警戒の色をうかべた。左近の妻への態度が妙に優しくなるときはきまって合戦がある、ということを、この妻は長年連れ添いつづけてきて知っている。

「なるほど」

左近は、苦笑した。

「どうやら、このたびはよほど優しくせねばならなくなるらしい」

「なにか、大事があるのでございますか」

「ないのが、ふしぎだろう。太閤が他界なされて、家康がなお浮世にいる。これで乱がおこらぬ、というのがふしぎだ。いまに山が裂け川が煮えあがるほどの大騒ぎがおこる」

「おうれしそうに」

と、妻女は、わざとあきれた顔をつくってみせた。その唇《くちびる》の色が、ひどく淡い。

「そもじ、例の人参《にんじん》を服《ふく》せい」

と、左近は眉《まゆ》をひそめていった。奈良では伝説的にさえなっているほど美人だったこの妻が、ここ一、二年で、すっかりやつれたようである。

「人参を服することだ」

左近は、大坂にいたころ、しばしば堺《さかい》へ行って妻のために薬用の人参を購《もと》めた。ところがこの妻女は人参の煎《せん》じ汁《じる》のにおいをきらってあまり用いようとしない。

左近は、伏見を経て大坂にくだった。

すぐ奉行の増田長盛の屋敷に入ると、長盛は緊張した顔で左近をむかえた。

「昨夜遅く、治部少から急飛脚がきた」

と、長盛はいった。三成らしく左近の到着までに概略の情勢報告その他を、長盛に報《し》らせてある。

「いよいよ、起《た》つそうだな」

(そうだな?)

と、左近は、長盛の言い草にあきれた。奉行増田右衛門尉《うえもんのじょう》長盛は三成の同志ではないか。

左近は顔をあげ、長盛の色黒い顔を正視した。

長盛は経理の才があるというだけで、故太閤にわずか二百石の身上からひきあげられて大名になり、さらに奉行として三成とともに故秀吉の手足となり三成退任後は、同役の長束正家とともに秀頼の輔佐役《ほさやく》として豊臣家の将来をもっとも憂《うれ》えねばならぬ立場にある。

(吏僚あがりの大名とはいえ、いますこし肚《はら》のすわった男だと思ったが)

妙に長盛は落ちつかないのだ。そのくせ、三成の家老にすぎぬ左近に、過度なぐらいに愛想がいい。

「酒《ささ》を食べるか」

と、近江うまれのくせに、公卿《くげ》風の言葉づかいをしてみせるところ、やはり軽薄の一種とみていいであろう。

「どうじゃ、酒は」

「また後日頂戴《ちょうだい》つかまつりましょう。まず、あるじの言葉を伝えさせていただきまする」

と、左近は、三成の長盛への伝言、こんどの挙兵計画の詳細などを語った。

「心得た」

長盛は、にわかに思慮ぶかげな表情でいった。下ぶくれで唇があつく、あごの大きく張った武者面《むしゃづら》のいい男だから、こううなずかれると、左近もつい心強くならざるをえない。

「治部少は、わが盟友であり、知己《ちき》である。しかもこのたびの挙兵、御幼君万々歳のための義戦なれば、わしは粉骨働く。治部少の申すことどおりにわしはうごく。左近、心を安んぜよ」

「おおせまでもなく、安んじおりまする」

そのうち、長束正家がやってきた。かれら二人の奉行がそろいさえすれば、豊臣家のことはいかようにも動かせるのである。

左近は、三成起草の戦書をふたりのひざもとへ差出した。

内容は、家康への糾弾書である。

「ほう、長文じゃな」

と、長盛はひろげ、正家はのぞきこみ、一語々々、たんねんに読みはじめた。

「内府ちかひの条々」

というのが、この戦書の標題であった。ちかひとは違いの意味である。家康は、豊臣家の最高の法律ともいうべき秀吉の遺言のかずかずを破った。その条々、というのが、標題の意味だ。

十三カ条にわかれ、箇条書きに書き、いちいち具体的事実をあげている。

家康への戦書のほかに、諸侯への檄文《げきぶん》も添えられており、

「われわれは右のごとき理由で家康へ戦いを宣した。右の意を汲《く》まれ、太閤の御恩お忘れなくば、秀頼様に対する忠義はこのときである」

という意味の文章がかかれている。

「いかがでござりましょう」

と、左近はいった。その草案の文章、内容に御異議がなければ、すぐ連署をとって戦書は家康に対して発し、檄文は諸侯に対して発していただきたい、という意味のことを左近はゆっくりと述べた。

「左様さな」

ふたりは顔を見合わせた。

べつに異論の出るような文章ではない。内容は容赦のない告発書だが、かといっていちいちの事実は世間も見聞きしていることで、ことさらに曲筆して事実を誇大に作りあげたようなところはなく、文章も三成の性格にしてはひどく冷静で、感情的な修辞はいっさい使って

いない。

二人としては、異議をさしはさむ余地のないものであった。

「これでよかろう」

と長盛は言い、正家もうなずいた。しかし顔色はすぐれなかった。この一通を家康に発することによって、二人の奉行は、決定的に日本最大の軍事勢力をもつ家康の敵にまわらざるをえないのである。

「されば、まず、お二方の御連署を」

と、左近はいった。

長盛はうなずき、祐筆《ゆうひつ》をよんでそれを清書させ、その最後に署名し、花押《かおう》を描いた。正家もそれにならった。

その夜、左近は自分の兵を大坂城内にとどめ、自分だけは増田屋敷に泊まった。翌朝から、大坂城下は奉行の命令による戒厳令が布《し》かれる。諸大名の屋敷から妻子が脱出せぬよう軍事行動をもって警戒せねばならない。その戒厳司令官である両奉行を、三成にかわって輔佐するために、左近は、この屋敷に泊まった。

長盛は、妙な男である。

そういう左近を、必要以上にもてなす一方、夜陰自室にひきこもり、一通の密書を家康に対して書いた。

三成が旗をあげるという雑説あり。

また、大谷吉継が病気と称し、美濃垂井で滞留した事実がある。

その他、おいおい情勢がわかり次第、申し送ります。

という意味の手紙である。原文はみじかい。「一筆、申し入れ候《そうろう》。今度、垂井において大《だい》刑《ぎよう》（大谷刑部少輔）、両日相煩《あいわずら》い、石治少《いしじしよう》（石田治部少輔）出陣の申分《もうしぶん》、ここもと雑説申し候。なおおいおい、申し入るべく候。恐々謹言《きようきようきんげん》」

あてさきは、儀礼上、家康直接に対してではなく、家康の幕僚の永井右近大夫に対してである。

それを、長盛は足早の忍び者にもたせ、この夜、関東にむかって走らせた。

かといって長盛は三成を売ったという意識はない。ただ、

（もし三成が負ければ）

という恐怖が、これを書かせた。長盛にすればもし西軍が敗《ま》けた場合、勝者の家康は、「長盛は大坂から三成挙兵の諜報《ちようほう》を送ってきた」という一事で罪をかるくしてくれるであろうとこの男は思った。いわば思惑である。裏切りではない、とこの男は思っていた。

この密書を書き送って、長盛はようやく戦書の恐怖から解放され、ひどくあかるくなった。

この男のおもしろさは、翌朝、別人のように活動的になり、早暁《そうぎよう》から左近を連れて登城し、御用部屋に詰め、豊臣家の旗本を指揮し、有能そのものの戒厳司令官として活動しはじめたことである。この能吏にすれば、別にどちらに対しても罪の意識があるわけではない。自己保存の道さえつけば、実務は実務、というわけであったろう。

戒厳令は、徹底的におこなわれた。出征諸侯の留守家族を、人質としておさえるのである。長盛、正家、豊臣家旗本などの兵が、武装して各大名屋敷の辻々《つじつじ》をかため、水も洩《も》らさぬ哨戒陣《しょうかいじん》を布いた。

とくに徳川派の細川屋敷、加藤屋敷などに対しては、ほとんど包囲同然の体制を、奉行増田長盛はとった。

脱　出

大坂城下における大名屋敷は、ほぼ城の周辺にかたまっている。

とくに玉造《たまつくり》、備前島、天満、木津、谷町、堺筋《さかいすじ》に多い。

大坂に屋敷を置かせそこに妻子を住まわせることは秀吉がとった諸侯への統制策の一つで、いわば彼等の妻子は人質といっていい。大坂に妻子を置いている以上、国許《くにもと》で反乱をおこすわけにはいかないのである。

「三成挙兵」

の騒動は、これら大名屋敷を戦慄《せんりつ》させた。

なにぶん諸侯の大半は家康に従軍中であり大坂屋敷は妻子とほんのわずかな留守の人数が残っているにすぎない。

三成はなお佐和山にいるが、つぎつぎと大坂城御用部屋に詰める二人の奉行増田長盛、長束正家に打つ手を指示しつつある。

「すぐ大坂に参る」

と、三成は増田、長束のふたりに申し送りつつ、

「東征諸侯の屋敷をぬかりなく包囲せよ」と言い、さらには、

「包囲するだけでは心もとない。いっそ、諸将の妻子を大坂城内に移してはどうか」と申し送った。

「それももっとも」

と、増田、長束は思ったが、それを断行するだけの度胸がこの二人になかった。無いままに噂《うわさ》がいちはやく流れた。

実は、大名屋敷のほうでも覚悟をしていたところであった。とくに家康派の諸侯はすでに出征するときにこのことあるを予測し、大坂留守の者に、

——そのときはいかなる工夫でもして妻子を国許へ落せ。

と言いふくめてある。

が、増田・長束の二奉行も、かれらをそうやすやすと脱出させるほど無能ではない。

夕六時にはすべての町筋の町木戸をおろして人々の通行をさしとめ、守口、四天王寺など諸街道の口に警戒部隊を置き、また海からのがれ出ることをおそれて安治川《あじがわ》、木津川などの河口に舟番所を置いて厳重に人の出入りを監視した。蟻《あり》いっぴき這《は》い出るすきもない、とい

うが、事実それに近く、夜間も各所で篝火《かがりび》を燃して警戒をおこたらない。

「人質をおさえるかおさえぬかで、この戦いの勝負がきまる」

とまで三成は極言し、戒厳令を執行している増田・長束のふたりの同僚を激励しつづけていた。

大名屋敷側も、じっとはしていない。

とくに三成と仲のわるかった大名屋敷では当然自分の屋敷が最初に槍玉《やりだま》にあげられるとみて、懸命の脱出策を練っていた。

加藤清正邸のばあい、ことにそうである。

清正は、東征組には入っていない。

家康に言いふくめられ、国もとの肥後熊本にいる。清正は大坂を発つとき、大木土佐《おおきとさ》という老臣を留守居役に残し、

「かねてそちの分別に感じ入っている。三成が兵をあげたときにはいかようにもして奥を脱出せしめよ」

と言いふくめた。

大木土佐は、清正が肥後に封ぜられてから現地で召しかかえた老武士で、北九州の大族蒲《かま》池《ち》氏の支族である。加藤家では六千石を食《は》んでいる。

「心得ましてござりまする」

と、大木土佐は頼もしく返答し、まだ事態が切迫せぬ前からそのことのみを考えつづけた。

（お家の安危のわかれみちである）

ということを、この老臣は才覚のするどい男だけに感じとっている。清正夫人はただの奥方ではなく、去年、家康の肝煎《きもいり》により家康の養女ということでもらった徳川家譜代水野忠重の娘である。これを万一、三成の人質におさえられてしまえば、加藤家の家康に対する立場はずいぶんと悪化するであろう。

ついに、三成は挙兵した。

その報が屋敷に入るや、大木土佐は一策を講じ、使いを走らせて船奉行をよびよせた。船奉行は、梶原助兵衛《すけのひょうえ》という男である。

播州出身の人物で、加藤家における船舶長官をつとめ、常時、大坂の安治川口にある船蔵《ふなぐら》に詰めている。

「助兵衛、きたか」

と、大木土佐は屋敷の一室によび入れ、一時間ばかり密談し、十分に打ちあわせて安治川口に帰した。

その日から梶原助兵衛は、仮病を粧《よそお》った。

それも尋常な粧いかたではない。

二、三日一睡《いっすい》もせず、一食もとらず、梔子《くちなし》の実の煎じ汁ばかり服《の》んでいた。梔子の実は漢方で山梔子《さんしし》といい、解熱剤《げねつざい》になる。助兵衛はその家来や配下をさえあざむいたのである。

病中、配下の船手方《ふなてかた》をよびあつめ、

「船頭や水夫《かこ》を退屈させるとろくなことをせぬものだ。毎日、漕《こ》ぎ競べをやらせい」

と命じた。

加藤家は水軍が自慢の家である。この安治川口には、加藤家の蜈蚣船《むかでぶね》が三十艘《そう》もある。蜈蚣船というのは一艘のふねの両側に櫂《かい》を多くつらねた船のことで、形状がむかでに似ている。早速、安治川口で漕ぎくらべが興行された。毎日、六、七艘ずつ出し、毎日行なわれるのである。

それがいかにもおもしろいため、豊臣家の船番所詰めの武士たちも見物し、ついには賭《か》けをするほどまでに打ち興じた。

一方、指揮官の梶原助兵衛である。むろん病気ということになっているが、寝ているわけではない。大坂の加藤屋敷の医者の治療を受けにゆくと称して、毎日出かけてゆく。

病人だから、駕籠《かご》を用いている。

番所の門を通過するとき、助兵衛は駕籠の引戸をあけ、

「風邪をこじらせ、かような仕儀でござる」

と、いちいちことわった。番士がのぞくと助兵衛の悪寒《おかん》はよほどひどいらしく、頭には大きな綿帽子をかぶり、膝《ひざ》と肩にふとんをかけて、頰《ほお》などはやつれきっていた。

この調子で毎日駕籠の引戸をあけては、いちいちあいさつしてゆく。

ついには番士も見なれてしまい、助兵衛の駕籠が通ってもさほどの注意をはらわなくなった。

そこがつけめであった。大木土佐が筋を書いた伏線はことごとくうまく行った。

五日目に、梶原助兵衛が例の病人駕籠で加藤屋敷に入ったとき、

「助兵衛、頃《ころ》はよいな」

と、大木土佐は念を押した。

「ご安心ありたし。番所の様子、船の支度、ことごとくよろしきようでございます」

「そうか、されば今日、脱出する」

そこで大木土佐は奥へ参上し、奥方に拝謁《はいえつ》し、脱出決行の旨《むね》を申しあげた。

夫人は、うなずいた。

別に美人でもなくさほど利口なひとでもなかったが、この際なによりも幸いなことは彼女がきわだって小柄《こがら》なことだった。夫の清正が、駿馬帝釈栗毛《しゅんめたいしゃくくりげ》に騎《の》っても両足が地につかえたというほどの大男であることを思えば、奇態《きたい》なほどに彼女は小さい。

その彼女に、大木土佐は白いかたびら一枚の軽装を乞《こ》うた。

「そうする」

と、清正とは十五、六も齢のちがうこの若い夫人はうなずいた。

「それに」

大木土佐は二番目の要求を持ち出した。

「途中、いかなることがござりましょうともお声だけはつつしまれまするよう」

「黙っているのじゃな」

「御意《ぎよい》」

さらに大木土佐は、言い添えた。

「申しあげるまでもなきことでござりまするが、万一発覚いたしましたるときには、この土佐、冥土《めいど》への御先導をつかまつりまするゆえ、奥方様にあってもそのお覚悟を」

「心得ている」

すべての準備はおわった。やがて屋敷の玄関の式台に、梶原助兵衛の病人駕籠がはこびこまれた。

「おそれながら」

と、大木土佐はそのなかに清正夫人を押しこみ、体を折りたたむようにして伏せさせ、その上に白絹のふとんをかけ、さらにその上に梶原助兵衛を乗せた。やむをえぬことながら梶原は夫人を尻《しり》に敷いている姿になった。

「苦しゅうござりませぬか」

と梶原がいったが、夫人はだまっている。苦しからぬはずがないであろう。

「いざ」

と、大木土佐は、駕籠舁《か》きに合図した。駕籠はかつぎあげられ、玄関を出、門をくぐり、街路を西にむかって進み出した。

大木土佐はただひとり、徒歩でつき従ってゆく。万一のときには斬《き》り死の覚悟で、いつも戦場に携えてゆく胴田貫《どうたぬき》の一刀を腰に帯びていた。

豊臣家の川番所についたのは、午後四時ごろである。陽《ひ》はなお十分に明るい。番所の構内はひろく、構内の南側に人数三百人ほども収容できる番屋敷があり、構内に竹《たけ》矢来《やらい》がめぐらされ、門は、欅材《けやきざい》の黒塗り門である。

「加藤主計頭《かずえのかみ》家来、梶原助兵衛」

と、梶原は引戸をあけつつ名乗った。番士五、六人が近づいてきて、さほどの注意もせず、

「通らっしゃい」

と、職務に倦《う》みきった声でいった。梶原助兵衛は引戸をしめた。

汗が、ふとんを濡《ぬ》らすほどに出た。

駕籠はゆく。

やがて加藤家の船蔵につくと、かねての手はずどおり蜈蚣船の群れがするすると岸辺に寄ってきた。

「早くっ」

大木土佐は叫んだ。駕籠は船に移された。

蜈蚣船は、海にむかっていっせいに漕ぎだした。遠くからその光景を川番所の番士がながめていたが、

――例の漕ぎ競べか。

とみて、さほど気にもとめなかった。

蜈蚣船が海に出たころ、川番所ではただ一点、不審なことに気づいた。

「大木土佐がいた」

ということである。「どうもあの駕籠の脇《わき》にいたのは大木土佐らしく思えてきた」と言い出す者が出たのである。大木土佐だとすればこれほど奇怪なことはない。大木は六千石の大身《たいしん》である。加藤家の侍大将の身でありながら徒士《かち》の風体《ふうてい》をし、供一人つれていない。しかも大木は、加藤家の大坂留守居役であり、夫人を護衛する最高の重臣である。

「脱出と知れた」

と騒ぎ出し、すぐ番所の船三十艘を出し、海にへさきをむけ、漕ぎに漕いで後を追った。が、すでに十丁の差がある。

その上、加藤家の船は足のはやい蜈蚣船だし、水夫《かこ》はここ数日の競艇で早漕ぎには馴《な》れている。

が、番所方は、執拗《しつよう》に追った。追いつづけているうちに陽が沈み、海上が暗くなった。

そのうち、前方海上に炎々と大かがり火をたいた十九反帆《たんほ》の大船があらわれ、蜈蚣船の上の人々を手ぎわよく収容して悠々《ゆうゆう》と旋回し、闇《やみ》のなかに消えてしまった。

黒田屋敷は天満にある。

当主の甲斐守《かいのかみ》長政は黒田軍の主力をひきいて家康に従軍しつつあり、隠居の如水は、豊前中津の居城にいた。

大坂は、留守居役しかいない。

その留守居役の人選も、加藤家のばあいと同様、家中きっての利《き》け者をえらんでいた。

栗山備後《びんご》
母里《もり》太兵衛
のふたりである。栗山はその子大膳《だいぜん》がのちに黒田騒動で活躍することでこの姓は世上著名だし、母里太兵衛は名槍《めいそう》日本号を飲み取ったということで黒田節のなかでうたわれている。いずれも如水創業以来の黒田家の双翼というべき人物で、この二人を一見閑職の大坂留守居役としてとどめた、というのは、大坂の政情探知のためと、人質脱出のふたつの大仕事をさせねばならなかったからであろう。

智恵は、加藤家の場合と多少似ている。仮病の演出である。

母里太兵衛が病人役になった。

毎日、鹿籠《しかご》という粗末な大駕籠にのって出てゆく。

黒田家の場合、門前に奉行方が検問所を置き、番士多数を詰めさせている。太兵衛はこの番士にいつわり、

「町方の医者に診てもらいにゆく」

と称して、毎日、検問所を出てゆき、戻《もど》ってくる。番士もつい油断した。この手で、如水の老妻と、長政の若妻を難なく屋敷から出し、いったん市中の茶商納屋《なや》小左衛門のもとにあ

ずけた。問題は、それからあとである。この二人の女性をどのようにして市中から運び出すかであった。

最初、試みに米俵に詰めてみた。

試みてみたが老女のほうがこらえ性《しょう》がなく俵の中から泣き叫び、「息ができぬ。かように苦しい目をせねばならぬのなら、いっそ刺して殺してくれ」とわめいたため、せっかくの試みもあきらめざるをえなくなった。

つぎに、茶櫃《ちゃびつ》に入れた。さいわい納屋家は茶商である。多くの茶櫃とともに荷車につみこみ、伝法《でんぽう》（地名）の川岸まで運び、そこから小さな茶船にのせた。

河口近くまで漕ぎ、夜陰、ひそかにそこに碇泊《ていはく》させておいた水船に積みかえた。

水船は、豊前までの航海に適するほどに大きい。それに船底が二重になっており、船底に水が積まれている。

その水を抜きすて、そのなかへ二人の貴婦人をひそませ、帆をあげて出た。

やがて例の船番所にさしかかった。番所から十艘ばかりの検問船が漕ぎよせてきて、停船を命じた。

黒田家にとって都合がよかったのは、その番士の組頭が菅右衛門八《すがうえもんぱち》という豊臣家旗本の士で、如水とも長政とも懇意であり、当然ながら黒田家家老母里太兵衛とも昵懇《じっこん》の間柄《あいだがら》だったことであった。

母里太兵衛は、機転のきく男だ、「やあ、めずらしや右衛門八か」と船上から大声でよびかけるなり、菅の検問船にとび移った。

「わしは国もとへ帰る。大坂の御母堂様、御内室様のお世話は、栗山備後ひとりで十分ゆえこの船で豊前へ帰るわ」

と、明るく笑った。

菅は、笑わない。

「役儀であるによって、あの船の検分をする」

と、三十人ばかりの配下に命じ、水船に登らせようとしたとき、母里太兵衛はさらに大声で笑い、

「右衛門八よ、おぬしの鷹揚《おうよう》な性癖はまだなおらぬかよ。あれなる水船は黒田家の御用船ゆえいかなる秘密の物を船底にかくしてあるかわからぬぞよ。されば下卒に捜させることやある。物頭《ものがしら》のおぬしみずからがとくと検分するがよし」

といい、肩を抱くようにしてともどもに水船にのぼった。

菅は、船底へ降りた。そこで太兵衛が急に笑顔をひそめ、

「おぬしと年来、友誼《ゆうぎ》をかさねてきたが、侍奉公のふしぎさで、このたび敵と味方にわかれて相戦わねばならぬ。この戦さ、いずれが勝ちになるかはわからぬが、もしわがほう勝ったるあかつきにはおぬしの身の立つようにはする。武士は相身互身《あいみたがいみ》ということがある。きょうのところは、船底は見てくれるな」

と、いった。

菅はしばらく考えていたが、やがて無言で船上にのぼり、番士たちにむかって、

「ただの水船であったよ」

と、苦笑しつつ船ばたから縄梯子《なわばしご》をつたって降り、検問船にとび移った。

母里は、すぐさま船手衆に命じて碇《いかり》をあげ、帆綱をひき、するすると帆をあげつつ、海上へ去った。

加藤、黒田家は成功した。

が、これらの成功はむしろ例外といっていい。玉造で七軒いくらかをならべている大名屋敷町で、惨事がおこった。

細川屋敷の場合である。

細川伽羅奢《ガラシャ》

細川越中守忠興は、当代の大名のなかではもっとも芸術的才能にめぐまれている。たとえば兜《かぶと》の意匠がうまい。

「ぜひ、拙者のかぶとを工夫してくださらぬか」と、先年、殿中である大名にたのまれた。

「心得た」

と、忠興は気軽にひきうけ、その人物の人相・体格に適《あ》う兜を考え、やがてみずから図面をかいて設計し、それを抱えの兜師に作らせた。

依頼した大名が待つほどにそれが細川家からとどけられてきた。みごとな出来である。兜の鉢《はち》は南蛮鉄をもちい、椎《しい》ノ実《み》に形どって黒漆《くろうるし》をぬり、目庇《まびさし》に金線で波頭《なみがしら》をえがき、立物《たてもの》として大きな水牛の角をかざり立てている。依頼ぬしはこの水牛の立物が気に入ったがよくみると水牛の角ではない。

桐《きり》の材であった。

（これは折れる）

と、指さきでコツコツと叩《たた》いてみたが、いかにも頼りなげである。

後日、殿中でその苦情を忠興にいうと、怒りっぽい忠興は顔色を変えた。

「戦場で折れる、と申されるのか。兜の立物が折れるほどに働くのが武士の本望ではないか。そこもとはそれでも武人か」

といった。

ゆるりとものを言えばよい。が、激すると言葉が言葉にならぬ男だ。忠興にすれば、桐の材をつかったのはわざと折れやすいようにしたのであった。林の中での騎馬戦などでは大立物は枝にひっかかって働きにくい。その場合、立物などは折れやすいほうがいい、兜は飾り物ではなく実用品なのである、というのが忠興のねらいであった。それをゆるゆるといえばいいのに、そのような寛闊《ひろやか》な心映《こころば》えをもっていない。

この挿話《そうわ》を例にあげたのは、忠興という人物の三つの特徴がよく出ているからである。まず実戦型の武人であること。にもかかわらず風雅の道に長じていること。さらには、うまれついての大名であるだけに、感情の抑制がきかずむき出しになること。

そういう男だ。しかし、右のような三つの特徴のわりには政治感覚がするどく、殿中の遊泳にも長《た》けている。

最初は前田利家派で、利家が死んでからは家康を無二の頭目とたのみ、いまでは家康派の諸大名のなかでも、黒田長政とならぶほどの策謀家として家康盛りたてに力をつくしてきている。齢《とし》は三十七である。

すでに人生に熟した年齢といっていい。しかし忠興にはいまひとつ、かれ自身でさえ制御にくるしむほどの性癖がある。

嫉妬《しっと》心《しん》がつよいことだ。その正室玉子《たまこ》、洗礼名伽羅奢《ガラシャ》という女性《にょしょう》を愛しすぎている、といえばそれまでだが、それにしても忠興のこの性格は尋常ではない。

玉子は、明智光秀の三女である。

その才色は、「比類がない」と当時いわれた。忠興より一つ上の三十八歳になっていたが容色はすこしも衰えず、おそらくまりあさまの再来であろう、とまで彼女の同信の切支丹《キリシタン》信者のあいだでささやかれていたほどである。

忠興は、切支丹ではない。むしろその異教を憎悪《ぞうお》していたが、これほどの気儘者《きままもの》が夫人の洗礼を禁ずることができなかったのは、それを遠慮せねばならぬほど夫人を愛していたからに相違ない。

その愛の異常だったのは、家来にさえ夫人の姿を見せたがらなかったことでもわかる。

忠興は邸内の奥に善美をつくした一郭をつくり、そこで多数の侍女に取巻かさせて夫人を住まわせ、彼女のしたいほうだいの贅沢《ぜいたく》を尽させた。そのかわり外部との交渉を断たせ、家老でさえその一郭に入ることをゆるさなかった。

むろん、外出はさせない。市中の男どもに彼女の容姿をすこしでも見せることをきらったのである。

忠興自身が外出するとき、留守の家老をよび、毎度、

「奥に、他行《たぎよう》(外出)はさせるな。奥がもし他行をする、と申さば死を覚悟して諫《いさ》めよ」

と言いのこすのが常だった。

こんな話がある。

ある秋の朝、夫人が軒端へ出て手洗鉢《つくばい》で手を洗っていると、庭で庭師が植木に鋏《はさみ》を入れていた。

つい夫人が、

「今朝は寒いな」

と、その庭師に声をかけた。庭師がおどろいて、木からすべり落ち、平伏して、

「今朝はお寒うござりまする」

と、夫人の言葉にこたえた。

庭師にとって不幸なことに、その光景を忠興が居間から見ていた。忠興は錯乱し、刀をとって走り出、

「無礼者」

と、一刀のもとに庭師の首を刎《は》ねてしまった。血がとび、夫人の手のそばの手洗鉢にまではねかかった。

が、夫人は顔色も変えずに手をあらいつづけ、洗いおわった。

侍女がさし出す布をうけとり、ゆっくりと手をぬぐった。眼をふせている。

不快でないはずがない。それをことさらに顔色も変えずに眼前の異常事を無視したのは、そういう態度で忠興に抗議したのにちがいない。

首を刎ねてから忠興はさすがに、

(しまった)

と思った。錯乱から醒《さ》めた。が、気持の勢いはつづいている。そのやりばを、夫人の冷静すぎる態度に持って行った。

「お玉、なんともないのか」

「え？」

というぐあいに、夫人はまつげをあげた。

「なんのことでございましょう」

「この始末に、なんとも思わぬのか」

と、忠興は血刀をあげて、庭師の死体をさした。

夫人は縁の上に立っている。

「それはわたくしの存ぜぬこと。その始末は、殿様がなされたのではありませぬか」

「その表情《かお》」

忠興は、庭さきからわめいた。

「なんという静まりかたじゃ。おまえの心は蛇《じゃ》か」

そこで、夫人がちらりと微笑《わら》った。

「鬼の女房には蛇がちょうど似合いでございましょう」

この事件は、家中で評判になった。噂《うわさ》に尾ひれがついて、庭師が、屋根師《やねし》になった。忠興夫婦が会食していたところ、むこうの棟《むね》で屋根の修繕《つくろい》をしていた屋根師が、夫人の容色に見とれて屋根からころがり落ちた。

(素破《すわ》、奥に見とれおったか)

と忠興はとびだし、その屋根師の首を刎ね腹だちまぎれにその首を膳《ぜん》にのせ、夫人の前においた。

(怖《おそ》れたか)

と、越中守忠興は、夫人への嗜虐心《しぎゃくしん》がうごいたらしい。じっと夫人を見つめた。が、夫人は顔色もかえず、箸《はし》を動かしつづけ、首を見ようとしなかった。

そのとき右の会話がおこなわれた、というのが、いまひとつの噂である。

さらにこんな話がある。

朝鮮ノ陣のときだ。

外征中の大名の妻女を、秀吉がしきりと襲ったことがある。にわかに屋敷に訪ねてゆくこともあったし、

「遊びに来《こ》よ」

と、内謁《ないえつ》を申しつけることもあった。当然国色無双《こくしょくむそう》といわれる細川伽羅奢にもその内謁お申しつけの使者がきた。

夫人は、忠興の異常な妬心《としん》を知っている。このときはむしろ死を覚悟し、下に白装束をつけ、盛装して殿中にのぼった。内謁ノ間《ま》に伺候《しこう》し、両手の指をついて平伏しようとしたとき、帯の間から白鞘《しらさや》の短刀がぬけ落ちて畳の上にころがった。

むろん、彼女の才覚である。が、この場はわざと狼狽《ろうばい》し、自分の粗忽《そこつ》を懸命にあやまった。

秀吉にはむろんその真意がわかり、彼女をぶじにひきとらせた。

秀吉が、大名の留守宅をしきりと窺《うかが》っているといううわさが、朝鮮在陣の諸大名の耳に入った。

忠興はすぐ急飛脚を出し、彼女に一首の和歌を贈った。よほど妬心を発していたらしく、歌人忠興にすればいい歌ではない。

「靡《なび》くなよ」

と歌にはいう。「わが姫垣《ひめがき》の女郎花《おみなえし》、男山《おとこやま》より風は吹くとも」彼女も、和歌には堪能《たんのう》である。しかしこの場合、忠興の心情を考えてか無用の修辞をもちいず、「靡くまじわが籬垣《ませがき》の女郎花、男山より風は吹くとも」と送った。

忠興は、妻への監視のとどかぬ朝鮮の野陣にいる。かれの性癖からすれば居ても立ってもいられぬ心痛であったろう。その心痛が、秀吉への憎悪にかわったともいえなくはない。すくなくとも激情家の忠興は、秀吉を尊敬する気にはなれなかったであろう。

秀吉の死後、当然ながら豊臣政権への愛情も感傷もかれの場合にはなかった。三成の場合にくらべると秀吉に対する心象がまるでちがった立場にいる。

秀吉の死後、忠興は家康の走狗《そうく》になり、諸大名のあいだを駈《か》けまわってしきりと裏面工作をし、こんども五千の大兵をひきいて家康に従軍し、会津にむかいつつある。

三成はなお佐和山にいる。つぎつぎに使者を大坂に走らせては、増田《ました》長盛ら奉行たちを動かしていた。

当然、かれにすれば諸大名のなかでも細川家の伽羅奢夫人に主目標を置いた。

(あの夫人さえ人質にとれば)

三成は忠興の性情を知っている。夫人を人質にとれば忠興は戦慄《せんりつ》して西軍に走りこむであろう。

「とくに越中の夫人だけはのがすな」

と、三成は大坂に伝えた。

一方、細川屋敷では、三成の挙兵を知ったとき、

（もはや奥方の運命は知れた）

と、とくに奥付家老小笠原少斎《しょうさい》老人などは考えた。

忠興は関東へ出発するとき、このことあるを予想し、その場合の心得を小笠原少斎に言いふくめてある。

清正や長政のばあい、機転のきく老臣を大坂にのこし、「どんな手段を講じてもよい。奥たちをぶじ大坂から脱出させよ」と念を押したが、忠興はそうは言い残さなかった。

「奥に、自刃《じじん》せしめよ」

ということであった。忠興にすれば、伽羅奢が人手に触れつつ脱出する光景を想像することさえ堪えがたかった。さらにもし脱出に失敗し、大坂城に軟禁されるとなればどうであろう。それを想像するだけでも気が狂いそうであった。

この場にいたって伽羅奢を独占しつづける方法は、殺す以外に手がない。

が、伽羅奢は切支丹である。切支丹では自殺を禁じている。

「もし奥が自刃をこばむならば、そちの手にかけよ」

と、忠興は、この枯れ細った老人にいった。

少斎はこの主命を迷惑に思ったが、この場合従うほかかない。

ただかれは唯一《ゆいいつ》の望みを事態の好転につないだ。石田治部少輔三成の挙兵などというとほうもない騒動のおこらぬことをのみ願いつづけた。

が、事はおこった。

(ともあれ、御台所様《みだいどころさま》のご意向をうかがうことにしよう)

と、おそるおそる表と奥をへだてている杉戸《すぎど》までゆき、むろんなかには入らず、

「霜殿《しもどの》、霜殿」

と、五度ばかり声をはりあげた。霜女は、伽羅奢が可愛がっている老女のひとりである。ついでながら言う。霜女は、近江の出身で、比良《ひら》の住人比良内蔵助《くらのすけ》という者の妹だった。長じて同国の和爾《わに》の城主入江兵衛尉《いりえひょうえのじょう》という者にとついだが、夫兵衛尉が伽羅奢の父明智光秀に属し、明智軍に加わって本能寺の信長を襲い、のち山崎合戦で戦死した。

その後寡婦《かふ》になっていたのを、伽羅奢は細川家にひきとった。この霜女が、「表」の老臣と奥とのあいだの連絡役になっている。

「はい、ただいま」

と、霜女は遠くで声をあげ、やがて廊下を走る音がきこえて、小笠原少斎のもとにあらわれた。

ふたりの間を、半ばひらいた杉戸がへだてている。杉戸には、牡丹《ぼたん》の図が描かれている。

「霜殿、きかれたか」

「少斎殿、なにをでございます」

「佐和山の治部少輔殿が兵をあげ、奉行衆もこれに同調し、秀頼様をかついでいる。そこで噂がある」

と、人質差出しの一件を話し、「この場合どのように処置すればよいか、おそれながら御台所様におうかがいしてくれぬか」

「うけたまわりました」

と、霜女は廊下を走った。女ながら、乱世を生きぬいてきて、夫を明智光秀の乱に戦死させている。霜女は決して狼狽していない。

伽羅奢に、このことをいった。

「そうか」

と、彼女はしばらく考えていたが、別段の工夫はない。

「少斎と石見《いわみ》でよく分別せよ」

といった。石見というのは留守家老で、河喜多《かわきた》石見である。

この二人の老人が相談し、もし奉行方から人質を出せといってきた場合、「人がござりませぬ。長男様、次男様とも関東に従軍し、三男様は江戸におられます。人質に差出すお人がいらっしゃいませぬ」と答える旨《むね》をきめた。

――されば奥方を。

と奉行方がさらに押してきた場合、「丹後宮津城に幽斎様（忠興の父）がいらっしゃいますゆえ、至急使いを出し、幽斎様に大坂へ来ていただき、そのお指図をあおいだ上でお返事つかまつります」という旨の返答をしようときめた。二人の老人にすれば、このようにぐずぐずと時間をかせいでいるうちに事態もかわるだろうと思った。

「霜殿、このようにきめた」

と、少斎がいうと、霜女は奥へ走って伽羅奢にこの旨を言上《ごんじよう》した。

「それでよろしい」

とだけ、伽羅奢はいった。

それから中《なか》一日を置いて、奉行方から正式に使者がきた。少斎と石見が応対し、右のように返答した。

「さればそのように」

と、奉行方はいうしかない。翌日、非公式の使者がきた。細川家と親しい老尼《ろうに》である。その老尼は、

「せめて御隣家まで」

と、すすめた。隣家は、西軍主軸の宇喜多秀家の屋敷である。伽羅奢が生んだ細川家の長子忠隆《ただたか》の嫁と、秀家の妻女とが姉妹の間柄だから、「せめて奥方様には宇喜多家までお身をお移しあそばされては」というのが、老尼のすすめであった。

「それはことわる」

と、伽羅奢はいった。どこへ身を移そうと忠興はきらうであろう。それに隣家は反家康派の主要大名のひとりである。当然、伽羅奢の身柄をひきとった上は、大坂城にひき移そうと

するにちがいない。

十六日になった。

奉行方は、もはや相談ずくでなく、「命令」という形をとってきた。

「秀頼様への忠義のためである。奥方を城中に差出されよ。もしこの公命にさからうようなら、兵力をもって御曳《ひ》き立て致さねばならぬ。よくよくご分別なされよ」

と、奉行の使者はいった。

「われらは細川家の家来にすぎませぬ」

小笠原少斎はいった。

「お申し越し、ご無理でござる。われら家来のぶんとしてそのようなお言葉を御台所様にお伝えできませぬ。ご難題と申すものでござりましょう」

「されば、今夜にも兵力を用いるまで」

と、使者は帰って行った。

そのあと、少斎と石見は相談し、杉戸まで行って、

「霜女、霜女」

とよんだ。霜女はきた。少斎はいままでのいきさつを述べると、霜女は霜女なりに覚悟が生《しょう》じたらしい。

「お二方《ふたかた》、奥へ罷《まか》り通りなされ」

と、非常のことをいった。細川家にあっては男臣が奥へ通ることは異例だが、この場合も

はや伽羅奢に直接言上してもらうよりほかはない。霜女は、そう覚悟した。

二人の老人は小びらきの杉戸をすこしひらき、身を入れ、はじめて通る奥の廊下をひそひそと渡った。

猛炎

「今夜じゅうにも？」

と、伽羅奢はいった。

「はい、今夜じゅうには」

老臣小笠原少斎はこたえた。今夜中に、奉行方が軍勢をくり出してこの細川屋敷をとりかこみ、「秀頼殿のご命令」という法的根拠により、力ずくで伽羅奢をひったててゆこうというのである。

「されば奥方様には、どうおし遊ばされまする」

と、小笠原少斎も河喜多石見も、平伏したまま顔をあげない。かれらにとっても顔をあげて伽羅奢を正視する勇気はなかったであろう。あらためて質問するまでもなく、この美しすぎる夫人の運命はきまっているのだ。

「殺せ。――」

と、主人忠興は命じて関東へ去った。それを命じた忠興の心中も、気がくるいそうになるほど苦しかったであろうが、それにしても、

（なんとむごい）

とその忠興の処置を、ふたりの老人は思わざるをえない。他家では、奥方をたくみに脱出せしめているではないか。それを忠興はさせず、殺せ、というのである。

（愛とはそういうものか）

と、少斎老人はおもわざるをえない。愛はもともと独占を強要するものだ。が、その独占が狂気を帯びるときいのちを奪わずにはおかない。忠興は伽羅奢を殺すことによって永久に自分のものに仕遂《しと》げようとした。その仕遂げの作業を、この二人の老臣に命じた。

「それを仕遂げおわったあと、そちら二人も腹を切って死ね」

と、忠興は命じておいた。その点は、二人の老臣は覚悟している。主人の愛妻を殺しておめおめと生きていられるものではない。

「どうするか、と言いやるのか」

伽羅奢は、複雑な微笑をうかべた。

わかっている。

心の働きの機敏なこの女性《にょしょう》は、このふたりの老臣が、夫忠興からなにを命ぜられているかは十分察していた。

（あの殿が、わたくしをこの混乱のなかで生かしておこうと思うはずがない）

「言いや」

と、伽羅奢はいった。

「なにか、殿から申し含められていることがあろう。そのお言葉をききたい」

「されば」

と、少斎老人は伝えた。

伽羅奢は顔色もかえなかった。しずかに聞きつづけている。

「心得た」

と、最後にいった。

「わたくしは死ぬ。聖教にもある。夫婦は神の立て給うところなれば、二人にあらずすでに一人なりと」

白いくびから、銀の念珠《ロザリオ》が垂れている。

死に対してこうも平静なのは彼女がかならずしも天主教徒であるからではない。

この女性には、生死についての精神的体験が不幸なほどにふかい。

二十歳《はたち》のとき、すでに次男興秋《おきあき》を妊《みごも》っているときであったが、実父の明智光秀が織田信長を本能寺に攻め殺し、ついで秀吉と戦ってやぶれ、京都府の小栗栖《おぐるす》で死んだ。この戦いのとき、婚家のこの細川家は秀吉方につき、舅《しゆうと》の幽斎も亭主の忠興も、彼女の父を討つために戦場で勇奮した。

光秀はほろび、反逆人になり、天下はそれをほろぼした秀吉のものになった。

伽羅奢の不幸はこの本能寺ノ変からはじまった。細川家では世は秀吉のものになるとみていちはやく反光秀の意志を表明し、その証拠として光秀の娘である伽羅奢を離別したのである。

伽羅奢は懐妊のまま離縁された。が、帰るべき実家《さと》がない。

当時、細川家は丹後の田辺城主であった関係から、伽羅奢をその領内の山中に捨てた。

「離別し、相捨て申した」

と、秀吉にも申し送った。伽羅奢がすてられた場所は園部《そのべ》から西北へ八キロばかり分け入った山中であった。

その峠を三戸野《みとの》という。三戸野には山伏寺《やまぶしでら》がある。そこへ閉じこめられた。

侍女は、細川家の縁戚《えんせき》の清原大外記《だいげき》頼賢《よりかた》の娘で「小侍従《こじじゆう》」とよばれている者ひとりだけであった。小侍従は伽羅奢と同年で、主従というよりほとんど友人のような心情を持ちあっている。

この幽棲《ゆうせい》の二年間、伽羅奢は、精神の安定を禅に頼ろうとした。死を覚悟しきっているときの禅は、しごく入りやすい。

頓悟《とんご》した、というほどにまではならなかったが、ややそれに似た心境にまでなった。彼女は、生を軽蔑《けいべつ》した。生を軽蔑することは禅でいう野狐禅《やこぜん》にすぎないが、それでも常人にはない心境を彼女はもち得たといっていいであろう。

このころは、まだ彼女は天主教徒にはなっておらず、当然ながら伽羅奢という洗礼名ももっていなかった。

しかし天主教についての概念はすくなからずもっていたといっていい。

清原小侍従が、教徒なのである。洗礼名を、マリアといった。小侍従は父の清原大外記の代からの信徒で、当節の流行にかぶれたにわか信者ではなかった。

少女のころ、小侍従は京にいた。京で高名なヴィレラ神父の説教を毎日きき、かつ、行動的でもあった。当時、京では、弓術の名人で小笠原アンドレアという者があり、その者の妻のアガタが「捨て児をひろって養育する会」を組織していたが、小侍従はその会に入り、毎朝、露のかからぬうちに家を出て捨て児をさがし、みつけてきては、孤児院で養育した。

三戸野での幽閉中、小侍従はしきりと伽羅奢に説いて入信をすすめたが、

「私には、よくわからない」

と、伽羅奢はむしろ一笑に付した。

伽羅奢には、明智家の家学というべき儒教と仏学の教養がある。小侍従にはそういう教養がなかった。通常、教養のひくい者が、自分よりも教養の高い者にむかって宗教をすすめて入信せしめることはほとんど不可能といっていい。

「小侍従、そこはいぶかしい」

などと、伽羅奢は、天主教一点ばりのこの同年の侍女のいうことに、いちいち反論したことであろう。

幽閉ぐらし二年で、伽羅奢は、秀吉のゆるしにより細川家に帰った。秀吉にすれば、豊臣政権の将来を考え、若い細川忠興に、「その愛妻を赦《ゆる》してやった」という恩を売っておきたかったにちがいない。

忠興はふたたび伽羅奢を熱愛した。

忠興は、大坂の玉造屋敷の奥に伽羅奢をとじこめ、「あらゆる贅沢《ぜいたく》をさせた」と前章でいったが、伽羅奢がもっとも興味をもっているのは思想的な話題であることも知っていた。

当節、仏教はもはや古い。

大名のうち、三十人以上が天主教に改宗している時代である。

自然、忠興の話題は、神や聖書について語ることが多い。

忠興はそういう話題を、親友である摂津高槻《たかつき》城主高山右近から仕入れた。高山右近は、「基督《キリスト》信者となることを好まぬ者はわが領内を退去せよ」と領内に厳命を出したほどの熱心な信者で、他の大名にも熱心に伝道した。小西行長などは右近の伝道によって一家一族をあげて洗礼をうけたほどであった。

当然、親友の忠興にも説いた。

忠興は、あたらしい世界観に染まるにはあまりにも別種の教養がありすぎたし、もともと、宗教信者になる素質をもっていなかった。ついにかれは入信しなかったが、頭では十分に理解した。

他の改宗大名でさえあやふやな聖書に関する知識を十分にもっていたし、

「仏教の偶像崇拝などはだめさ」

と、平素いっていた。

その忠興が、屋敷に帰ってくると、伽羅奢に対して、しきりと高山右近からきいた新鮮な世界観のはなしをした。

伽羅奢は、興味をもった。もてばもつほど忠興にさまざまの質問をした。

忠興に答えられぬことがあると、

「よし、こんど右近に会ってきいてみる」

と、宿題にした。

忠興としては、妻の退屈をなぐさめ、その機嫌《きげん》をとりたい一心でキリスト教のはなしを受け売りしていたのだが、皮肉なことに伽羅奢はその話に興味以上の気持をもつようになった。

「教会へゆきたい」

と伽羅奢がいいだしたときほど、忠興がおどろいたことはない。にわかに忠興はこの宗教を憎悪し罵倒《ばとう》しはじめたが、もはや遅かった。ただ外出の禁止を厳重にする以外に手だてはなかった。

小侍従が、活躍しはじめた。

京や大坂の神父と連絡をとり、書物や説教を伽羅奢にとりついだ。伽羅奢はついに本物の教会にゆきたくなり、

「なんとか屋敷を脱出する手がないか」

と、小侍従に研究させた。

おりから主人忠興は秀吉に従って九州征伐中の留守であり、時期としてはよかった。小侍従は裏門のかぎを手に入れ、伽羅奢に小侍《こざむらい》の女房風の小袖《こそで》を着させ、ひそかに脱《ぬ》け出して大坂の教会へ行った。そこで伽羅奢は伝教士ヴィンセンショの説教をきいて感動した。

もっとも彼女を感動させたのは、詩篇第四十五篇のなかの一節だった。

「いかなる大名、貴族といえども、人を頼みとすることはできない。人というものはついに死んで土に帰る身であり、なんの扶《たす》ける力ももたないからである。人にはやがて死がくる。そのとき天主《でうす》を頼み奉る人のみが果報である」

(仏法にも儒教にもこれほど心を打つ表現はなかった)

と彼女は感動した。

その後、さらに彼女は信仰をふかめ、ついに洗礼を決意した。が、外出できぬ身では、教会へ行って洗礼をうけることはできない。

小侍従とその思案をめぐらし、ついに類のないほどの冒険的な方法を思いついた。寝棺のような箱をつくらせてその中に入り、深夜、人が寝しずまったあと、屋敷の窓から吊《つ》りおろさせ、そろりと路上におき、ふたをあけて街中へとびだそうという案であった。

小侍従はこの秘案をもって教会へゆき、セスペデスという神父に相談した。神父は反対した。

「もしその冒険が見つかった場合、天主教そのものが弾圧をうける」

というのであった。

小侍従はさらに懇願した。ついに神父は小侍従に洗礼をさずける資格を与えた。小侍従は屋敷にかえり、祈禱所《きとうしょ》を設け、その女主人を受洗させ、セスペデス神父からもらった伽羅奢という洗礼名をあたえた。

同時に侍女二十人も受洗し、以後、彼らは夫人のことを、

「伽羅奢殿」

とよんだ。

九州から凱旋《がいせん》した忠興はこの事実を知って大いに怒り、夫人付の侍女の一人の鼻と両耳を削《そ》いで放逐《ほうちく》し、またある侍女は夫人の眼前で素裸にされ、笞《むち》で打たれて屋敷を追いだされた。が、忠興は、伽羅奢そのひとと、小侍従に対しては手をくだすことができなかった。小侍従の場合は、忠興の亡母の実家の娘だったからである。

時が、すぎた。

秀吉が病み、やがて死んだ。

(ついにあの男は死んだ)

という実感しか、伽羅奢はもたなかったであろう。彼女にとって秀吉は父光秀の仇であり、かつその晩年はキリスト教の弾圧者であった。その死を、むしろ神に感謝したい気持であったろう。

一個の男性としても、彼女にとって晩年の秀吉は極端な好色漢であるという点で、嫌悪《けんお》す

べき存在だった。

　秀吉の晩年、伏見城が竣工《しゅんこう》したころ、かれは大名の夫人を招待して城内を拝観させた。伽羅奢は自分は病いと称してゆかず、代理として小侍従にゆかせた。

　小侍従は、伽羅奢に瓜《うり》ふたつといわれた美人である。あまり似ているため、当時、「実際は、妹君《いもうとぎみ》ではないか」といううわさが、家中でも信じられていたほどであった。

「なるほど、噂《うわさ》にたがわず美しい」

と、秀吉は小侍従に綾《あや》の小袖《こそで》をあたえ、大いに笑いながら、

「そちに男を二人もたせたい。その一人にはこの秀吉がなりたいものだ」といった。

　生涯童貞をまもろうとしている小侍従には、秀吉のあけっぴろげな諧謔《ユーモア》がわからない。猥《わい》雑《ざつ》ととった。

　屋敷に帰って、憤《いきどお》りをこめて伽羅奢に話した。伽羅奢がいよいよ秀吉を軽蔑《けいべつ》し、憎んだ。

　そんな背景がある。

　その背景のなかで、伽羅奢はすわりつつ、二人の老臣の話をきいている。

「死のう」

と、伽羅奢はむしろよろこばしげに、この奉教人《ほうきようにん》特有の静かさでいった。ひとつにはあの異常な性格のもちぬしである忠興は生存を絶対にゆるすまい。ひとつには、この教《おしえ》の弾圧者

であった豊臣家に抵抗しつつ死ぬことは殉教になるのではないか。さらには、自分の死によって、次の時代の担当者であるべき家康に利益をもたらすのではないか、ということであった。家康への愛憎はなかったが、家康は天主教に対してめずらしく是も非もいったことのない男なのである。おそらくかれは秀吉とはちがい、天主教のよき保護者になるであろう。

伽羅奢は、そうおもった。

「聖教は、自殺を禁じている。少斎、私を殺す工夫をせよ」

といい、十字架を奉置した一室に入り、聖燭《せいしょく》をともし、天主《でうす》にながい祈りをささげつつ一生の罪の赦《ゆるし》をねがった。

そのあと、侍女たちをその礼拝堂によび入れてわかれを告げた。侍女たちは泣き叫んで殉死のゆるしを乞《こ》うたが、

「そなたたちも信者ではないか。天主《でうす》は殉死をゆるし給わぬことを知っているはずである」

とつよく言い、彼女らを去らしめた。小侍従でさえ、その例外ではなかった。

さらに、彼女は、この細川家に身を寄せていた自分の叔母と長子忠隆の妻とを隣家の宇喜多家にあずけ、また二人の女児を小侍従にあずけ、大坂教会のオルガンチノ神父のもとに避難させた。

午後八時、死の支度が、ととのった。

彼女は鈴を鳴らして小笠原少斎をこの礼拝室によんだ。少斎は、忠興の嫉妬をおそれて縁側からはなかへ入ろうとしない。薙刀《なぎなた》を、後ろに横たえている。

伽羅奢は、この期《ご》におよんでつい、忠興の禁忌《きんき》をわすれ、少斎が入室してくるものとおもって、長い髪をきりきりと巻きあげ、首を刎《は》ねやすいようにした。

少斎は当惑し、

「左様ではござりませぬ」

と、かなしげにいった。

「あ」

伽羅奢は、このときやや皮肉な微笑をうかべた。忠興のあの性格を思いだしたのである。小首をかしげ、やや工夫をかさねている風情《ふぜい》であったが、やがて胸もとをくつろげ、乳房をなかばみせた。

少斎はうなずき、しかし言った。

「やや、遠うございます。御座《ござ》ノ間に入り奉ることは憚《はばか》り多うございますゆえ、いますこしこなたへ」

「こうか」

と、伽羅奢は膝《ひざ》をにじらせ、敷居ちかくまであゆみ寄った。

「されば御免」

少斎は薙刀を頭上にかざし、しずかに、しかしするどく伽羅奢の乳房を刺した。瞬息で伽羅奢の生命はとまった。

少斎は飛びこんで遺体に絹ぶとんをかけ、そのまわりに用意の火薬をたっぷり盛りあげたあと、蔀戸《しとみど》や杉戸をはずしてそのあたりに積みかさね、ゆっくりと火を点じた。轟然《ごうぜん》と礼拝室が火を噴《ふ》きあげたときには、少斎はすでにそこにいない。表門の上へあがり、

「お奉行方の衆はきかれよ」

と、簡潔に事実をつげ、内側へとびおりて書院へ走りこみ、河喜多石見とともに腹を切って死んだ。

やがて火の手がまわって屋敷をつつみ、炎が大坂の市中をあかあかと照らしはじめたころ、武士、町人のすべてが、この劇的な火災を見つつ、この火によって時運のあすの吉凶を占おうとした。

「この火が、なにをもたらすか」

と、みな戦《おのの》きつつ論じた。豊臣家とわが身にとって吉か凶か、ということであった。

旗　頭

大坂玉造の細川屋敷の燃えあがる炎を三成がみたのは、船の上からであった。

「あの火は、なにか」

三成が、幔幕《まんまく》をあげて夜の天をあおぎ、ふりかえって家来どもにきいたが、たれも答える

ことができなかった。

当然であったろう。三成とその手兵《しゅへい》は、淀川をくだってこの夜、大坂に入ろうとしたばかりであった。事実はわからない。

「存じませぬが」

たれかが、いった。

「船を、備前島につけよ」

河中に洲《す》がある。備前島である。島そのものが石垣でつつまれ、白壁の塀《へい》をめぐらして屋敷になっている。三成の旧邸である。

三成は、船からおりた。

かれは備前島から橋を渡った。渡れば、そこが大坂城の京橋門である。

三成は、夜分ながら兵に松明《たいまつ》をおびただしくかざさせて登城し、城内を練った。

「どこへ参られまする」

と、供奉行《ともぶぎょう》がたまりかねたような声できいた。この暗夜に、登城したところで仕方がないではないか。

「御用部屋だ」

三成はいった。豊臣家の政庁である。そこが三成がかつて奉行だったころの本拠であった。天下の政令はことごとくこの御用部屋から発せられ、諸侯は三成が起草し太閤が朱印を捺《お》す政令にふるえあがったものだ。

「この夜中に」

「おお、このさきわしには昼夜はない。今夜から御用部屋で寝泊りするつもりだ」

城内には、森まである。池を渡り、林をぬけて本丸の一角に出た。

そのころには、途中、出会った豊臣家の旗本たちの口から、夜天を焦がしている火の真相についてくわしく知っていた。

御殿に入り、御用部屋へ渡ると、そこに当然居るべきはずの奉行の増田長盛や長束正家がいない。

(両人ともすでに退庁したのか。この大事の夜に、なんということだ)

三成は、腹が立ってきた。

(俗吏め)

ともおもった。細川家がみずから屋敷に火を放って夫人、老臣がその火中で死んだ、というのは単なる火事さわぎとみるべきではない。三成のみるところこれほど重大な政治事件はないのである。

(で、あるのに――)

ふたりの奉行は退庁した。

「呼びもどして来い」

と、自分の家来にいった。

そこに、三成よりもひと足先に大坂城に入って常駐している島左近が入ってきて、

「相変らず、お手きびしいことよ」

と、笑った。三成のこの手きびしさ、容赦のなさが、どれだけの敵をつくってきたかわからない。

「ひとには感情《こころ》というものがござる。道理や正しさを楯《たて》にとってひとの非を鳴らすのは敵を作るだけで何の利もござりませぬ」

「しかしいま細川屋敷が燃えている。あれについての処置をいそぎ講ぜねばとほうもない難儀になる。左近、そちが使者に立ってふたりを呼んで来い」

と、三成はいった。三成はすでに奉行職にはないため、あらゆる行政上の手は、現職の奉行である増田・長束を通してでなければ打てないのだ。

左近は去り、二時間ほど経《た》って、増田・長束のふたりをよんできた。

三成は、協議した。

要するに三成が主張する意見は、「強引な人質政策をとれば、第二第三の細川夫人が出てくる。そうすれば東征諸将にかえって決意や戦意を燃え立たせるばかりで効がない。すぐ取りやめよう」ということであった。

「おどろいたな」

増田長盛は、老練な官僚である。やや皮肉な品のいい微笑をうかべて、

「大坂ずまいの諸侯の妻子を人質にとる、というのは、もともと、われわれの発案《はつあん》ではない。佐和山から貴殿が指令してきたことではないか。それを、いまさら目の色を変えて取りやめ

るとはどういうことだ」

「愚であることをみずからさとった」

三成は眉《まゆ》をあげて、どちらかといえば昂然《こうぜん》といった。自分の愚をいちはやくさとることも智者の道である、と言いたげであった。

（いかぬなあ）

と、次室でひかえている島左近は、両奉行さえいなければそういう小僧っ子じみた三成の利口ぶりをたしなめたかった。三成のような物の言い方では、古い朋輩《ほうばい》である増田・長束の両人でさえ、心中、いい感情はもたないであろう。

「気づけば、すぐ転換することだ。そう思って御両所にたのんでいる。今夜から、各大名屋敷に対する警戒を解こう」

「解けといわれればそうするが」

増田・長束にはこのことについては定見はなかった。

「ではそのように」

二人の奉行は、去った。

そのあと左近が、

（まずいことをなさる）

とおもった。東征諸侯の妻子を人質としておさえるというのは、いかにも才気煥発《かんぱつ》な三成らしい案で、それはそれで妙案だと島左近はおもっている。妙案というのはつねに片面に欠陥をもっているものだ。逆にいえば、欠陥という毒を含んでおればこそ凡案ではないとさえいえる。その欠陥が、細川夫人の自殺・自焚《じふん》事件で表面に出た。

おどろいたのは、立案者の三成自身であった。こう、驚くのは智者である証拠であるかもしれない。智者はつねに仔馬《こうま》のように驚きやすい心をもっている。

（が、単に智者というだけではこの風雲を御《ぎょ》することはできない）

前時代の信長や秀吉も、単に智者であるというだけではなかった。もし信長や秀吉がいまの三成の立場であるとすれば、三成同様、人質政策をとったであろう。とった以上は、その間、細川夫人のような事態がぼっぱつしてもおどろかなかったにちがいない。無視し、黙殺し、あくまでもその政策を押しとおし、すくなくとも、「驚いて中止する」というようなことはなかったであろう。

（智謀はあるいは治部少輔様のほうがすぐれているかもしれないが、そこがちがうのだ。やはり器量のちがい、というほかないかもしれない）

剛愎《ごうふく》、というか。刃物でいえば三成はかみそりであっても、鉈《なた》や斧《おの》ではないのだ。鉈や斧ならば巨木を伐《き》り倒してどのような大建築をも作事《さくじ》することができるが、かみそりはいくら切れても所詮《しょせん》はひげをそるだけの用しかできない。

左近は、一つのことを怖《おそ》れている。この中止令によって、豊臣政権の執行機関の威信をおとすことであった。この中止の一事によって、敵味方の諸侯は、大坂の執行機関の軽さを見《み》透《す》かしてしまうであろう。

左近は翌朝、平侍の風体《ふうてい》に身をやつし、玉造の火災のあとに行ってみた。

三千坪ばかりの焼けあとのまわりには、四、五百人の群衆がひしめいていた。左近はその人垣を分け入ってみた。

建物は、ことごとく焼け崩れ、天に立っているものといえば黒く焦げた樹木だけしかない。その焼けあとで数人の者が緩慢な動作で立ち働いている。それらを指揮しているのは、長い黒衣を着た南蛮人であった。

「あの南蛮坊主は、たれかね」

と、左近は、横の町家の娘にきいた。娘も信者らしく胸もとに十字架《クルス》をさげていた。そういえばこの人垣の大半は信者であるらしく、かれらの顔つきからみて、焼けあとを荒す者を警戒するために人垣を組んでいる様子でもあった。

「オルガンチノ様でございます」

と、娘は小さな声で左近に教えた。伊達者《だてしゃ》の左近は、刀の鍔《つば》に金の十字架を象嵌《ぞうがん》しているから、娘は左近も同信の人とおもったのであろう。

「なにをなされておる」

「伽羅奢《ガラシャ》さまのご遺骨をおさがしなされておりまする」

「それは殊勝な」

左近は、感動した。いわば伽羅奢の自殺は豊臣家にとって反逆行為といっていい。その反逆人の遺骨をひろうというのはよほどの危険を覚悟した行動といえるだろう。

(勇気のある坊主だ)

とおもう反面、日本の坊主はなにをしているのかと思った。細川家の代々の菩提寺《ぼだいじ》は大坂の郊外の崇禅寺《そうぜんじ》なのである。ゆうべの騒ぎは当然知っているであろうに、この現場に駈《か》けつけて骨をひろおうということもしない。

「えらい南蛮坊主だ」

左近は、つい大声を出して、焼けあとをさまよう碧眼《へきがん》紅毛の巨漢をほめてやった。

余談ながらこの神父オルガンチノは、伽羅奢夫人の遺骨と、それに殉じた二人の家老、数人の家士の骨をかきあつめ、それを壺《つぼ》におさめて崇禅寺へはこび、仏教僧に托《たく》した。

関ケ原の戦後、細川忠興は大坂にもどるやこの夫人の葬儀を盛大におこなった。

忠興は、故人の信仰を尊重し、神父オルガンチノにたのんでキリスト教による葬儀をとりおこなわせた。

そのあと、忠興はお布施としてこの南蛮僧に黄金二百枚を贈ったところ、南蛮僧はそれを大坂市中の貧民にことごとく分けあたえてしまった。

「無欲である」

と、忠興は感心した。

「日本の僧とのちがいはこの物欲の有無にある。日本の僧は人に恵もうとせぬのみか、かえって人を貧乏させるために仏教を信仰させようとする」

忠興はこう言い、これを機会に自分の領内でのキリスト教の伝道を黙認した。

「ばかな男だ」

と、のちに、法華経信者の加藤清正が忠興の前で忠興のそういう態度をののしったことがある。

「自分自身がキリスト教を信じてもいないくせにその信者を保護しているとはあきれはてた大名もあったものだ。そういう信念不明瞭《ふめいりょう》な男とは、今後大事を語ることはできない」

といった。忠興が怒って刀を抜こうとし、清正もこれに応じたが、居合わせた大名たちが割って入って事なきを得た。

そんなことが、後日あった。

が、いまは関係がない。島左近はその現場を離れ、市中を歩いた。

諸大名の屋敷は、城方の警戒兵が去ったために平静にもどっていた。

(人質の心配は去った。去ったとなれば、東征諸将は心置きなく家康に加担するだろう。あの遺骨のぬしの)

と、左近は細川忠興夫人伽羅奢のことを想《おも》った。

(伽羅奢殿の死は、家康にとって百万の味方を得たよりも大きいかもしれない)

左近は、城内にもどった。

城内にもどると、ひどく空気がはしゃぎ立っていた。本丸へのぼる楼門のそばで児小姓《こごしょう》を

つかまえ、

「なにごとだ」

ときくと、どの家の児小姓なのか、ぴょんぴょん跳《と》ぶようにはしゃぎ、

「木津川尻《じり》に、毛利中納言様の大軍がついたのでございます。川尻はもう船で船で、川も海も見えぬほどだと申しまする。もはやこうなれば御幼君様のお身の上もご安泰でございましょう」

と言い、顔を笑みくずしながらも、涙をうかべていた。

「そうか、毛利殿のご到着が、そなたにはそれほどうれしいのか」

「毛利中納言さまが百二十万石をあげてお味方なされば、西国の諸侯もあらそって、お味方なされましょう。さすれば、御幼君のお身の上に万一のことはございますまい」

十歳ばかりの児小姓は、「ご免」と大人びた会釈《えしやく》をし、袂《たもと》をひるがえして駈け出して行った。

左近は御用部屋の次室に入り、そこで三成が木津川尻まで迎えに行ったことをきいた。


一方、三成である。

手まわりの供数騎をひきいて海にむかって駈け、一時間ばかり駈けつづけて穢多《えた》ケ崎《さき》まできたとき、松原に幔幕を張って休息している毛利輝元の本軍を発見した。

そのむこうに河口の海がみえる。海には数百艘《そう》の毛利の軍船が旗をひるがえして上陸の順

を待っていた。

（やったり！）

三成は馬からとびおり、狂喜したくなる気持をかろうじておさえた。

砂地を歩き、松原に入った。

「治部少輔殿がみえた」

というので、毛利家の重臣たちは松原の入り口まで出むかえ、幕のなかへ案内した。正面に楯《たて》が敷かれ、軍装の毛利輝元がすわっている。三成の座にも、楯が敷かれた。

三成は、あいさつをし、海路の無事を祝うことばを簡潔にのべた。

「いや、治部少輔殿も苦労なこと」

と、初老の輝元は年若な三成をいんぎんにねぎらった。

さすがに大毛利家の当主だけあって、才気こそないがどこか帝王の風姿がある。

三成は膝《ひざ》をすすめ、家康暴逆のかずかずをのべ、この機に討伐しなければ「天下はついにかの奸人《かんじん》のものになりましょう。この義戦が勝利をおさめるか否かは、天と中納言殿にかかっております」

といった。

輝元は人の好い微笑をうかべて、

「さればこそ秀頼様へ馳走《ちそう》し奉ろうと思い、こうは参った」

馳走というのは、この場合、動員人数のことだ。おそらく輝元は三万人以上をつれてきたであろう。

「くわしくは安国寺恵瓊《えけい》殿からおききおよびのことと存じまするが、このたびの合戦《かっせん》、こなた様（輝元）に秀頼様御名代《ごみょうだい》の座におすわりねがわしく、そのこと、お聴きとどけくださりましたでありましょうか」

「不肖《ふしょう》ながら」

と輝元は（すでに承知している）という意味のことをいった。

「ありがたし」

三成は、楯から身をしりぞいて草の上にすわり、秀頼名代としての輝元に拝礼した。

そのうち、三成の家来たちや、増田長盛、長束正家、安国寺恵瓊などが来着し、

「案内」

というかたちで先導し、穢多ケ崎から下博労村《しもばくろう》に出、阿波座《あわざ》を通って船場《せんば》に入り、本町橋から三ノ丸、さらに大手門に入った。

さらに、西ノ丸へ。

西ノ丸は家康がかつてつかっていた巨郭で、今日以後、輝元が西軍旗頭としてその全域を使用することになった。

輝元はこの日のうちに秀頼に拝謁《はいえつ》し、五歳になるその子藤七郎秀就《ひでなり》を秀頼に近侍させることにした。

その翌日、ふたたび木津川尻に軍船があらわれ、船番所から、

「土佐侍従長曾我部《ちょうそかべ》盛親《もりちか》様、ご来着」

との報が入った。土佐は二十余万石で、兵六千をひきいてやってきたという。

四、五日たつと、来着する諸将の数はいよいよふえ、ついに七月の暮には兵数にして西軍は九万三千人にのぼった。

おもに九州、山陽、近畿の諸大名で、それらが、大坂城の内外に駐営し、あふれ出た者は、北野村、難波村あたりの近郊の寺院、豪農を借りきって臨時の宿舎とし、町は人馬であふれ、川は荷船《にぶね》でみちみちるというさわぎになった。

密　使

毛利の大軍が大坂に到着し、主将輝元が西軍旗頭として大坂城西ノ丸に駐屯《ちゅうとん》した、という事実ほど、西軍の信用をたかめたものはない。

「西軍が勝つ」

と、大坂城の旗本衆もおもった。なぜならば、西軍は、毛利と長曾我部軍の来着によって人数の点では東軍を凌《しの》いだからである。家康につき従って東征した諸侯（徳川家以外の）の動員人数は五万五千余人であった。西軍は九万三千人である。

「もはや安心じゃ」

と、船場あたりの町人までそう観測し、西軍の不敗を信じた。

大毛利家の信用といっていい。

が、実情はかならずしも楽観できぬということを、三成の家老島左近はみていた。

（ゆらい、毛利家は進取に欠け、保守的な家風である。一家の安全をはかりすぎる）

そんな傾向がある。こんにちの毛利家をおこしたのは元就《もとなり》である。毛利家は遠く鎌倉時代から家系のつづいている家だが、こんにちの毛利家をおこしたのは元就である。元就は三十年前に世を去っていまはいない。

元就は、安芸《あき》の吉田村の小領主から身をおこして七十五歳で死ぬまでのあいだ、権謀術数のかぎりをつくしてついに中国全土の覇王《はおう》になりおおせた。

その苛烈《かれつ》な生涯《しょうがい》を考えるとき、

（城を攻め国を取るというのは尋常の才ではできぬ。自分のような天才なればこそできたのだ。子孫がおなじことをやるとかならず失敗し、ついには家がほろぶ）

とおもい、死の病いについたとき、子供たちを枕頭《ちんとう》によんで合議制と守財を誓わせた。

元就の子の小早川隆景《たかかげ》、吉川《きっかわ》元春はいずれも賢才で、年若くして毛利家当主の座についた甥《おい》の輝元をよくたすけ、信長・秀吉とつづいた変動期にあってよく家勢をおとさずにきた。

が、ふたりもいまはない。

現在の毛利家を動かしているのは、内にあっては元春の子吉川広家であり、外にあっては伊予で六万石の僧侶《そうりょ》大名安国寺恵瓊である。

ふたりは、たがいに仲がわるい。

そのうえ、吉川広家は早くから反石田の諸将に接近しており、政治的党派までちがってきていた。当然ながら広家は、

「あの坊主めは三成と謀《はかりごと》を通じ、毛利家をひきずりこみ、ついにはお家を亡びにいたらしめようとしている」

と信じ、毛利家の重臣たちにもその旨《むね》を吹きこんできていた。

広家は、器量のせまい男だが、智恵ぶかい男ではある。軍事的才能もあり、外交感覚も鋭敏で、このため秀吉の死後はやくも家康方の黒田長政に接近し、「万一のことがあれば毛利家をあげて徳川殿を支援するよう努力する」という旨をはっきりと意思表示し、打つだけの手を打ってある。

（それが毛利家にとって次の時代に生き残るための唯一無二の策である）

とこの男は信じきっていた。

安国寺恵瓊もまた、大毛利家の保全策を考えぬいたうえでの三成との締盟であった。

（三成が勝つ）

とみていた。三成が勝った場合、毛利家は旗頭の立場上、当然、家康にかわって豊臣最大の大名となり、時勢のなりゆきによっては毛利の天下にならぬともかぎらぬ。その点、安国寺恵瓊のほうが、家祖元就の遺言から一歩出て積極策であったといえるだろう。

当主の輝元も、恵瓊の説をとった。かれは大軍を催し、広島から大船団を発して大坂へ出てきた。

「さすがは安国寺」

と、三成は手ばなしでよろこんだ。安国寺が広島から毛利をひきずり出してきてくれなければ、三成の挙兵計画もむずかしかったにちがいない。

恵瓊は、成功した。なんといっても毛利家は恵瓊のすぐれた情勢分析眼のおかげで、過去、信長・秀吉と交替したむずかしい時代をきりぬけてきているのだ。そのきらびやかな才腕の実績から考えて、

――安国寺恵瓊のことばこそ。

と、輝元や重臣たちがおもったのもむりはない。とくにこんどの場合、家康がすわっていた「筆頭大老」の席に毛利輝元がすわるのである。かつて信長が明智光秀に殺されたあと、秀吉が勇躍軍を駆って光秀を斃《たお》し、織田家の版図を継いだように、この場合の輝元もおなじ条件下にあった。輝元さえその気になれば毛利政権の樹立も夢ではない。安国寺恵瓊はそこまでのお膳《ぜん》立《だ》てをしてくれているのである。

ところが西ノ丸に入った毛利輝元は、史上稀《け》有《う》の幸運のなかに自分があるということに気づいていない様子であった。

名家に育ち、十九歳のときから家を継ぎ、その後二十数年も毛利家当主をつづけてきていながら、その間《かん》、すべて一門の智恵者たちによって家を運営されてきたかれには、善良さだけが取《と》り柄《え》の人間になっていた。

「秀頼様こそお可哀そうである。かの幼君《おさなぎみ》に馳走申しあげねばならぬ」

と、西ノ丸に入ってからもそのことのみを言い、しんから秀頼への忠節を誓っている様子で、野望や策謀といった毒々しさはあたまから用意していそうになかった。

輝元は大坂城に入ったその日に秀頼に拝謁したが、そのとき童形《どうぎょう》の秀頼はたれから教えられたのか、

「毛利中納言であるか。予を頼むぞ」

と、まわらぬ舌でいった。大紋《だいもん》に礼装した輝元はそれっきり顔があがらず、おもわずぽたぽたと涙を畳の上に落してしまった。演技のできる男ではないから、輝元のなまな感情であったにちがいない、殿中の茶坊主たちのあいだで、

「百二十万石の涙だ」

といって廊下で貰《もら》い泣きする者さえあったくらいである。

その人のいい輝元にも、悩みがある。

外交担当者の安国寺恵瓊と作戦担当者の吉川広家との対立であった。いざ西軍の旗頭になったものの、大毛利軍の作戦を指導すべき吉川広家が動かないのである。

広家は、その居城の出雲富田《いずもとだ》城から直接大坂へやってきて、輝元に、

「徳川殿を馳走あそばすよう」

と説いた。「ぜひ」といった。が、輝元はすでに安国寺恵瓊の案を採用しているため、動かされなかった。

「このたびは秀頼様に馳走する。それが義というものだ」

「いいや」

と広家は弁じ立てようとしたが、朝鮮で一時に三千の敵の首を斬獲《ざんかく》したというこの実戦家も、弁才の点ではまったく無能にちかかった。やむなく広家は御前をひきさがり、そのあと毛利本家の重臣のうちのめぼしい者たちと会い、徳川につく利を説いた。中央情勢を知らぬ重臣たちには定見のあるはずがなく、両説のあいだにはさまって大いに当惑した。

広家は、恵瓊とも激論した。

恵瓊は途中、老人の身をわすれて思わず声を張りあげるほどに激昂《げっこう》した。

「侍従（広家）殿は、義ということがおわかりにならぬか」

とまでいった。もともと恵瓊の特質は現実的分析力にあり、こういう観念的な立場をとったことがないのだが、あくまでも現実的に出てくる広家の論と闘うにはそういう観念論でたたかう以外に手がなかった。

「徳川殿が勝つ」

ということを、広家は、軍事的に政治的に説明した。恵瓊ははげしく首をふり、

「勝つ勝たぬは、毛利家がどちらにつくかによってきまる。それゆえ、いまここでそれを決めるわれら二人が勝敗の予想をするのは滑稽《こっけい》だ。ではないか、侍従殿」

「なるほど毛利家が西軍につけば人数の点では西軍が多くなるかもしれぬ。しかし合戦は人数の多寡ではない。主将である。徳川殿にまさるほどの大将が西軍におりますか」

「――家康殿」

恵瓊はいった。

「などは、さほどの人物であるとは、わしには思えぬ。わしは信長公も知っておれば秀吉公の少壮気鋭のころも知っている。そのおふたりからみれば、家康殿は背の皮一枚ほどのお人だ。かのひとを偉く偉くと押しあげたのは世間というものだ」

「その世間がよ、こわい」

広家は、恵瓊より声がひくい。しかしかつて伏見の殿中で浅野長政とあやうくなぐりあいの喧嘩《けんか》をしかけたほど癇癖《かんぺき》のつよい男だけに、もう膝《ひざ》の上のこぶしがふるえはじめている。

「家康殿の人物の論議を、ご坊とここでやりかわしたところで仕方がない。要は世間だ。世間が家康殿をどうみているかだ。世間が家康殿を、信長公、秀吉公とならぶ英傑とみている以上、世間がどちらにころぶかはこのさいあきらかなことだ。家康殿を押し立ててゆく。家康殿は、時勢の勢いに乗る。勢いに乗る者は、実力の倍も三倍もの仕事ができるものだ。家康殿は勝つ。勝って、天下は一変する」

「秀頼様はどうなる」

「知らぬ。わしはいま、祖父元就以来の毛利家がどのようにすれば生き残れるかということのみを考えている」

これで、喧嘩別れになった。

喧嘩わかれになれば、吉川広家のほうがぶがわるい。すでに主将輝元の方針は、安国寺説で決定してしまっているからである。

（なんの、こっちには工夫がある）

広家はおもった。裏切りである。どうせ毛利軍を戦場へつれてゆくのは自分なのだ。戦場へ行ってから裏切るか、それとも戦場で中立の立場をとってしまうか、いずれにしても戦場で広家が決めればいい。

（それには内通の密使を送らねばならぬ）

広家は恵瓊と激論した夜、ふたりの家来を関東にむかって発《た》たせている。

家康じきじきあてではない。秀吉の死の前後から、いちはやく家康の手足になって豊臣家における同僚諸侯の切りくずし工作を請け負っている黒田長政に対してである。長政を通して家康の耳に入れてもらうつもりであった。

その要旨は、

「わが宗家輝元は、本心で奉行方（西軍）の旗頭になったわけではない。本心は徳川殿の側にこそある。それゆえいざというときにはお勝利の邪魔にならぬようにする」

ということであった。

えらんだ密使は、吉川家譜代の家来で服部治兵衛という者と、藤岡市蔵という者のふたりであった。

さらに念を入れるために、黒田家の大坂屋敷の留守居役にたのみ、家臣ひとりを同行してもらうことにした。この同行者には西山吉蔵という者がえらばれた。三人、百姓の風体で脱出し、伊賀越《いがごえ》の経路をへて伊勢に入った。伊勢の山田に、桂次郎兵衛という毛利家の牢人《ろうにん》が住んでいる。その浪居をたずね、事情をうちあけて、智恵を借りた。

このさき、西軍が設けた七つの関所があるのだ。尋常の手では通過できない。

「伊勢の御師《おし》になりなされ」

と、桂はいった。伊勢の御師とは、神宮に奉仕する下級神職で、参詣者のために旅館業を営んだり、諸国を歩いて神宮の暦《こよみ》を売ってまわる仕事の者だ。旅をしていてもおかしくはない。

そこで、桂と懇意の御師橋村右近太夫《うこんだゆう》にたのんで装束《しょうぞく》、持ちものを借り、密書は脚絆《きゃはん》のひもに縫い籠《ご》めにして出発した。

ただし、安芸なまりがある。その配慮から関所での口ききは、黒田家の家来の西山吉蔵がひきうけることにした。西山は上方のうまれで大坂屋敷詰めがながかったため、伊勢言葉のまがいは使えるのである。

この苦心が、功を奏した。

三人の密使は七つの関所を通りぬけて尾張へ出、あとはなんなく東海道を駈けて関東に入り、家康に従軍中の黒田長政の陣に入ることができた。

「よう来た」

と、長政は、この三人の密使の来着こそ東軍勝利の瑞兆《ずいちょう》であるとし、さっそく家康に拝謁し、「およろこびくだされ」とその旨を報告した。

なにしろ、西軍旗頭の毛利自体が、内通を申し出たのである。いくさは勝ったも同然であった。

が、家康は顔色をかえない。ここで無邪気な笑顔をみせてしまっては、自分の内兜《うちかぶと》を見すかされるようなものであった。

片膝を立て、身をすこしばかり乗り出しながら無表情に、

「ふむ、ふむ」

と三度うなずき、

「その吉川広家の一件は、甲州殿（黒田長政）の手もとにて才覚されよ」

といった。要するに、家康自身が広家とじかに取引きせずいっさい長政にまかせる、というのである。最高工作官ともいうべき長政の仕事を尊重したということでもあり、また、

――それしきのこと、さほどにはよろこばぬぞ。

という大度《たいど》ぶりを見せておくことも、このさい家康には必要であった。

長政は退出し、自陣にもどると、服部、西山のふたりを大坂への復命のために帰し、藤岡市蔵だけは、裏切りのための連絡将校として陣中にとどめた。

三成は、大坂でいそがしい。

この当代きっての才腕家は、旗あげ早々に自軍の盟主の毛利家が内部崩壊してしまっていることに気づかなかった。

が、大坂へやってきた他の諸侯は、自信家の三成とはちがい、

（いずれが勝つか）

というただ一点に、神経を利《と》ぎすまして、あらゆる事象を観察していた。もし東軍が勝ちそうだとなると、すぐにでも手を打って内通の密使を送らせねばならない。

かれらは、毛利を注視した。

（毛利は、どこまでやる気か）

というただそのことを知るために、毛利に関するあつめられるだけの情報をあつめようとした。右の密使の一件まではさぐることはできなかったが、毛利家の参謀総長ともいうべき吉川広家の態度が西軍に冷淡である、というところまでは、それぞれが知った。

「これは、うかつに乗れませぬな」

という密語が、諸家のうちうちでかわされ早々に密使を関東へ送る者が出てきた。

最初から家康に内通し、もしくは内通の気分を秘めたまま西軍に参加している者もいる。

小早川秀秋

蜂須賀《はちすか》家政

脇坂安治《わきざかやすはる》

などは、そうである。

それらのなかで、土佐の長曾我部盛親、薩摩の島津惟新《いしん》入道の態度は、きわだって微妙だった。

島津惟新入道

毛利を語った。

つぎに島津を語りたい。

関ケ原ノ役前後においてもっともふしぎな行動をとるにいたったこの家は、ひとつには、上方《かみがた》での情報にうとかったのであろう。

遠国《おんごく》のせいもあり、言葉のせいもある。

「薩州島津家の侍は、なにをいっているのかわからぬ」

という定評があった。

三成の家老島左近も、一度、島津家の大坂留守居役に会ったことがあるが、双方なにをいっているかわからないため、謡曲のことばを使った。謡曲、狂言の言葉は、いわばこの節の他国者同士の会話での標準語がわりに使われていた。

この言葉の障害が、島津家の上方における情報あつめと諸侯との社交によほどの不利があった。

「上方衆はなにば言うちょるかわからん」

ということで、秀吉健在のころでも、島津家はあまり諸侯ともつきあわなかった。

三成とは、親しかった。

秀吉の島津征伐ののち、三成が代官として薩摩にとどまり終戦処理をしたため、その仲はじつに濃密になった。

「治部少は太閤の智恵袋である。かれの機嫌をとりむすんでおくは島津家のためにもっとも大事である」

ということで、一途《いちず》に接近した。三成のほうも、この横柄者《へいくわいもの》にすればめずらしく島津家に肩入れし、近代的な財政のたてかたを微《び》に入り細《さい》にわたって教えたりした。

薩州島津家は、一種の尊敬の念をもって中央の者からみられている。日本列島の西南端にあるわりには、田舎大名としてわらわれたことはなかった。理由はある。

ひとつは、戦国成りあがりの大名の多いなかで、この家は源頼朝の任命による鎌倉以来の名家であること。

ひとつには、その軍団が群を圧して強く、日本最強を誇っていたことである。戦国期に最強の軍団といえば、越後の上杉家、甲斐《かい》の武田家であったが、もし島津家が本州の中央部に進出していれば、この二氏の兵もあるいは顔色《がんしょく》がなかったかもしれない。

不幸にして、南九州に蟠踞《ばんきょ》していた。戦国の末期には北上して九州全土を平定するいきおいがあったが、いずれにしても地方的な優劣あらそいにすぎなかった。

「島津は日本一」

という評価を得たのは、むしろ海外においてであった。朝鮮ノ陣のとき、明《みん》軍・朝鮮軍は島津軍をもっとも怖《おそ》れ、

「石曼子《シーマンヅ》」

といって鬼神のように思っていた。「石曼子」の奮戦は、泗川《しせん》ノ役《えき》がもっとも有名であった。この泗川に島津隊は野戦築城をして敵の来襲にそなえていたところ、明軍が董一元《とういちげん》を将軍として攻めてきた。

その数、二十万である。泗川の島津隊は一万足らずであった。そこで激戦になり、ついに破り、明兵三万八千七十七人を討ちとったというから、戦史にも類がない。

「島津家は最強である」

という評価が諸大名のあいだにひろがり、凱旋《がいせん》してからも、ひとびとから畏敬《いけい》の目でみられるようになった。

秀吉の死後、家康が露骨にこの島津家に接近しはじめたのは、この認識があったからであろう。それまで家康の意識のなかにある政治地図では、九州という土地への認識が薄かった。縁も、ほとんどなかった。なにしろ家康は、東海地方から身をおこし、ついで秀吉のために関東へ封《ほう》ぜられたため、雲烟《うんえん》万里の西にある薩摩に対する認識はひどくうすい。

が、

(島津をひき入れねば)

と、秀吉の死の直後、不意に島津家の伏見屋敷を訪問したりして社交の緒《いとぐち》をつくったりしていたが、島津家はなお超然としていた。

そのうちこの島津家の伏見屋敷で事件がおこった。島津惟新入道義弘の子の忠恒（のちに家久）が、気儘《きまま》のふるまいの多かったその家老伊集院忠棟《いじゅういんただむね》（日向都城《ひゅうがみやこのじょう》の城主）を手討にしたのである。殺された忠棟の子の忠直《ただまさ》が主君の仕打にふんがいし、都城の居城に立て籠《こも》って抗戦した。結局、一族討滅されたが、この騒ぎのとき、豊臣家執政官である石田三成は、

「この内紛、伊集院忠棟が正しい。島津忠恒の処置は暴慢である」

という態度をとった。三成と伊集院忠棟とは仲がよかったためでもあるが、それにしてもこの三成という男の悪癖といっていい。いかに豊臣家の奉行とはいえ、島津家の家中での内紛に口出しし、その当主の敵の肩をもつというのは、あきらかに政治的に不利な態度であった。

当然、島津家は、三成を不快とした。

ところが家康はすかさず忠恒の肩をもち、さまざまの面倒をみた。

これを転機に島津家は、

（このさきは徳川内大臣をこそ）

という気持になり、伊集院の乱がおさまってから島津惟新入道義弘は手兵二百人をつれて上方にのぼって来、大坂城西ノ丸に登り、家康に会い、礼をいった。

このこと、四月二十七日である。

家康は上機嫌で、

「お家がしずまってなによりでござった。なんと申しても島津家は天下の強国である。その家の御安泰はすなわち天下の安泰」

と言い、ついで、泗川で二十倍の敵をやぶった勇将であるこの惟新入道に、

「ご武辺のおはなしなど伺いたいものだ」

といった。

島津惟新入道義弘は、このとし、数えて六十六歳である。半生のうち戦ってやぶれたことがなく、しかも士卒の心を攬《と》ることもたくみで、将としてはこれほどの器量は当代めずらしいといっていい。さらに教養がふかく、一種、哲人の風格がある。

ただ、上方人ではない。

つまり、他の大名のような上方における裏面政治に通じておらず、そういうことで権謀術数を用いることのできる性格でもなかった。

だから、家康のこの単純な籠絡《ろうらく》の手にみごとに乗った。

(太閤なきこんにち、この仁に頼って島津家は存立と繁栄を考えてゆくべきだ)

とおもった。

家康はさらに、この惟新入道に、重大な情報をもらしている。

「近く会津の上杉景勝を討つ」

ということであった。この家康の意思は数日後に世間にひろがるのだが、かれが公然とそ

の口から言ったのは、この島津惟新入道に対してがはじめてであった。

「そのときは、伏見城が孤城になる。わが子ひとりをわが名代として入れるゆえ、お手前がこれを輔《たす》けて守将になってくださらぬか。島津家の豪強をもってすれば千万の軍兵《ぐんぴょう》を入れるよりも安心なことだ」

といった。

家康は、薩摩人をよろこばせる手は、その豪強をたたえる以外にないということを見ぬいていた。惟新入道ほどの将器でさえこの言葉に感激し、そのあと、国もとの兄義久に対して急飛脚を出している。

「兵を多数、さしのぼらせよ」

というのが要旨である。その手紙の文章は、家康から受けた感激で踊るがようであった。

「わが島津家は、伏見城をあずかることになった。伏見城は城門の数も多い。私が上方につれてきている人数ではとてもとてもその防衛はできぬ。至急、兵を馳《は》せのぼらせてもらいたい。数は多ければ多いほどいい。兵糧《ひょうろう》、弾薬もたのむ」

が、本国の島津家は、かつての秀吉の島津征伐、さらに朝鮮出兵、ついで最近の伊集院の乱で、財政が窮迫しきっており、とても大軍を東上させるゆとりがない。

さらに、中央情勢に鈍感でもある。

「家康が会津を討つとやらはどうせ私闘であろう。むりをして兵を送ることはあるまい」

という静観の態度をとった。まさか、この家康の会津征伐という「私闘」が、家康の天下取りという大構想の一環であろうとは夢にも気づかなかった。この鈍感さが、島津家の方向を誤らせ、上方における惟新入道の一隊を、孤軍同様にさせてしまうはめになった。

余談ながら、後年、徳川時代になってからだが――この薩摩藩ほど関ケ原の政治的軍事的研究のさかんだった国はなかった。三百年これをつづけ、幕末におよんで関ケ原前夜での情報活動の不足による失敗を裏返して諸藩でもっとも鋭敏な情報活動をするようになり、いちいちその報道を（主な担当者は京に駐在する西郷隆盛だったが）国許《くにもと》に送り、はるか西南のすみに国をもちながら天下の政情を主導的にひきずりまわし、ついに回天の業を遂げてしまった。すべてこのときの苦い経験が教訓になった、といっていい。

ともあれ。

島津惟新入道である。

いざ家康が東征し去ったあと、使いの新納旅庵《にいろりよあん》を伏見城に送って、

「内府とのお約束がある。島津軍を伏見城に入れよ」

といわしめた。

このころ、惟新入道の立場は、ひどく滑稽《こつけい》なものになっていた。家康が四月二十七日、あれほど明瞭《めいりよう》に、

「貴殿を伏見城の守将としたい」

といっていたくせに、当の家康は別な処置を講じて上方を去ってしまっていた。あのとき家康はたしかに「自分の一子を名代に残しておく」といっていたくせにそれもせず、守将も、

惟新入道ではなかった。

家康幕下の老将鳥居彦右衛門元忠が、その守将になっていた。副将格には、内藤家長、松平家忠などすべて徳川家の士である。

(たばかられたか)

と惟新入道は思ったが、しかしなおあのときの好意あふれた家康の温顔をおもうと、疑う気にもなれず、憎む気にもなれなかった。

「ぜひ、ぜひ」

と、新納旅庵をして守将鳥居彦右衛門にせがませた。旅庵は城門で叫んでいるのだ。城内にも入れてもらえない。

「島津勢を城の守りとせよなどという話は、われらは主人(家康)からひとことも伺ってはおらぬ。さればお入れ申すことはできぬ」

と、鳥居彦右衛門は拒絶をくりかえした。

なおも、旅庵は懇請した。

すると、彦右衛門の意思かどうか、城壁にむらがっている鉄砲衆が、

「その執拗《しつよう》さ、ただごとではない。島津は敵のまわし者とみた」

と言い、堀端にいる旅庵の人数に対し一せいに威嚇《いかく》射撃を加えてきた。

(これはどうにもならぬ)

と旅庵はあきらめ、馬頭をめぐらして坂を降り、大坂へひきかえした。

この新納旅庵は、島津家の上方における外交役をながくつとめてきた。鳥居彦右衛門とも親しかったのだが、いずれにしても打つ手が後手《ごて》々々にまわった。余談ながら幕末における西郷隆盛の位置が、この関ケ原前夜における新納旅庵に相当している。

旅庵は、無能でないにしても取立てての器量人でなかったことが、島津家のこの政情下の右往左往の原因になったといえるであろう。

とにかく、島津家は大坂に集結した。その勢《せい》、二百人である。

国許からは、派兵に関して煮えきった返事がいっこうに来ない。

ところで、この家の家風は、他家にない格別なものである。

遠く国許では、

「上方で大乱がある。お味方は少数で立往生の状態である。しかし御家としては正式に派兵をなさらない」

という風聞が、城下や、城外の野山に迅雷《じんらい》のようにひびきわたった。

島津家では城下のほんの一部の武士をのぞいては武士のほとんどが、在所々々におり、平素は畑を打って食糧を自給自足している。ただし普通の百姓とちがう点は、いざ陣触れのときの用意のために、田のあぜに槍《やり》を一筋突き立て、槍に旅費と武者わらじを結びつけているところであった。

「上方で戦さじゃぞう」

とわめき伝える声が村々を駈けまわりはじめたころ、

「それきた」

とかれらはあぜから槍をぬきとり、具足を背負い、騎馬や徒歩《かち》で駈けはじめた。

（お家が動員なさらねば自費でゆく）

という性根であった。そのつもりで駈け、国境をとび出した。

一例がある。当時、島津の家中で知られた中馬大蔵《ちゆうまんおおくら》という者がいた。豪勇なだけでなく、諧謔家《ユーモリスト》としてもこの男は知られていた。

大蔵は、このとき、鍬《くわ》を投げすて、あぜへ走って槍をぬきとった。

そのまま家に帰らず、家人に別れも告げず、村の道を駈けはじめた。が、具足がない。具足をとりに家へもどる時間が、この戦国武者には惜しかった。

たまたま前方を、具足櫃《ぐそくびつ》をかついで駈けてゆく友人がいる。大蔵はその男にとびかかり、ねじ伏せて具足櫃をうばいとり、

「済まん、すまんこっちゃ。しかし俺《おれ》の具足が家にある。それをお前《はん》は使うてくれ」

と、後ろをみずに駈けた。

こういうたぐいの薩摩人が、九州路を北上し、山陽道を東走し、三人、五人、七人とかたまって東へ東へと駈けた。

大坂における島津軍は、それらがつぎつぎと駈けこんできたためやっと千人余の人数になった。

その間《かん》、惟新入道は大坂屋敷にあって動かず、中立の態度をとっている。しかし三成方か

らしきりと使者がきて、「義挙」の参加をすすめた。

三成の言いぶんは、

「このたびの一挙、私怨《しえん》によるものではありませぬ。奸佞《かんねい》暴慢の家康をのぞくことは、秀頼様のおゆくすえの御為であり、豊家万代の御為でもあります。すでに秀頼様に違背なき旨、何度か誓紙をお出しなされましたが、太閤の御恩を思い、かつ誓紙に御異心なくば、すみやかに御忠勤をおはげみくだされよ」

というものであった。

(太閤の御恩)

というところで、島津惟新入道は多少のこだわりがあった。島津家は、三成や清正などのように太閤御取立ての大名でなく、遠く四百年前、頼朝によって立てられた薩摩、大隅《おおすみ》、日向三州の守護である。近時、戦国の風雲に乗じて九州全土をほぼ手に入れたが、その征服事業が仕上ろうとしたときに秀吉が天下の兵を率いて島津勢を討ち、ついに島津家は降《こう》を乞い、もとの薩隅日《さつぐうじつ》三州の旧領安堵《あんど》ということで堪忍《かんにん》を受けた。

討たれたことについては、むしろ太閤にうらみがある。取り潰《つぶ》さず三州を安堵されたことについては恩義がある。

(しかしその恩義も、泗川の戦勝で返したはずだ)

そう思わざるをえない。

さらには、大坂にあって西軍の内実を偵知《ていち》してみるのに、かんじんの毛利家の内部が二つに割れ、どこまで本気で戦うつもりなのか、疑問が多い。

謀主の三成に対しても、最近の伊集院事件でかれがとった峻烈《しゅんれつ》な態度が、いかにもおもしろくない。かつは、三成とともに中心的な役割りを演じている増田長盛、長束正家、安国寺恵瓊《えけい》、宇喜多秀家、小西行長などについても、なんの親しみも惟新入道は感じない。

(かれらは、長袖《ながそで》ではないか、あの者どもにどれだけの戦さができるか)

という軽侮がある。

それに西軍の形式上の旗頭になるという毛利輝元は凡庸の人で、とても天下分け目の大いくさの一方の総指揮ができるような人物ではない。

謀主の三成はどうか。その作戦能力は未知数であるし、たとえかれが軍事天才であったとしてもたかが十九万五千石の取るにも足らぬ身上で、諸将への押しがきかぬ。

総大将がない。

ということは、なににもまして西軍の大欠陥であった。百戦練磨《れんま》のこの老人のみるところ、とうてい勝ち目はない。

が、事態は中立を許されぬところまできており、日本国の大名小名が、ひとりのこらず東西いずれかの陣営に属してしまっている。

(やむを得ぬ)

その意思とは逆に、しらずしらず西軍のほうに吹き寄せられてしまったのは天運というほかないであろう。

「お味方、つかまつる」

と惟新入道は、伏見から舞いもどってきた旅庵を、こんどは三成のもとにやった。

が、胸中、なお割りきれない。

水口の関所

この当時、中国の毛利、薩摩の島津のほかに、戦国のエネルギーをなお残している蛮強の家が、いまひとつある。

土佐の長曾我部《ちょうそかべ》氏である。

ちょすがめ、とも訓《よ》む。はじめ曾《そ》(宗)我部《かべ》といったが、おなじ土佐の香我美《かがみ》郡(現・香美郡)の土豪に同姓の家があったため、これと区別する必要上、長《ちょう》の文字がついた。長がついたのはこの家はもと長岡郡にあったからである(香我美郡の曾我部は、香曾我部といわれた)。

さて長曾我部氏は、長岡郡岡豊《おこう》の丘陵の上に城をもち、ながらく一土豪にすぎなかったが、信長・秀吉と同時代に長曾我部元親という謀略戦術の絶倫の者が出現し、変幻きわまりない策をもってついに土佐を平定し、やがて北上軍をおこし、ついには四国全土を切り取るまでにいたった。

そのころ中央で秀吉が勃興《ぼっこう》し、元親に対し、

「四国のうち伊予、讃岐《さぬき》、阿波の三国をさし出せ。土佐のみを安堵《あんど》してやる」

と申し送ってきた。

元親はこの命を受けなかった。これによって秀吉は大規模な四国征伐軍をおこし、十二万三千の大軍をもって攻め、元親はこれに屈した。

秀吉はその降伏をゆるし、しかも元親に対する懐柔のため、

「土佐一国だけは呉《く》れてやる」

ということになった。元親は、所領没収と切腹を覚悟していたのが意外な結果になったため、秀吉の寛大さをよろこび、お礼言上《ごんじょう》の目的で上方へのぼった。

（あほうらしや）

という感情もあったであろう。多年、営々と築きあげてきた四国平定の夢が、実現まぎわになって崩れた。半生の辛苦はなんのためであったかと思えば、わが身の運のおろかしさが身にしみるようである。

が、秀吉は上洛《じょうらく》した元親を、まるで異国からきた貴賓《きひん》のように優待した。

元親は、感激した。さらに目をみはったのは、秀吉が「土産《みやげ》に」といってくれたさまざまの品だった。いずれも土佐の田舎ではみたこともない華麗なもので、元親がつれて行った家来どもは、宿所でそれを拝見し、

「これはなんでござりましょうな」

と、目をまるくしておどろいた。蒔絵《まきえ》の鞍《くら》なのであった。この当時の土佐侍はこういう工

芸品の存在さえ知らなかったのである。

彼等の服装のまずしさも、京大坂のひとびとの話題になった。具足も手作りのような粗末なもので、帯は縄《なわ》であった。

「もぐらもちのようだ」

と、当時うわさされた。しかし、兵はこういう辺境の地ほどつよい。豊臣家の大名のなかでは、島津、毛利とならんで三強のうちにかぞえられるほどの隠然たる武力を秘めつつ元親はおだやかな晩年を送った。

その病死の場所は、伏見屋敷である。

慶長四年五月で、当時すでに秀吉は病床にあり、

——太閤死後、天下はどうなるか。

と人々は胸中でさまざまに思いめぐらしている時期であった。安全な道は、富強天下第一の大老筆頭徳川家康にすがって家を保全することであろう。

「あとは、徳川殿を頼れ」

と、本来ならば、この策謀家の元親は遺言するはずであった。が、いわなかった。

なんの指示も残さなかった。

この点、元親ほどに時勢に敏感な男がどうしたことであろう。元親は、戦国群雄の生き残りで、もし土佐の片田舎にうまれず、東海道に面した便利なところにうまれておれば、この男の存在一つで天下はどうなったかわからないとさえいえる器量だのに、子孫へなんの構想

も指示ものこさずに逝《い》ったとは、ふしぎというほかない。

没年は、六十一である。

この男の場合、秀吉の天下になってからにわかに老いこんだといっていい。

（おれの生涯《しょうがい》は徒労だった）

という想《おも》いが、かれを隠遁《いんとん》者風の心境に追いこんでいたのであろう。そのうえ、望みをかけていた世継ぎの信親は、秀吉の九州征伐のとき戸次川《べっき》（大分県）のほとりで島津勢に包囲され、戦死した。信親は身のたけ六尺一寸ほどもある大兵《だいひょう》の若者で、性格があかるく、智勇があり、元親はこの嫡子《ちゃくし》を愛しぬいていた。その死は、かれの厭世観をいよいよ深めたにちがいない。

（どうでもいい）

とまではおもわなかったが、流れてゆく時勢の行くすえを見きわめようとする根気は喪《う》せはてていた。

長い病床生活のすえ、死がきた。

秀吉よりも、三月《みつき》はやい。

息子の右衛門太郎盛親が世をつぎ、土佐二十四万石を背負った。

盛親は、二十五歳である。

――時勢はどうなっているか。わが長曾我部家はどう棹《さお》をさすべきか。

ということを、まだ考える年頃《としごろ》ではなかった。なにしろうまれついての大名の子で、その点、のびやかにできている。

長曾我部家は、これほど大事な時期に、政治、軍事に初心《うぶ》そのものの若大将を戴《いただ》かざるをえなかったところに不幸があるだろう。不幸といっていい。

不幸といえば、この家も、薩摩の島津家と同様、遠国であるということだった。さらには、元親の非社交的な性格、それに土佐衆は主従ともに特異な方言をもっていたため、中央政界での社交が皆無といっていい。このためであった。家康ともさほど親しくもなく、かといって三成ともさほど親交がなかった。

その点、島津と同様、上方の社交界では孤立の姿をたもっている。かつ、盛親には、襲封早々《しゅうほうそうそう》の雑事や雑事件が多かった。まず帰国して元親の遺骸《いがい》を葬らねばならず、かつわずらわしい襲封事務をせねばならなかった。そのうえ、国もとで小さなお家騒動があり、その始末にも忙殺されねばならなかった。

とても、中央政界の動きに心をわずらわしているゆとりがない。

その間《かん》に、豊臣家恩顧の黒田長政、細川忠興、加藤清正、福島正則、池田輝政、加藤嘉明、浅野幸長らは精力的に活動し、反三成・親家康党を結成してしまい、他日の天下分け目の敵味方地図をほぼ作りあげてしまっていた。

長曾我部盛親が、六千の大兵《たいへい》をひきいて土佐の浦戸を発し、大坂湾に入ったときは、争乱の下ごしらえはなにもかもできあがってしまっていた、といっていい。

（どちらにつくか）

ということで、盛親はこのころになってにわかに苦慮しはじめている。三成方に、大義名分はある。秀頼擁護の義戦であるという。

——しかし利は家康方にある。

とみる重臣が多い。理由は、家康の広大な所領と、その個人的名声であった。信長、秀吉と比肩しうる合戦上手、外交上手、といえば家康しかない。

「人数は奉行方に多く集まりましょう。しかし毛利中納言に将才はなく治部少輔に人気がなく、さらには西軍が主力と頼む毛利家の内部が、親徳川の吉川広家殿と親石田の安国寺恵瓊殿とにわかれていては、十分の力は発揮できませぬ。要するに義は西軍にあり利は東軍にあり、というところでござりましょう」

と、重臣らが説いた。

「なるほど」

盛親は迷わざるをえない。若い盛親には幼君擁護という名分《めいぶん》の美しさに多分に魅《ひ》かれるところがあり、さればこそ動員能力いっぱいの兵を率いて出てきたのだが、かといって組織のばらばらな西軍に身をよせる危険さは感じている。

「どうすればよいか」

と、盛親は大坂で迷った。

そのころ三成は、長曾我部盛親についてはすっかり安堵しきっていた。

（土佐は頼りになる）

三成の頭脳はそう決めこんでいる。三成の頼りにしている外様大名は、毛利、島津、長曾我部の三つだが、そのなかでも、長曾我部盛親のういういしい若さに期待していた。

(豊臣家の命《めい》とあれば、水火をも辞すまい)

と、三成は、盛親をそうみていた。三成の判断はつねにそうである。豊臣家の命、という効能を過大に思っていた。家康とその徒党以外のどの大名も、秀頼のためには死をも賭すると信じていた。三成は戦国の離合集散のなかで叩《たた》きあげた男ではなく、秀吉の秘書官として大名に成りあがった官僚育ちだけに、自分自身が秀吉に随順したように他人《ひと》もそうするものと頭から思っていた。

事実、秀吉の生存当時、どの大名も猫《ねこ》のごとく従順であったし、また秀吉の代理人である三成の存在を、他人は虎《とら》のように怖《おそ》れた。世はすべて豊臣家の権威ひとつで始末できる、とつい思いこむ癖が、この男の頭からのかない。

三成は、みずから長曾我部盛親の宿陣に出むいてあいさつし、盛親を城中によんで秀頼に拝謁《はいえつ》させ、引出物《ひきでもの》を与えるなどして大いに歓待した。

が、盛親には、

(はて)

という気持が、ぬぐい去れない。

ついに、毛利、島津がそうであったようにこの若い辺境の大名も、関東にいる家康に対して密使を送ることを決意した。

盛親は家来のなかから、ふたりの密使をえらんだ。

十市《といち》新右衛門

町三郎左衛門

である。

「よいか、こう申せ。わが長曾我部家は、先代元親の壮《さか》んなころ、三河の徳川殿とはるかに盟約を結んで太閤殿下を東海・四国の両側から挟《はさ》み撃ちにし奉ろうとしたことがある。そのときのことを思えば内府との因縁は浅からぬ。いま盛親、たまたま身を大坂においている。その偶然の勢いで奉行方に属してはいるものの、これは盛親の本意ではない。ここにいたってわが長曾我部家はいかにすればよいか、お指図をこそ賜わるべし、と申しあげよ」

十市、町は大坂を出発した。

ところが、近江水口の城下では、三成方の長束正家が、街道に関所を設けてこの種の密使を、手きびしく見張っていた。

当日の関所の指揮官は吉田大蔵という諸国のことにあかるい男だった。

十市、町のふたりを見たとたん、

「あの両人、差しとめよ」

と番士に命じた。

二人は、百姓の旅姿こそしているが、どうしても武士の面構《つらがま》えであった。それに土佐の顔は一種独特なにおいがあり、吉田大蔵にはいかにもいぶかしく思えたのであろう。

番所の軒下へひき立て、

「いずれへ参る、何の用か。そもそも何国のどこの在《ざい》の者か」

などと、畳みこんで問いかさねると、二人はもう口がきけなくなった。あわてるとつい地なまりが出た。

「土佐者か」

吉田大蔵は一喝《いっかつ》し、しかしそれ以上は身柄《みがら》を拘束せず、一隊の兵をつけて大津あたりまで送り、京の方角へ追いかえしてしまった。

二人は、むなしく帰ってきた。

盛親は、責めなかった。

「いわば、賽《さい》を投げたも同様である。賽の目が西軍につけと出た。出た以上、あれこれと迷わず、奮迅《ふんじん》して武名をあげるほかない」

と、ようやく自分の決心をかため、それ以上の政治工作をすることをやめた。

余談だが、ここに皮肉がある。

盛親がしくじった関所突破の難事をじつにうまくやったのが、大坂にいる山内対馬守一豊《つしまのかみかずとよ》とその妻であった。

山内一豊は、遠州掛川六万石の小大名で、家康に従軍し、関東にいる。

妻は、大坂屋敷にいる。

一豊は大坂の妻あてに連絡する事柄《ことがら》があり、関東の陣中から大坂にむけて密使を出した。選ばれたのは、市川山城という老臣である。

この男は若狭《わかさ》の出身で上方のことばがしゃべれる。扮装《ふんそう》は、神主にきめた。

問題の近江水口の関所につくと、意外にも即座にばれた。

番士のうちで、大坂詰めのころ、市川山城を見た者があり、覚えていたのである。

「まぎれもなく山内家の市川山城である。搦《から》めよ」

と関所は大さわぎになった。むろん市川山城は必死でかぶりを振った。

「されば祝詞《のりと》を言うてみよ」

と、番士がいった。

市川山城は神主の姿はしているが祝詞は知らない。しかし若狭の生家に伝わっていた山伏の鳴弦《めいげん》の文《ふみ》は知っている。ものはちがうが、ふしは似ていた。それを読みあげるとみなやや静まった。

が、さらに難事がやってきた。この長束家におなじ若狭出身で、若狭武田家で朋輩《ほうばい》だった大庭《おおば》弥兵衛という者がいる。番士たちはそれを思いだし、

「そう、弥兵衛がいた。弥兵衛に首実検させれば事は簡単じゃ。いそぎ呼びにゆけ」

ということになったとき、さすがに市川山城も心中覚悟せざるをえなかった。

当の弥兵衛がきた。

はっとした様子だったが、やがて目を据《す》え市川山城の顔をみつめた。ややあって目をそらし、

「似ている」

といった。

「しかし他人のそら似ということもあるだろう。もしこの男が市川山城ならば、右脇《わき》の下に鉄砲傷があるはずじゃ。調べてみよ」

（あっ）

と、市川山城はうつむいた。

旧友の好意であった。市川山城の肌《はだ》には毛で突いたほどの傷もない。

番卒がとびかかって諸肌《もろはだ》ぬぎにさせたが、むろん、傷などはあるはずがなかった。

「ござらぬ」

「さればさ、これは市川山城ではあるまい。そういえば、山城はこの禰宜《ねぎ》どのより眉《まゆ》のぐあいも太やかであったような気がする」

これで放免になり、この男は関所をぶじ通過し、大坂に潜入することができた。

おなじ水口の関所でのことである。

乱世の運というものは思わぬところでわかれるのであろう。このとき関所を通過できなかった長曾我部家はほろび、通過できた山内家は、掛川六万石から驚異的な抜擢《ばってき》をうけて、長曾我部氏の旧領土佐の国主になった。

余談ながら、この山内家が明治維新まで土佐二十四万石の国主としてつづいてゆく。長曾我部の遺臣たちは郷士になり、藩からは足軽に毛のはえた程度の「下士」として卑《いや》しめられ、その屈辱と不遇がかれらを子々孫々にいたるまで結束させ、幕末、徳川氏の勢威がおとろえるや、藩と幕府に抗して討幕運動をおこした。関ケ原は土佐の場合、三百年つづいたといえるだろう。

とまれ、長曾我部盛親は大坂に駐兵し、みずからは城中の部屋に詰めて毎日軍議に参加した。

そのころ盛親などと一緒に大坂に入った諸大名のなかで意外な者がいる。

「金吾《きんご》中納言」

と通称され、当時、筑前・筑後五十二万余石を領していた小早川秀秋という若者だった。

金　吾

「金吾中納言様、ご来着《らいちゃく》」

という報をうけたとき、三成は、

(あの男か)

と、露骨に眉をひそめた。本来なら木津川尻《じり》の船着場まで出迎えにゆくべきであったが、同僚の増田長盛をやらせた。

この点、三成は人への好悪《こうお》がつよく、これほどの大事を前にしてもこの欠点はどうすることもできなかった。

「木津川までお出迎えなされては?」

と家老の舞兵庫が見かねて諫言《かんげん》したが、三成はちょっと考え、

「まあいいだろう」

といった。それだけではない。

「あの若僧なら、京橋御門で出むかえるだけでいいだろう」

この「若僧」、小早川秀秋という人物は、故太閤の正室従一位北政所《きたのまんどころ》の甥《おい》にあたる。北政所の養家は浅野氏だが、実家は杉原氏である。

秀吉は自分に子がなく肉親もすくなかったため、北政所の肉親をことごとく優遇して豊臣家一門として諸侯にも重んじさせた。

杉原家は、秀吉が少壮のころに名乗っていた木下姓にあらためさせられた。

当主は、北政所の一つ年下の弟にあたる木下家定である。家定は中納言で、播州《ばんしゅう》姫路で二万五千石を食《は》んでいる。これが北政所の事実上の実家《さと》といっていい。

実家には、子が多かった。五人いた。この木下家の五男が、のちの小早川秀秋である。

幼名を辰之助と言い、よほど生母が美人であったらしく、下ぶくれの可愛い顔をしていた。子柄《こがら》が良かったといえるだろう。

「辰之助は可愛《かわゆ》げじゃ。あれをもらえ」

と秀吉もいった。子のない北政所もその気になった。このため秀秋はまだ乳離《ちちばな》れもせぬうちから豊臣家の奥にひきとられ、養子になった。

北政所は子がないくせに子好きな婦人で、秀秋を可愛がって育てたが、だんだん少年になるにつれて失望した。

（これは阿呆《あほう》ではないか）

魯鈍《ろどん》というほどでもなかったが、それに近い。思慮が浅はかで気がみじかく、なにか気に障ることがあると狐憑《きつねつ》きのように癇《かん》を高ぶらせ、侍女も手を焼いた。学問や歌学も、この少年の頭脳にはうけつけない。

自然、愛が薄れた。

しかし秀吉はこの秀秋を愛していた。愛するより仕方がなかった。豊臣家の権力基礎をかためるべき一族一門の数がすくない以上、秀秋を愛して枢要《すうよう》の位置につけるしかない。

第一次朝鮮ノ役で秀秋が養父秀吉がいる肥前名護屋にむかうとき、養母の北政所に軍装などのことで華美な道具をねだった。北政所は、

「贅沢《ぜいたく》でしょう」

と、その要求をはねつけた。ひとつには、こういう意志力のよわい若者に対する教育的な意味もあったろう。

秀吉は肥前名護屋で秀秋からこれをきき、よしよしそなたのお袋殿《ふくろどの》に手痛く申しきかせて

やるぞ、とさっそく大坂の北政所に叱責《しっせき》の手紙をやった。

「なぜ秀秋を愛してやらぬ。そなたが秀秋を愛してやらねば、たれがあの子を愛する。今後はあの子をわしと思うがよい。そのように思うて、あれの欲しがるものはなんでもととのえてやってほしい」

秀吉にはそういう盲点がある。若いころから人才を採用するにあたっては卓抜な人物眼を示してきた男であるのに、自分の肉親縁者をひとたび愛するとなると盲愛にちかい態度を示した。

自然、諸侯のあいだではこの若者を護符《ごふ》のようにあがめ、

「金吾様」

と称して、その機嫌を損ずることをおそれた。秀秋は幼弱の身ながら次第に官位が昇進し、最初は参議に任ぜられ、左衛門督《さえもんのかみ》（唐名で金吾）を兼ね、ついで権中納言に任じ、従三位にのぼった。

中納言になった翌文禄二年、秀吉に実子秀頼がうまれた。

そのこともあって、養子秀秋は豊臣家を出てしかるべき有力大名の養子になるほうが穏当な事情になった。この養子の行き先をさがすのに、黒田如水、生駒《いこま》親正が奔走した。

毛利家の当主輝元に子がないことに目をつけ、如水は、毛利家の一門小早川隆景《たかかげ》に内々話を通じた。

おどろいたのは、隆景である。

毛利家は、名家である。氏素姓《うじすじよう》もさだかでない秀吉の姻戚《いんせき》の子を入れて血を濁すにはしのびなかったのであろう。それに秀秋は、軽躁《けいそう》愚鈍で、大毛利家の当主になられてはどうにもならぬとおもった。

が、隆景は、当代きっての器量人といわれた人物である。

「それはねがってもないこと。上様御親族から御養子が降《さが》るとなれば毛利家はいよいよ安泰であり、これほどめでたいことはござりませぬ」

と返答して黒田如水らを帰し、かれらの辞し去るのを待ちかねて、秀吉のお伽衆《とぎしゅう》のひとりで侍医を兼ねている施薬院全宗《ぜんそう》のもとに走り、

「貴殿は上様のお気に入りである。大いそぎで上様に取り次いで貰《もら》えまいか」

と言い、その要件をきり出した。が、秀秋の毛利家養子案が如水の口から出ていることはいっさい触れなかった。

「金吾様を自分の養子にもらいうけたい」

といったのである。隆景には実子があるが本家の毛利家のために犠牲になるつもりであった。

説くところは、整然としている。

「自分は、毛利家の分家の身でありながら、上様の御恩によって大封《たいほう》を頂戴《ちょうだい》している」

ちなみに隆景は、毛利元就の第三子で、毛利家当主の輝元の叔父にあたる。秀吉はこの隆景を敬愛し、その官位は本家と同格の中納言にまで昇らせているのである。

「が、老いた」

「さほどでもありますまいに」

と施薬院全宗はいったが、隆景はいやいやと手をふり、「めっきりと心身が老《ふ》けた。もはや一日も早く隠居をしたい。ついては小早川家の跡目のことだが」といった。

「金吾様にゆずりたい」

この気前のよさには、施薬院全宗もおどろいた。他人の子に自分が営々ときずきあげてきた家と領国をゆずるというのはどういう心胆であろう。

「いちずに、上様の御恩に酬《むく》いたいからだ。もともと上様から頂戴したものを、上様にお返しするのが当然とおもうが、どうか」

「いや、もっともなことで」

殿中の情報に通じている施薬院は、秀吉が秀秋の始末に頭を痛めはじめていることはよく知っている。

「上様はおよろこびになりましょう」

「老いると気が短くなる。さっそくいまからでも登城して御内意を頂戴してきてくれぬか」

隆景にすれば、黒田如水、生駒親正のふたりが秀吉に報告せぬうちにいちはやくこの案を秀吉の耳に入れて決定させてしまいたいのである。「承知した」と施薬院はいった。

施薬院にしてもわるい話ではなかった。これほどの大きな縁組が成立すると、はかり知れぬほどの礼金が小早川家から出るにきまっている。

すぐ登城し、秀吉の居間に伺候《しこう》して、この一件を話した。さいわい、黒田・生駒のふたりからはまだ話は届いていない。

「隆景がそう申したか」

秀吉は膝《ひざ》を打たんばかりのよろこびようでそういった。小早川家は鎌倉以来の名門であり秀秋ごときものがその家を継ぐのは非常な名誉である、とも秀吉はいった。この縁組は、氏素姓に対する秀吉のひそやかなあこがれを十分に満足させた。

「さっそく、取り運べ」

と施薬院に命じた。

翌三年、秀秋は小早川家に入った。隆景は安堵《あんど》し、毛利家の養子についてはは自分の末弟にあたる穂田《ほいだ》元清の子の宮松丸を入れて事をおさめた。

秀吉の小早川秀秋に対する愛はなおもつづき、第二次朝鮮出兵では、この秀秋を自分の名代として総大将にしている。

秀秋は朝鮮出陣中、おろかしい所業が多く小早川家の家臣たちを悩ました。軍法でも小早川家の慣習をまもらなかった。十六万三千という大軍の総大将としての将器がないばかりか、ときに気負いだって士卒のように敵陣に駈《か》けこむようなことがあり、在陣の諸将を当惑させた。

その報告が、在陣中の七人の軍監から当時伏見城にいた三成の御用部屋に届いた。三成はそれを整理し、秀吉に報告した。

秀吉は、激怒した。

「小僧をすぐ呼びもどせ」

と命じた。このころの秀吉には栄華に呆《ほう》けたところが多かったが、軍陣での不都合をゆるさぬという点では、少壮のころとかわらなかった。盲愛している秀秋に対してもこの点だけはかわらない。

すぐ呼びもどし、叱責《しっせき》の上、筑前・筑後五十余万石の巨領をとりあげて、越前北ノ庄へ移し、わずか十数万石に減知してしまった。

秀秋の旧領はそのまま豊臣家の直轄領《ちょっかつりょう》とされ、豊臣家の執政官である三成はこのときその事後始末に九州へ下向《げこう》している。

この間、秀吉が、「金吾の旧領はそのほうに呉れてやろう」といったが、三成は「遠国ではお城勤めが不自由でございます」とことわっている。ひとつには、

「三成めが讒言《ざんげん》した」

と世間に言いふらしている秀秋の愚にもつかぬ観測をこれで裏付けることになる。三成はそれを怖《おそ》れ、

「佐和山の所領で十分でございます」

と秀吉に返答した。

三成讒言説というものが世上にひろまったのには、無理からぬこともある。秀秋の在陣中の暴状を報告した七人の軍監のうち、福原直堯、垣見一直、熊谷直盛は、三成がひきたててきたかれの与党の者であった。世間は当然、三成が秀吉に悪口雑言《あっこうぞうごん》したとうけとるであろう。

「でなければ、あれほど盲愛なされていた金吾中納言を、上様があのように手痛い目にあわされるはずがない」

と世間はみた。三成の世間の評判は、これによっていよいよ悪くなった。

損な立場、としか言いようがない。この男はむしろ小早川家に同情していた。減封《げんぽう》によって小早川家では多数の牢人《ろうにん》が出たが、三成はそれらを諸家に世話をし、自分の家には最も多数ひきとった。が、こういういわば美談は、世上に伝わらなかった。官僚としての三成の人徳のなさというものであろう。

その点、家康は、なにが人の心を得るかということを知っていた。

秀吉の死後、家康は豊臣家大老という職権によって、去年の二月、小早川秀秋の領地をもとの筑前・筑後五十二万二千五百石にもどしてしまったのである。

理由は、

「太閤殿下の御遺言により」

ということであった。秀吉はそういう遺言はひとことも遺《のこ》してはいなかった。

秀秋は暗愚ながらもこの家康の思わぬ好意によろこび、

「内府のためならば」

という気持を強くした。それまでこの男は家康とはなんの親交もなかった。家康のにわかな、それも過大すぎるほどの好意がなにを意味するものであるかは、むろんこの若者には洞《どう》察《さつ》する能力がない。

秀秋は、海路大坂に入るとすぐ登城して本丸で秀頼に拝謁《はいえつ》してご機嫌を奉伺《ほうし》し、そのあと奉行衆にも会った。

(治部少づれが)

と思っているこの若者は、三成のほうには視線もむけなかった。すべて三成の同僚の増田長盛や長束正家と会話をかわした。が、三成は厳にいった。

「よろしゅうございますな。このたびは秀頼様のご命令にて、内府を打ち懲《こ》らしまする。中納言様は御一門でありまするゆえ、公儀(豊臣家)のおん為に諸侯にさきがけてお働きあそばしますように」

こういう一種の険《けん》をふくんだ言葉調子は、三成のくせであった。とくに秀秋に対してはそうであった。理屈っぽい番頭が、主家の放蕩《ほうとう》息子をさとすような口調に、ついなってしまうのである。

秀秋は、にがい表情でうなずいた。が、三成のほうは見ず、言葉もあたえず、石のように黙りこくっている。

その様子をみて、三成はさほどの神経はつかわなかった。この豊臣家子飼いの官僚からみれば、豊臣家の権威で天下の諸大名は動くと信じていたし、まして秀秋は豊臣家の縁者であった。あほうは阿呆なりに、懸命に働くだろうと見ていた。

なにしろ秀秋はなんの能もない若者だが、その数量的な実力は西軍総帥《そうすい》毛利家に匹敵し、一万五、六千の軍勢を連れてきているのである。

(この男が頼りじゃ)

と三成も思わざるをえない。

秀秋は、いったん大坂屋敷に落ちついたがその夜、毛利家における参謀総長格の吉川広家が訪ねてきて、

「上方に参られた以上は、京の三本木《さんぼんぎ》に住まわれて太閤殿下の御菩提《ぼだい》をいちずに弔《とむら》われている御養母の北政所様のもとにのぼられるのが御孝養と申すものでござりましょう」

と、しきりにすすめた。すでに単独で徳川方に通じている吉川広家としては、「徳川方につかれよ」とすすめたかったが、この毛利家一門になった養子男の心底のほどもつかめないし、そのように露骨に言えば外部《そと》に洩《も》れるおそれもある。

「北政所の御許《おもと》に参られよ」

といえば、目的はほぼ達せられるであろうと見ていた。北政所は、いちずに家康を信頼し、淀殿党の三成に対しては一瞬といえども好意をもったことがないからである。

秀秋は、広家の言葉に従った。

翌朝、早くから船を用意させて淀川をのぼり、伏見から騎行して京に入り、鴨川《かもがわ》べりの北政所の閑居をたずねた。

北政所は、尼姿でいる。

色白で豊かすぎるほどの肉付《ししおき》はむかしと変わらなかったが、秀吉の死後視力が急に衰えて瞳《ひとみ》に白い濁りができている。

「灸《きゅう》がいい、というのですけれどもね」

と、小さな声でいった。

秀吉の生前もときどき眼が霞《かす》んでこまったが、そういうときの秀吉の思いやりというのは無類だった。

「有馬へ湯治《とうじ》にゆけ」

と名護屋の陣中からはるばると命じてきたり、かと思うと別便で眼病の治療法を説いて寄越し、

「要するに下半身《すそ》が冷えるからだ。すそが冷えるため、気が頭にのぼって上気し、目に影響してくるのである。さきには湯治をすすめたが、よく考えると、湯治よりも灸のほうがいい。灸を飽かずにやることだ」

などといった。

彼女もそれに従って灸療治をつづけてきたが、あまり効き目もないため、秀吉の死後、つい怠りがちになっている。

「大坂はたいそうな騒ぎでしょう」

と、北政所は言い、あれこれと質問した。秀秋のおどろいたことは、北政所が大坂の情勢

についてはは見てきたように明るいことだった。

「治部少輔はいけませぬ」

と、彼女ははっきりいった。

「秀頼殿のご命令であると申して諸侯を集めているようですが、年端《としは》もゆかぬ幼童にそういう命令がくだせますか。おそらくは彼《か》の者の野心がそうさせているのでしょう」

三成は豊臣家を崩して天下を奪おうとするのではないかと彼女は見ていた。

その種の観測や情報が、彼女の党の黒田長政、加藤嘉明、加藤清正、福島正則などからありあまるほどにとどいているのである。

家康からは、なにもいって来ない。しかし家康の家来や、家康の京における御用商人茶屋四郎次郎などが間断なく見舞にやってきてくれて、めずらしい品物などをとどけてくれている。寡婦《かふ》を慰めようとする心の温かさは、石田治部少輔などの比ではない。

「徳川殿こそ、豊臣家の頼りとすべきお人でありましょう」

と、彼女はその持説を秀秋にも説いた。

「そなたは、徳川殿をお立て申していればまずはまちがいありますまい」

「しかしすでに」

「大坂に参陣した、というのでしょう。手はいくらもあります」

裏切れとはいわなかったが、一万五、六千の大軍を握っている以上、独自の行動をとることはたやすい、といった。

その夜から秀秋は京に宿営した。形勢を観望するためであった。

若狭《わかさ》少将

異装の人が歩いている。

例の学者、藤原惺窩《せいか》である。

袖《そで》のひろやかな古代中国服を着ていたし、それにこの当時、

「学者」

という奇妙な自由職業をはじめたのは天下でこの藤原惺窩がただひとりだったから、町のひとびとはたいてい知っていた。

「惺窩先生が通ってゆかれる」

と、避難民たちは、そこここで囁《ささや》いた。

ここは伏見の町である。丘陵の上に秀吉が築いた壮麗な城がそびえており、その城壁にびっしりと徳川軍の旗や幟《のぼり》がひるがえっている。

「いくさは、いつはじまるかね」

と、惺窩は、荷車に家財を積んで逃げだそうとしている町民のひとりをつかまえてきいた。

「さあ、いつでござりましょう。けさほど奉行様方十万人が大坂を出発したといううわさも

ございますし、いやさ枚方《ひらかた》のあたりは軍兵で満ちみちているといううわさもございます。その証拠に、お城方（徳川軍）ではけさから諸門を閉めきって籠城《ろうじょう》の御用意をなされております」

「早く逃げることだな」

と、惺窩は杖《つえ》を曳《ひ》いて歩きかけた。

「余計なことでございますが、先生も早くお逃げあそばさねば」

「左様、口は達者でも命は惜しい。しかしどこへ逃げればいくさの無い土地にゆけるか」

あとは自問して、藤ノ森の社《やしろ》の北側を東へ去ろうと思って道を変えた。このあたりは豊臣家の小旗本の屋敷が多く、それらは秀頼が大坂へくだったあと、ほとんど空き屋敷になっていた。

人影はない。

空き屋敷の樹々《きぎ》から蟬《せみ》の声がしきりと降りおちてくる。陽《ひ》はやや西へ傾いたが、風がなく、生きることが物憂《ものう》くなるほどの暑さである。

（逃げるのは馴《な》れている）

惺窩は数奇な少年時代をもった。

かれが、京から播州《ばんしゅう》三木郡細川村に流寓《りゅうぐう》して土着した公卿の子であることは、たしか以前に述べた。父は参議冷泉《れいぜい》為純である。

少年のころ、近在の三木城主別所長治《べっしょながはる》に生家の城館を攻められ、父為純兄為勝はともに防戦して死に、母、乳母らも自害して果てた。

惺窩は幼いながら性情のはげしい少年で、戦火をくぐってはるかに姫路へ走り、おりから姫路城に駐留していた織田家の司令官羽柴筑前守秀吉に面会をもとめ、

「私は参議冷泉為純の子である。父と兄の仇を討って貰《もら》いたい」

とひどく倨傲《きょごう》な態度で頼んだ。当時秀吉はいわば旅の空にいる。播州平定のために土地の豪族たちと交渉し、外交によってできるだけ多くの味方を得ようとしている最中だった。

「いますぐはむりだな」

と、秀吉はいった。この一言が、幼い惺窩の胸にこたえた。頼みにならぬ、と思った。そこで播州を脱走し、京に入って僧となり学問に専心した。途中僧をやめて髪を貯え、道服《どうふく》をまとい、

「儒者《じゅしゃ》」

と称した。儒者という倫理・政治哲学をきわめる学者は徳川時代になって群がり出たがこのころは惺窩ただひとりであったといっていい。

惺窩は豊臣政権下で十分に名士であった。その大名との交遊範囲はひろく、かれを手厚く招いてその講義をきいた者に、徳川家康、石田三成、木下勝俊《かつとし》、細川忠興、板倉勝重、赤松政村などがあり、小早川秀秋でさえ惺窩をしきりに招こうとしたほどだから、その名望のすさまじさは推《お》して知るべきであろう。

が、例外はある。

秀吉であった。秀吉は信長の趣味をうけて茶道、絵画、建築など、いわば芸術の保護者であり、いわゆる安土《あずち》桃山時代という絢爛《けんらん》たる芸術時代の主宰者であったが、学問にはなんの興味も示さなかった。

だから惺窩は、知的関心の旺盛《おうせい》な諸侯連中には師の礼をもって招かれたが、秀吉から一度もまねかれたことがなかった。

「このような世は早く去ればよい」

と、かれがひそかに朝鮮人学者に言っていたのは、当然なことでもあった。

蟬の声があいかわらず樹間に満ちている。

右手は藤ノ森。

左手は小屋敷町の崩れ塀《べい》がはるか前方の藤堂高虎《とうどうたかとら》の屋敷の森までつづいていた。

（おや）

と、惺窩は足をとめた。

むこうのほうから武装の武士二十人ばかりがあらわれたのである。その中央にあきらかに一諸侯と思われる人物が騎乗ですすんできた。この諸侯らしい人物だけが、どういうわけか甲冑《かっちゅう》を着けず平装のままでいた。

（いやだ）

と惺窩は思った。幼少のころの暗い思い出やかれのもっている世界観からして、人間の甲冑姿というものを感覚的に好まなかった。かれはとっさに道を避けようとおもったが、適当な辻《つじ》がない。

一隊はいよいよ近づいてきた。

そのとき馬上の諸侯が、

「惺窩先生ではありませぬか」

と言い、あわてて馬から飛びおりた。

「ああ、これは若狭少将どの」

惺窩は、足をとめた。

「よいところで」

若狭少将とよばれた大名は大いそぎで手綱を馬の口取りに投げあたえると、惺窩のほうに歩み寄ってきた。


「若狭少将」

と通称されているこの人物は、秀吉の未亡人北政所の甥《おい》であった。

金吾中納言小早川秀秋の実兄である。

(ご兄弟とはいえ、金吾さまとは気品がまるでちがう)

と世間でささやかれていた。

あまりに人品骨柄《じんぴんこつがら》がちがうところから、ひょっとすると御血縁ではないのではあるまいかというわささえ一部にある。

秀吉の側室で「松ノ丸殿」とよばれている女性《にょしょう》がいる。松ノ丸殿は若狭のかつての守護職武田元明《もとあき》の妻だったひとで、武田家滅亡後、豊臣家の奥に入った。そのとき、「じつは前夫とのあいだに子がございます」と秀吉に打ちあけ、秀吉はそれを哀れと思い、北政所の実家木下家（杉原家）に渡し、実子として育てさせたという。

とすればこの若狭少将木下勝俊《かつとし》は、若狭の名家武田家の血をひいていることになるわけだが、これは単に噂《うわさ》にすぎない。

要するに尾張の下級武士の家にうまれた北政所の甥にしては、この少将があまりにも貴族的な風貌《ふうぼう》をもちすぎているというところからうまれた臆説《おくせつ》であった。

詩人でもある。

歌は堪能《たんのう》で、細川幽斎とともに当代屈指の才能とされ、当人も、権謀術数にみちた大名社会の暮らしよりも、風雅の世界にのがれたいという希望を早くからもっているらしい。

事実、この木下勝俊という人物は関ケ原ノ役後、京都にかくれ、頭を剃《そ》って「長嘯子《ちょうしょうし》」と号し、八十一で没するまで風月を楽しんだ。

このとき、のちの歌人「木下長嘯子」はまだ三十を越えたばかりであった。

「なぜ、かようなところに」

と、むしろ藤原惺窩のほうが怪しんだ。

木下勝俊は、秀吉の死後、豊臣家の伏見城代としてこの伏見に滞留し、いま右手の空にそびえている伏見城の官制上の長官として在城しているはずであった。

(籠城をせぬのか)

というのが、惺窩の疑問である。

この間の実情はややこしい。若狭少将木下勝俊は豊臣家の城代であった。そこへ家康の譜代の老臣鳥居彦右衛門が「守将」として兵をひきいて守備についている。いわば木下勝俊が官制上の長官、彦右衛門が守備隊長、というぐあいに理解したほうが早い。むろん、家康は東に去るとき、この若狭少将が味方につくものとみていた。なぜならば北政所の甥だからである。

「みな」

と、若狭少将は家来のほうをふりむいた。

「ここで惺窩先生とお話をしたい。馬に水を飼うなどして休んでいよ」

そう言い捨てて惺窩のそばに寄り、わが袖をもって路傍の石の塵《ちり》をはらい、惺窩のために座をつくった。

「それがしの話をきいて頂けませぬか」

と、惺窩に腰をかがめた。

惺窩はその石にすわった。

若狭少将もそのむかいの石にすわり、

「城を脱《ぬ》けて参った」

といきなりいった。かれにすればそのことの批評を惺窩に仰ぎたかったのである。

「武士として戦いを前にして城を捨てるなどはあってよいことではありませぬが、三成の挙兵以来、夜も寝ずに苦しんだあげく、ついにこの腰抜けの道を選ぶことに思いを決しました。現世、後世の人の批評はさぞやかましいことでございましょうが、先生はどう思われます」

「はて」

惺窩はだまりこくった。

いつまでも沈黙している。その沈黙にこの歌人は堪えられなくなったのか、事情を話した。聞けばむりもなかった。

「若狭少将は裏切りをするのではないか」

という噂を、鳥居派の将士がしきりと囁いているというのである。そのうちの過激な者は決戦に先んじて少将の首を軍神の血祭りにしようとさえ主張しているというのであった。

「私は豊臣家の一門ですから」

そのように疑われるのもむりはない、とこの利口すぎる教養人は、相手の立場をさえ理解できる脾弱《ひよわ》さをもっていた。

「秀頼様の従兄にもあたります」

これは正しい。秀頼は淀殿の実子だが、秀吉の正室北政所にとっても形式上の子であった。その北政所の甥がこの人物である以上、秀頼との関係はいとこ同士になる。ただし血はつながってはいない。

「みなが疑うのもむりはないでしょう。しかし私は断じて三成には加担しませぬ」

これは当然であった。いま、三成が奔走して作りあげた「西軍」の諸将は、島津、毛利、長曾我部といったまったくの外様大名か、そうでなければほとんどが淀殿昵懇《じっこん》の大名である。つまり豊臣家の側室方であった。

豊臣家の正室方である加藤清正、福島正則などはみな徳川方についている。当然、若狭少将は閨閥《けいばつ》の党派からゆけば徳川方につかねばならない。

「だからこそ、鳥居彦右衛門とともに戦うつもりになっていたのです」

若狭少将のいう「だからこそ」という意味は深刻な響きがあった。もし西軍が勝てばもはや豊臣家の主流は淀殿党の諸将で占められ北政所の血縁者は呼吸ができるほどの場所もあたえてもらえないかもしれない。

「さればこそ戦おうと思った」とこの少将はいうのである。

「ところが」

と、少将はいった。

「もしわが属する徳川方が勝てば秀頼様はどうなるのでありましょう。殺されぬまでも、いまの御身分にはとどまれますまい。いわばこの一戦は豊臣家をほろぼす戦い」

少将は多弁になった。

「豊臣家の一族である私がこれに加わるわけには参りませぬ」

さらにいま一つ、若狭少将にとっておもしろからぬことがあった。自分の実弟の小早川秀秋が、どういう本心か大軍をひきいて西軍に参加しているのである。伏見城攻めには大将になってやってくるという。

「当然ながら伏見の城中では」

と、少将はいった。

「私を大きに疑うようになりました。私が弟の秀秋と呼応して裏切る、と見ているようです」

となればいよいよ命があぶない、裏切り者として処断されるよりもむしろ城を出たほうがいいと決意して、たったいま城門を出てきたのだ、といった。

「思いきったことをなされた」

と、惺窩がはじめて笑った。

「東軍、西軍のなかで、あなたがもっとも勇敢な大名かもしれない」

「と申されまするのは？」

意外な言葉に、若い少将のほうがむしろおどろいた。

「いや、感じ入ったことよ」

惺窩は、目の前の蚊を追いながらいった。

「少将は大名をお捨てになるおつもりでありますな。いやたとえそのおつもりでなくても、結果は捨てざるをえなくなる。東軍、西軍いずれが勝っても、戦わざる前に逃亡したあなたを再び大名には致しますまい」

「ふむ」

生まれてほどなく秀吉の成功によって貴族の位置についたこの若者は、そこまで深刻には考えていなかった様子であった。他の大名のように自分で獲得した地位でないだけに思慮の底がどこかあまくできているのであろう。

「なるほど」

この六万二千石の大名はいまから、その居城のある若狭小浜《おばま》に帰ろうと思っていたのである。

(この若者、自分の将来《さきざき》の運命に驚いている)

と惺窩は敏感に相手の顔色を読んだが、しかしわざと気づかぬふりで、

「なににしてもおみごとなお覚悟」

と、高声でほめてやった。

「太閤恩顧の者も、内府加担の者も日本中の大名という大名が加増の欲に駆られ、且《かつう》はわが地位を保全せんとして目の色を変えているとき、さっさとその城池《じょうち》・身分を捨てられたおみごとさに、感服つかまつりました。さらには」

と、惺窩はいった。

「後世の者はあなたをこの乱における最もゆゆしい腰抜け武士として見るかもしれない。それをさえ怖《おそ》れずに位官《いかん》城池をすてられたお覚悟のさわやかさはとても余人にはまねられぬ。諸国諸大名のなかでもっとも勇気のあるお人とみたのは、それが理由です」

「なるほど」

若い少将は笑いだした。自分の立場と行動を、一つの主題でつらぬけばそうともいえるであろう。

もともと労せずして獲《え》た地位だという気楽さもある。さらには政治・軍事のわずらわしさのなかで暮らすには天性むいた性格ではない。となると、惺窩がたまたまこの路傍で明示してくれた自分の将来の像がひどく甘美なものにみえてきた。そこはこの若者が、もともと隠《いん》遁者《とんしゃ》風の歌のみを好んで詠《よ》んできた心の下地があったからであろう。

ごくかるがると、

「若狭へは帰らず、今日かぎり、京の鴨川の畔《ほとり》ででも暮らしますかな」

といった。

「結構なことだ」

惺窩はもともとこの諸大名の強欲で練りあげたような戦乱を憎悪しきっていた。一人でもこの修羅道《しゅらどう》から脱出してくる者を見るのは、かれとして悲しいことではない。

「ところで惺窩先生」

と、若狭少将はごくさりげなく、しかし目だけは真剣すぎるほどの表情で訊《き》いた。

「この戦い、いずれが勝ちましょう」

「家康《ないふ》の勝ちですな」

と、即座に断定した。その証拠には西軍は統一がとれていない。古来、統一のない勢力が勝ったためしはないのである。

「それにあなたの前だが」

と、惺窩はいった。

「豊臣の天下がこれ以上つづくのはごめんだという感じがする。この想《おも》いは、民百姓にいたるまでひそかに持っている本音かと思われる。太閤は朝鮮に無用の師をおこして民を疲弊させ、さらに諸所に巨城を築き、民力を底の底までつかいはたした。かような帝王はかならず亡びる」

「すると、先生は家康の世の来るのをのぞんでおられるわけですな」

「べつに」

と、惺窩はひどく虚無的な表情になった。

「望んでおりませぬ。しかし家康には多少とも聖賢の道に耳を傾けようとするところがある。わずかの期待を寄せるとすればただその点だけだが、かといって私は多くを家康に望んではおらぬ。あれはあれで政権の亡者《もうじや》であることにはかわりはない。——私がいま望んでいるのは」

と、惺窩はしばらくだまったが、やがて、

「日本を脱けだすことだけさ」

といった。朝鮮か明《みん》にゆきたい、というのがこの惺窩の年来の望みであることは若狭少将木下勝俊も知っていた。

その言葉を最後に、双方東西に別れた。勝俊はこのあと京にのぼり、北政所の屋敷の北隣りに庵《いおり》を結び、世を捨てた者の暮らしに入っている。

悍窩は洛北《らくほく》大原の里にゆき、その里の農家を借りて戦乱のおわるのを待った。

北上軍

家康が、途中ゆうゆうと放鷹《ほうよう》しつつ東海道をくだり、その根拠地江戸に入ったのは七月二日であった。

道中、

「なにぶん、暑いことよ」

と、駕籠《かご》をきらって馬に乗りかえたり、かと思うと、「馬では居眠りができぬ」といってふたたび駕籠に乗りかえたりして、旅を楽しんでいるようであった。すくなくとも、これから奥州会津の上杉家を討ちにゆこうという緊張はどこにもみられなかった。

「上様のなんとお楽しげであることよ」

と、近習《きんじゅう》の者もささやきあった。

家康という男はもともと機嫌にあまり変化のない性格であった。

余談ながら信長の場合は二十過ぎのころから、

「仕えにくきひと」

という評判がすでに近国にあり、かれの三十前後のころ、ある僧を文官としてまねこうとしたところ、その僧はことわって城下を去った。「上総介《かずさのすけ》（信長）殿は気心《きごころ》のむずかしい人である」というのがその理由だった。

秀吉は底抜けに快活であった。かれは自分のそういう持ち味を知りぬいており、ときには自分の快活さをとくに演出して人心の収攬《しゅうらん》につかった。

家康の性格には、信長や秀吉のような鮮烈な色彩感はない。どちらかといえば、くすんだ渋味のある中間色である。もともと機嫌に変化のすくない性格であったが、彼自身もそうあろうと努めていた。まれに不機嫌になったり家来を叱《しか》ったりするが、すぐ後悔し、感情を平衡にもどすことに努力した。

信長や秀吉には終生小児のようなところがあり、うれしければ激しく燥《はしや》いだが、家康はうまれついての大人のようなところがあった。厚味のある微笑をたたえている、という程度の状態が、この男の心境が楽しさで波立っているというときであったろう。

そういうことも実はめずらしい。

「上様のご機嫌のよきことよ」

と近習がささやきあったのは、よほどめずらしいことだったからであった。

なぜであるか、理由は近習の武者どもにはわかりにくかったであろう。理由のひとつには、会盟《かいめい》してきている諸侯の心証に対する配慮であった。家康にとって上杉征伐など鷹狩《たかが》り程度のスポーツにすぎない、というところをみせる必要があった。そうなればかれらの心象に映じている家康像はますます巨《おお》きくなり、一身一家の運命を安堵《あんど》して家康に托《たく》する気分が濃くなるにちがいない。いま家康にとってもっとも大事なことは、豊臣家諸侯に自分の威福をみせてかれらの心を攬《と》ることであった。

つぎに、理由がある。

（天下を取る日はちかい）

ということであった。自分が江戸にむかった留守中にかならず石田三成は兵をあげる、そう確信していた。旋回してそれを討ち、一挙に天下をとる。これはもはや空想でも夢でもない。手堅い計算のうえになりたった予測である。

機嫌がよくならざるを得ない。

江戸に着くと、家康のもっとも信頼する軍事担当官である榊原《さかきばら》康政、本多忠勝に諸侯を部署させた。

家康に従軍した諸侯の兵力の数は、なんと五万五千八百人におよんでいた。地理的関係でまだ未着の者もあり、すでに早くから到着している者もある。江戸の人口は当時、武士をのぞけば五、六万程度（徳川中期以後には武士をふくめてざっと百万）にすぎなかったから、かれらは宿舎に難渋していた。諸侯自身は寺にとまるにしても、兵員の仮泊所がなかった。このため、仮小屋が、あちこちの雑木林を伐《き》りひらいて無数に建ちはじめていた。

そのための職人、人夫、または女どもが、関八州の在所々々からやってきた。

「江戸にゆけば銭が雨のように降っている」

という評判がひろがった。ますますこの城下に人が集まってきた。かれらのための急造の家も建ちつつあった。毎朝目がさめれば雑木林が一つずつ消えている、というほどの勢いで、この城下は急速に都会化しつつあった。

「いまに江戸は伏見ほどになりまするぞ」

と、本多正信老人は、家康にいった。京の南の伏見という聚落《しゅうらく》は、故秀吉の数寄《すき》暮《ぐ》らしの城といっていい伏見城が出来てから諸侯が屋敷をつくり、そのために都会化した町である。

「なんの、弥八郎は気の小さい」

と、家康は、笑った。

「せめて大坂ぐらいになると言え」

「なるほど」

正信も戯《たわむ》れにのぞけり、笑《え》みくずれた。

「上様はめずらしく法螺《ほら》をお吹きあそばす」

人間というものは、運命の前ではこれほど愛らしい動物はいないであろう。千里眼のごとく形勢を見通しているこの二人でさえ、江戸の人口が大坂どころか世界の一、二をあらそうようになろうとは、夢にも予想しなかった。かれにはただ現在のところは、上杉征伐と三成挙兵の予想、という二つの材料をどう処理するかということしかなかった。それだけでも、家康の立場からいえば、大化改新以来、日本史上の最大の規模をもつ仕事であろう。

家康は、江戸来着の諸侯を、江戸城二ノ丸の広間にあつめた。

城

といっても、江戸城は上方風《かみがたふう》の石塁《せきるい》をふんだんに積みあげた贅沢《ぜいたく》な城ではない。石垣などはすくなく、ただ堀を掘ってその土を掻《か》きあげそこに芝草を植えただけの、東国風の質実な様式であった。

規模もさほど大きくない。家康にとっては大規模な築城はまだむりであった。家康がこの関東へ入国してきて、まだ十年しか経《た》っていないのである。

それまでの江戸はほんの在所にすぎなく、土地も海寄りは低湿地で城下をつくるためにはまず埋め立てをせねばならなかった。

それに、家康がそれまでいた東海地方は、肉でいえば膏肉《あぶらみ》にみちたいわゆる膏腴《こうゆ》の地である。が、関東は八州二百五十五万余石におよぶ大領地とはいえ瘦地《やせち》が多く、農業用水利が三河・尾張などにくらべれば格別の差で遅れており、土地が家康のために生み出してくれる利益がさほどに多くはなかった。このため、家康は、秀吉流の巨城趣味などに興味を示さず、ごく実用的な城を、いま現在間にあう程度につくっている。

(城などは、天下をとったあとでいい。秀吉がやったように諸大名に工事を負担させて築けばいかほどでも大きいものができる)

そうおもっていた。

従軍の豊臣家諸侯たちは二ノ丸大広間に招待されたが、なるほど大広間であるだけにひろくはある。しかしその普請のぐあいなどは、どことなく田舎の庄屋殿に招《よ》ばれて行ったときの実感のような、やぼったさがあった。

余談ながら秀吉のやり方、性格はすべて商人的であった。戦国中期以後の日本に成長した華やかな商業資本のやり方、気風というものを秀吉は濃厚にもっていた。かれは少年のころ、針などを売り歩いて旅をしたというそういうものが、成人後のかれを商人的な派手さ、商人的な投機好きにもって行ったのであろう。

それにくらべて家康の生家松平家はもともと三河《みかわ》松平郷の豪農である。しかも三河は、秀吉のうまれた隣国の尾張のような商業資本は存在しておらず、発生の条件もなく、純然たる農業地帯であった。家康の思想、ものの考え方、趣味にいたるまでが農業的であり、農家の大旦那《おおだんな》ふうな地味さをもっていた。

そういう家康と秀吉のちがいが、その居城のたたずまいにまであらわれていた。

(これが、内大臣徳川家康殿のお城か)

と、豊臣家の諸侯たちは、なにやら田舎の古ぼけた宿にでも泊まらされたような、多少それに似た実感をもった。

「いやいや、三河者は質朴《しつぼく》がすきでござってな」

と、諸侯のあいだを周旋しまわっている本多正信老人などは、一同の印象をすばやく見ぬいてそういった。

一同饗応《きようおう》を受け、そのあと軍議がおこなわれた。

家康は上段から、

「おのおの遠国から馳《は》せ参じ、遅滞なく下向なされたこと、ご辛労至極に存ずる。しばらく人馬を休められよ」

と、みずからいった。

さらに家康は、会津進攻の基本方針についてのべ、

「先鋒《せんぽう》についてはおのおの御存念もあろう」

といった。先鋒というのは普通最強の将がそれを担当するため、それを名誉として志願する者が多い。すでに家康の手もとにも、何人かの豊臣家諸侯がそれを志願してきていた。

が、家康は無造作にいった。

「先鋒は当家の榊原康政にうけもたせ、近日出発する。これは当家の吉例でござる」

といった。

家康の東海地方における勃興《ぼっこう》時代、今川方の遠州掛川城を攻めたときに、当時「小平太」とよばれてまだ年若かった康政が先鋒大将になって奮戦し、やすやすと城を陥《おと》した。その後しばしば徳川軍の先鋒を担当し、かれが担当するときにかぎって快勝している。

「当家の吉例でござる」と家康がいったのはそのことであった。

諸侯には異存はない。

さらに家康は、

「私も、出陣する。中納言（秀忠）も征《ゆ》く。まず戦さの手はじめに、白河長沼の城を攻め陥

そう。その進行路からただちに会津に入る。その方針である。ただし」

と、最も重要なことをいった。

「戦闘の開始はすべて当方の命令《げち》によっておこなっていただく。勝手に侵入し、勝手に斬《き》り取ることはいっさい謹《つつし》まれたい。命令あるまでの間は、上杉家の国境から十里ほど離れた大田原付近で宿営されておられよ。念を押して申しあげるが、ご勝手な手出しは断じてご無用である」

家康はいった。古来武将のあいだでは「抜け駈《が》けの功」という思想が脈々としてある。しかしこんどの家康の戦略の場合、これをやられてはすべてが崩れ去るおそれがあった。なぜといえば、一部で手出しをすれば上杉兵がそれに食いついて来、その応援で家康側からも援軍を出さねばならず、となると戦闘は全戦線におよんでしまい、泥沼《どろぬま》に入ったような、ぬきさしならぬことになってしまう。そのうち大坂で三成が兵をあげれば、家康は会津方面で釘《くぎ》付《づ》けになり、どうにもならぬ状況のまま、挟撃《きょうげき》のかたちで西方からの打撃をうけることになるだろう。そうなれば、三成の戦略にうまうまとはまりこんでゆくようなものであった。

家康にすれば、会津上杉氏へのこの大規模な討伐は陽動作戦にすぎない。三成に挙兵させるための、純然たる戦略行為であって、戦闘行動ではない。

ここが大事の瀬戸ぎわである。もし頓狂《とんきょう》な諸侯があらわれて、

「抜け駈けは兵家の常ぞ」

などといって馬を会津領に入れられてしまえば家康がこんにちまで層々と積みあげてきた

この大構想はたちどころにくずれ去るのであった。

「よろしゅうござるな。このこと、念を押し申す。もしその底意をもつ方はもはや味方にあらず。この座から去られよ」

とまでいった。

家康が江戸で編成した北上軍の兵数は、ざっと七万人というぼう大なものであった。

これを前軍と後軍にわけた。

前軍はのちに二代将軍になる秀忠が総大将となり、後軍は家康自身が総大将になった。

江戸にはわずかの留守しか残していない。客観的にみて、江戸城が襲われるなどという懸《け》念《ねん》は皆無だったからである。この点、家康は幸運な環境下に行動を開始したというべきであった。

先鋒の榊原康政は十三日に江戸を発《た》ち、つづいて秀忠の前軍が出発した。

家康はゆるりとしている。かれが江戸を発足したのは、二十一日であった。

当日は鳩谷《はとがや》に泊まった。

二十二日は岩槻《いわつき》。

二十三日は古河《こが》。

翌二十四日はわずかに二十キロ足らず行軍して、下野《しもつけ》の小山《おやま》に宿営した。現在、栃木県小山市である。

「なぜ、小山などに」

という疑問が、軍中にあった。戦場へむかう以上、もっと足をのばして会津にすこしでも近い土地に宿営すべきであろう。

家康の側近でも、疑問におもう者があったらしい。それを家康にきくと、

「小山には頼朝公の吉例がある」

といった。源頼朝が佐竹征伐のときにここで軍を駐《とど》めた。

「縁起《えんぎ》がいい」

と、家康はいった。源頼朝は征夷大将軍に宣下《せんげ》され鎌倉に幕府をひらいた。その先例がいい。家康は源氏を称しており、その心中、すでに江戸幕府をひらく構想を抱いている。

「ここに懸念がある」

と小山に宿営してから、家康がにわかに言い出したことであった。

水戸城主である佐竹氏の向背《こうはい》についてであった。佐竹氏は、会津の隣国常陸《ひたち》の国主であり、五十四万五千八百石というとほうもない大領をもっている。

「どうもわからぬ」

と家康はいった。すでに佐竹氏は家康に加担する旨の使者を送ってきていたし、家康もそれを多とし、

「貴国は上杉の隣国である。わざわざ江戸に来るよりも、直接国境を越えて会津に攻め入っ

ていただこう」

と言い、その進行路や行動開始の日時についても十分に打ちあわせておいた。ところが流《る》説《せつ》があり、

「佐竹は本心は石田方で、戦場で鉾《ほこ》を返して裏切るのではないか」

と従軍諸侯のあいだでも本気で取り沙汰《ざた》されていた。当然な疑惑であった。佐竹家の若当主である右京大夫義宣と石田三成の仲のよさというのは格別なものだったということをたれしもが知っている。

家康は、大事をとった。小山に着くとすぐ旗本の島田治兵衛という者を使者とし、水戸へ百キロの道を騎走させて佐竹家の内情をさぐらせた。

治兵衛はすぐ帰ってきて、「当主右京大夫は御不在にて会えませなんだが、老臣どもの申すところでは内府に異心なし、ということでございます」と復命した。

が、家康はなおも疑った。そこで、豊臣家の諸侯のひとりで茶匠としても知られている古田織部正《おりべのしょう》を使者に出した。

その復命も、

「異心なし」

という返答である。が、いずれも佐竹家がいっているとおりのことを口写しに復命しているだけで、真偽は依然としてわからない。

家康は、佐竹の向背は怖《おそ》れない。が、その流説によって自分に属している豊臣家の諸侯が

動揺することをおそれた。ひとえに人心安定のためにこの問題を明確にしておきたかったのである。

花房助兵衛《はなぶさすけのひょうえ》という者がいる。

もと宇喜多家の重臣で、例の宇喜多騒動のときに大いにさわぎ、その後家康の仲裁で一時水戸の佐竹家にあずけられていた。その助兵衛が、いま家康に従軍している。なにしろ世にきこえた豪傑で、むかし秀吉の小田原征伐のころ、秀吉にさえ毒づいたという逸話のもちぬしである。

「助兵衛が存じていよう。かの者をよべ」

と、家康は命じた。

場所は、諸侯軍議の座である。助兵衛は悠然《ゆうぜん》とやってきて、末座にすわった。

「そちは佐竹家の内情にあかるい。果してその本心はどうか」

と、家康はきいた。

助兵衛は、事理にあかるい男だ。こまかく分析した。かれのいうところでは若当主の義宣はなるほど三成と親しい。通謀《つうちょう》した、という事実もあるかもしれない。しかし佐竹家の実権は隠居の義重《よししげ》がにぎっている。義重は無二の内府好きである。によって、

「まず、裏切ることはありますまい」

というのであった。

家康は深くうなずき、ついで助兵衛に対し、耳を疑いたくなるようなことをいった。

「よくわかった。わしも得心した。されば助兵衛、いまの言葉を誓紙に書いてさし出せ」

といった。

助兵衛は、むっとした。約束事ならなるほど誓紙にかく。しかしただの観測を誓紙にかくような馬鹿がどこにあろう。

「おことわり申す」

と、この頑固と矯激《きょうげき》で知られた男は席を蹴《け》って退出してしまった。

家康は失望した。

あとで近侍の者に、

「花房助兵衛といえばすこしは武略を心得た男かと思ったら、鑑定《めきき》ちがいであった」

とこぼした。

家康にすれば人心が安定を欠いている。誓紙などは子供だましであるかもしれないが、このさい、花房助兵衛ほどの知名の士が「佐竹家の内府加担は疑いない」と神かけて断言すべく誓紙を書けば諸侯たちの不安は去り、全軍の人心は安定するであろう。

家康はそういう不安のなかにいる。その家康の立場を洞察《どうさつ》し、「誓紙」といった家康の言葉の裏を読むべきではなかったか。

家康が、「助兵衛には武略がない」といったのは、そういう意味であった。

助兵衛はあとでこれをきき、幕臣になった晩年にもときどき酒に酔うと、

「おれは、大名の地位をのがした。あのとき一筆書いておればいまは大名であったのに」

と、くやしがった。

伏見攻め

(よほどのご遠慮)

と島左近がおもったのは、三成が西軍首脳組織のどの地位にもついていないことであった。西軍総帥《そうすい》は三成ではなく毛利輝元であった。これは幼主秀頼を輔佐《ほさ》する、ということで大坂城西ノ丸に駐留し、いっさい座をうごかない。

その総帥輝元の政治面の輔佐官として五奉行のひとり増田長盛がいる。軍事面の輔佐官は、備前岡山城主宇喜多秀家である。秀家が、全軍の総司令官の職をとることになった。

三成はどの職にもついていない。

ひとつには、三成はすでに豊臣家の執政官である奉行職をしりぞいて退隠の身であるという遠慮があったのであろう。

いまひとつは、西軍の重職につくには、三成の分限《ぶげん》はすくなすぎた。その分限はわずかに近江佐和山十九万余石である。これでは、西軍加盟の諸大名を物理的に統御できる資格がない。

最後の理由は、三成が東軍諸将にひどくきらわれているという点であった。憎悪《ぞうお》はこの場合、戦力であった。この場合、三成がわざわざ西軍の職につくことによって敵方の戦意をかきたてることは無用であった。

「わしは、一種の牢人《ろうにん》にすぎない」

と、三成は左近にもいって苦笑した。なんの職権ももたぬ自由人の境涯《きょうがい》、という意味であろう。

が、この男が事実上の西軍の総大将であることは、敵味方ともにみとめていた。軍議はすべて総司令官の宇喜多秀家が主宰したが、三成はつねに軍議の前日に秀家と十分のうちあわせをし、秀家の存在を通して自分の意見を十分につらぬいた。

西軍は、そんな体制である。

戦略方針も立った。

近畿における東軍の属城を片っぱしから潰《つぶ》して行って濃尾《のうび》平野に進出し、その時分にはおそらく西上してくるであろう家康をそのあたりで迎え撃つ、というものであった。

それには、なによりもさきに、伏見城をおとさねばならない。

家康の部将鳥居彦右衛門がまもる伏見城に対しては、西軍は最初、無血開城をすすめるべく、奉行の増田長盛、同長束正家が使いをさしむけてそれを説かしめた。

「ご無用でござる」

としか、鳥居彦右衛門はいわない。この老人は家康に伏見城残留を命ぜられたときから、すでに死を決意している。増田長盛はさらにその家来の山田半平をして開城を勧告させたところ、

「かさねてかようなお使いあらば、軍神の血祭りにその首を刎《は》ね申すであろう」

といった。

交渉は打ち切られ、攻防戦が開始されたのは七月十九日の夕刻からである。

この十九日の朝、彦右衛門はみずから城外に出、丘陵のあちこちを歩いて防戦にさわりのある民家を焼きはらわせ、正午前に城内にもどると、すぐ部署をきめた。西軍が包囲したのは、その日の薄暮である。

城は桃山の丘陵上にあり、七つの小要塞《ようさい》を巧みに組みあわせてできあがっている。本丸、西ノ丸、三ノ丸、治部少輔丸、名護屋丸、松ノ丸、太鼓丸の七郭で、それぞれ連繋《れんけい》して攻防できるようになっており、丘陵の下からの攻め口が少なく、防御には理想的な城といっていい。

戦いは、射撃戦で終始した。十九日から二十一日までのあいだ双方銃撃しあい、死傷はすくない。

二十二日に、西軍主力が来着した。総司令官は、宇喜多秀家である。この下に小早川秀秋が副将格でいる。以下、島津惟新入道、毛利秀元、吉川広家、鍋島《なべしま》勝茂、長曾我部盛親、小

西行長、毛利秀包《ひでかね》、毛利勝信・勝永、安国寺恵瓊などである。

この西軍の主力が来着した二十三日以後、射撃戦は昼夜となくおこなわれ、その大小砲の発射音は、遠く京まできこえた。

が、たかが射撃戦にすぎないために、守将の彦右衛門は落ちついている。ときに本丸で碁を打ち、ときに城内を巡視して士卒と談笑した。この状態が、二十九日までつづいた。

「あのような攻めぶりでは百日掛かろうとも、陥《お》ちる見込みはありませぬ」

と島左近がその主人三成にいったのは、二十八日の夜である。

このふたりは、伏見にはいない。

三成は、大坂での軍議がおわると、居城の近江佐和山にもどり、美濃進攻戦の準備をととのえていた。三成のうけもった部署は近畿の掃蕩戦《そうとうせん》ではなく、近江から伊吹山麓《さんろく》をこえて美濃平野に進出することであった。

が、伏見攻囲軍にもわずかながら家老の高野越中を指揮官とする人数は出している。この高野越中から日々の戦況はくわしく佐和山に報告されていた。

「この十日間、銃戦ばかりか」

三成はおどろかざるをえない。攻囲軍の諸将はもっとも安全な射撃のみに頼り、白兵を城壁にのぼらせようとはしない。城が射撃のみで陥ちた例はかつてなかった。

「だらしのない」

と、三成はさすがに怒声を発したが、左近には別の見方がある。

（みな、形勢を観望している）

そうとしか思われなかった。攻囲軍の諸将は山上の城に鉄砲を射《う》ちかけつつ、遠く関東で大軍を掌握している家康の出方を見守り、いざとなれば東軍へ転身しようと心掛けているのであろう。本気で城へ一番乗りを試みようとしているほどの者はいないに相違なかった。

「殿が御自ら伏見に参られて全軍を督励されるより手はありませぬな」

「しかし美濃を鎮定せねばならぬ」

三成と左近が案出した戦略の中心はその「美濃」にある。西軍が近畿の掃蕩戦をやっているあいだに三成は自軍六千をひきいていちはやく美濃へ進攻し、大垣城を手に入れて全軍の最前線基地をつくるにあった。

「美濃が、勝敗のわかれめになる」

「左様」

左近はうなずき、

「美濃への準備はそれがしがつかまつりましょう。殿はあすにも伏見へまいられよ」

とすすめた。

三成も、そのように心を決した。わずか千数百人が籠《こも》っている伏見城にこれほどの日数をかけているようなことでは、西軍の威信が落ち、東軍へ走る者が出て来ぬともかぎらない。

三成が軽騎三十ばかりをひきいて伏見に入ったのは、翌二十九日の夕である。諸陣を巡視したあと諸将をあつめ、

「城将鳥居彦右衛門は六十を越えた老人である。城内の士は二千人に満たぬ。それを四万の兵力で囲んで落ちぬとあれば、おのおののご武辺を後世はどうおもうでありましょう」

というと、さすがに議席に声はなかった。上座に宇喜多秀家、ややくだって小早川秀秋がいる。三成はその下座である。

「惟新入道殿、いかが」

と、三成はわざと眉《まゆ》をことごとしくあげて、その老薩摩人のほうを見た。老人には、朝鮮ノ陣で明の大軍をひとつまみほどの寡兵《かへい》でやぶって大勝を博したという戦史上類のない栄光がある。

「なるほど、恥ずべきことだな」

老人は、だまって立ちあがった。いずれへ参られる、と三成がきくと、

「陣へ」

そう言い残して去った。諸将は老人のあとを追った。その夜から、全戦線にわたってすさまじい攻撃がはじめられた。

翌朝、松ノ丸の濠《ほり》にかかっている極楽橋にむかって島津惟新入道麾下《きか》の薩摩兵が突撃したが、城内の各所から集中射撃をうけていったん退却した。その直後に、小早川秀秋の侍大将で猛勇の聞えの高い松野主馬《しゅめ》という者が、濠ぎわまで馬を寄せ、馬上、弓をひきしぼって火矢を城内に射こんだ。その一すじが櫓《やぐら》の軒下に突きささって火を発し、屋根に煙がのぼりはじめた。それを消そうとした城兵一人が焼死したが、火勢はさほどに熾《さか》らず、効果がない。

城には、甲賀衆がこもっている。

そのことに気づいたのは、寄せ手に加わっている長束正家であった。

かれが、近江水口の城主であることは、何度も触れた。水口は甲賀郷の首邑《しゆゆう》であるところから、当然、長束正家の家臣団のなかにも甲賀郷士の出身者が多い。

そのなかで、浮貝《うきがい》藤助という徒士《かち》がいる。

「藤助、籠城《ろうじよう》している甲賀衆はそちと同郷であるが、そのなかでそちの知人がいるか」

と正家はきいた。

「おおぜい、おりまする」

「名をあげてみよ」

と正家がいうと、浮貝藤助は、同郷の連中のなまえを二十ばかりあげた。甲賀はもともと五十三氏からなる有力郷士の連合体として発展してきた地域で、敵味方にわかれていながらも同郷意識がつよい。

正家はそれを利用した。

この浮貝藤助に命じ、城内へ矢文《やぶみ》を射こませたのは、八月一日の日没すぎである。

矢文には、

「城内の甲賀衆に告げる。汝《なんじ》らの名はみな寄せ手のほうでわかっている。されば在所の妻子どもはみな捕縛し、ことごとくはりつけの刑に処するつもりだ。しかし、内応するならばべつである。妻子をゆるすばかりか、汝らの功を厚く賞してやる」

という意味のことが、正家の名で書かれてあった。この矢文を、籠城中の甲賀衆山口宗助、堀十内などがひろった。かれらは仰天し、さっそく松ノ丸や名護屋丸にこもっている同郷の者に内密で伝達し、たちまち同志四十余人を得た。

裏切りは、時を移さずおこなわれた。この夜零時《れいじ》、かれらは城内で行動を開始した。四方の闇《やみ》のなかで跳梁《ちようりよう》し、まず松ノ丸に放火し、つづいて名護屋丸に火をかけ、さらに寄せ手を導き入れるために、城壁を百五十メートルにわたって破壊した。

城内は、混乱した。

籠城戦での敵は、往々にして寄せ手ではなく味方であった。裏切り者が出た、という声ほど城兵を動揺せしめるものはない。

「ついに出たか」

と、本丸にいる城将鳥居彦右衛門は、さほどにおどろかなかった。この小勢《こぜい》ですでに十日以上もささえつづけていること自体が、かれにあたえられた任務からいえば、大きな戦略的成功であった。

注進者の顔をみると、甲賀衆である。彦右衛門は不審におもい、

「汝らは裏切らなんだのか」

ときくと、「甲賀衆にもいろいろござりまする」とかれらは昂然《こうぜん》といった。

「よし。甲賀衆の邪は、甲賀衆をもって討滅せよ」

と、かれらに裏切り者の誅殺《ちゆうさつ》を命じた。かれらは十数人にすぎなかったが、武者声をあげ、

勇躍して裏切り者のこもる松ノ丸の一郭に突撃し、銃撃をあびてことごとく死んだ。その死体を、たちまち猛火がつつんだ。この夜、更《ふ》けてから風があり、火は四方にひろがり、城北の小栗栖《おぐるす》山の天をあかあかと染めだした。

この火をみて、寄せ手の戦意は一時にあがった。どっと濠をわたり、城壁にとりついたが、城兵の活動はおとろえず、登る者はことごとく落された。

寄せ手に、肥後人吉《ひとよし》の城主で相良《さがら》頼房という将がいる。秀吉の晩年、豊臣の姓をゆるされた者だが、いまは、

（いずれか、勝つほうに）

と、東西の形勢にこまかく心をくばりつつ城攻めに参加している。この頼房はのち美濃に進出してから東軍に寝返り、役《えき》後、家康から本領を安堵《あんど》されるにいたる人物だが、しかしいま眼前で燃えあがりつつある敵城を見た以上、じっとしていられなかった。

「かかれや」

と下知すると、響きに応ずるようにその采《さい》の下からするすると駈《か》けだした者があった。物《もの》頭《がしら》の芦原《あしわら》六兵衛である。六兵衛は相良家の馬印を背に負うや、若党二人をつれて石垣をのぼり、のぼりつめたところで馬印を立て、

「相良左兵衛佐《さひょうえのすけ》（頼房）の手の者、一番乗り」

と叫ぼうとしたところを、城兵が駈け寄ってきて六兵衛の胴を串刺《くしざ》しにした。城兵は突き

捨てて去った。

馬印は、城内に捨てられた。

その状況を城壁の下から見あげていた頼房が、「あれよ、馬印のみが敵城内に残ったぞ」と悲痛な声をあげると、馬のそばにいた神瀬九兵衛という者が、

「それがしこそ」

と駈け出し、草履取りの才若《さいわか》という者とともに石垣にとりついた。

この男は登り方に一工夫をした。才若とともども、脇差《わきざし》をぬいて逆手《さかて》にもち、それを石垣のすき間にさしこみ、ひとあしごとに手溜《てだま》りにしつつよじのぼり、やがて城壁の上にのぼった。

城内にとびおりると、馬印が落ちている。拾おうとしたとき、肩を斬《き》られた。とっさに槍《やり》をたてなおすと、内兜《うちかぶと》を突かれ顔じゅう血だらけになったが、屈せずに敵を組み敷き、その首を掻《か》きとった。

掻きとられた男は、じつは味方の小早川秀秋の家来であることがわかった。双方、同時に乗りこみ、たがいに敵とみて撃ちあったらしい。

そのころ治部少輔丸も島津惟新入道の手に落ち、城内に突入した。松平家忠以下の守備兵八百人は夜明けまで戦い、ことごとく闘死した。さらに内藤弥次右衛門のまもる西ノ丸も落ち、守備兵は全滅した。

本丸が、なお残っている。

さきに松ノ丸の軒びさしに火矢を放った小早川家の松野主馬は、本丸月見櫓《つきみやぐら》の下まで馬を

寄せてゆき、ふたたび射あげ、三度におよんだとき、月見櫓が燃えはじめた。

本丸には、鳥居彦右衛門が、なお指揮をとっている。生き残った兵二百を掻きあつめ、薙刀《なぎなた》をかざしてうって出たが、高野越中のひきいる石田勢と激突してその手兵のほとんどをうしなった。彦右衛門はいったん退却し、天守閣へのぼる石段下に腰をおろして息を入れているところを、紀州雑賀《さいが》の住人で雑賀重朝《しげとも》という者に出あい、槍を合わせ、ついに首を渡した。

この彦右衛門の茶坊主で神崎竹谷《ちくこく》という者があり、落城の混雑にまぎれて脱出したが、この日のうちにとらえられて大坂へ送られた。

大坂では三成が直接この竹谷に訊問《じんもん》し、彦右衛門以下の、ほとんど劇的といっていい奮戦とその最期《さいご》のみごとさに感動し、

「彦右衛門の子は、新太郎とか申したな」

と念をおした。竹谷は、平伏した。

「左様でござりまする」

新太郎忠政は、家康に従軍して関東にある。

「その新太郎に、父の最期を、そちの口から伝えてやれ」

といってこの捕虜の死をゆるし、伝馬船《てんません》一艘《そう》をあたえて関東へ送った。

豊前の人

上方の変報が九州に入ったとき、

「機《しお》はめぐるものよ、わしも天下の主《ぬし》たるべきときがきたかもしれぬ」

とおもい、ひざをたたいておどりあがったびっこの老人がいる。豊前《ぶぜん》中津城の黒田家の隠居如水であった。ときに如水は、数えて五十五歳である。

如水は、通称官兵衛といった。官名は勘解由《かげゆ》である。播州姫路のうまれであった。戦国期きっての、というより、日本史上まれにみる策士というべきであろう。秀吉とのめぐりあいは、秀吉がまだ織田家の部将として中国征伐を担当していたころであった。当時播州の一豪族の家老にすぎなかった如水は秀吉を見こみ、秀吉のために奔走し、さまざまな策をさずけた。

この時期から豊臣家の天下が出現するまでのあいだ、秀吉の行動の大半は、如水の書いた筋によったといっていい。秀吉が絶世の名優とすれば、それに台本をあたえ演出をしたのはこの黒田如水であった。

が、豊臣家の天下が成立すると、この創業の功臣はわずか十数万石をあたえられたにすぎず、しかもその領国も、京大坂から追いしりぞけるように九州の豊前をあたえられた。

「太閤は黒田官兵衛の智謀・謀才をおそれておられる」

という説が、はやくからあった。たんなる風説ではない。この機微は、秀吉と如水がもっともよく知っていたであろう。

秀吉にとって如水が必要だったのは、天下をとるまでのあいだであった。とってしまえば、むしろ邪魔になった。無能者なら秀吉はいくらでも大封《たいほう》をあたえてその功労にむくいるであろうが、如水に大封という実力をあたえれば虎《とら》につばさをつけるようなものであった。秀吉の死後かならず如水は豊臣家の天下をうばうであろうというおそれが、秀吉にはあった。

秀吉がそういう神経をつかっているということは、如水にもよくわかっていた。如水は戦国武将にはめずらしく読書人でもある。古代中国の例も知っていた。古代帝国創業の功臣たちが、帝国が樹立して安定したあと、さまざまな理由をつけられて、殺されたり辺境に流されたりしている例を、如水はよく知っている。

狡兎《こうと》死して走狗《そうく》烹《に》らる、ということばがある。すばしっこい兎《うさぎ》が野山で取りつくされてしまうと、それまで猟師のために働いた猟犬が不用になり、殺して烹て食われてしまう、という意味である。如水はそのことばも知っている。

(まだ殺されぬがましだ)

とおもっていた。この男のおもしろさは、それを皮肉に思ったり拗《す》ねたりしないところであった。秀吉に対して、自分に対する処置について不平を洩《も》らしたこともなく、それをわが家来にも不満をもらしたこともない。

（当然の運命だ）

とおもっている様子であった。如水とはそんな男だった。この男はつねに自分を客観的にみることができたし、自分の運命を自分でおかしがれる性質をもっていた。

秀吉の在世当時、殿中の夜ばなしに、

「おれが死んだあと、たれが天下をにぎるかあててみよ」

と、左右にいった。むろん座興である。だから左右も遠慮なしに意見をのべた。徳川家康の名も出たし、前田利家の名も出た。蒲生氏郷《がもううじさと》という名をもちだす者もあった。

「ちょっとちがうな」

と、秀吉は言い、おれのみるところはあの黒田のチンバよ、といった。

みな意外におもった。なるほど黒田如水の器量は豊臣家の諸侯のなかでは群をぬいているかもしれないが、なにぶん少禄《しょうろく》である。少禄ではいかに器量があっても天下をあらそうほどの仕事はできない。

「ところがあの男にはできるのさ」

秀吉はそういった。

その話が、まわりまわって如水の耳に入ったとき、如水は隠居を決意したらしい。

（これはあぶない）

とおもったのであろう。すぐ登城し、病気を理由に、隠居を申し出た。秀吉は如水の入道隠居をゆるさず、ただ家督を息子の長政にゆずるだけをゆるした。如水はさらに時機をまち、朝鮮ノ役がはじまって二年目に剃髪《ていはつ》した。

数年後、秀吉は死んだ。当時如水は伏見の屋敷にいた。

(ときはきた)

とおもったのであろう。政局の中心地である京大坂を去り、九州に帰った。この政局のもっとも重要なときに政争の中心地を去って九州に帰ったことについては、如水にしかわからぬ秘策がある。

古来、日本の武力の培養地は、関東と九州である。源頼朝は関東からおこって平氏を駆逐した。平氏は西国にのがれ九州の兵をあつめて再び決戦をはかったが、事はならずにほろんだ。ついで足利尊氏《たかうじ》は関東でおこり、京で政争したが事にしくじり、いったん九州にのがれてそこで軍勢をあつめ、ついにその武力を背景に天下をとった。

いま、家康は関東にある。

如水は九州に帰り、九州を平定し、その兵力をもって京を争おうと考えた。が、この秘略は腹心の家来のたれにも明かさず、褐《かちん》の頭巾《ずきん》をかぶり、青竹一本をもって大坂を離れた。

離れるとき、この男は、大坂留守居役の栗山四郎右衛門に命じ、独特の通信施設を設置しておいた。

その通信法というのは、船足のはやい軽舟を大坂、鞆《とも》、上関《かみのせき》の三港につないでおき、いざ大坂に変事という場合は、その軽舟を駅伝のように九州のかれの城に速報するのである。

この通信船が三成の挙兵を報じてきたのは七月十七日の昼すぎであった。

如水は、町歩きのすきな男である。この日たまたま城下の富商伊予屋へあそびに出かけていたが、伊予屋の茶室でこの変報に接するや、

「きたか」

と小さく叫び、連れの客のほうに顔をむけた。連れの客とは、隣国の豊後《ぶんご》の大名で、竹中隆重《たかしげ》といった。豊後高田に城をもち、分限は一万三千石という小さな大名であった。竹中隆重は、出身は美濃である。秀吉の初期、つまり中国征伐までの時期、秀吉のそばにあってさまざまの策をさずけた軍師竹中半兵衛重治《しげはる》の一族で、その従弟にあたる。

「どうか、なされましたか」

と、若い竹中隆重はきいた。偶然なことながら故竹中半兵衛は秀吉の創業なかばまでの軍師であり、黒田如水は秀吉の創業を完成せしめた軍師である。

隆重は、如水を敬慕していた。隣国のことでもあり、ときどき国境をこえて如水の城にあそびに来る。きょうも、如水の中津城を訪れたところ、

「城下の町人の家へ茶をのみにゆこう」

と如水にさそわれ、この伊予屋の茶室にやってきていたのである。

「治部少が、旗をあげたのさ」

如水は笑った。

この老人は、晩年の秀吉を独占した三成についてどんな誹謗《ひぼう》も口にしたことはないが、その存在を不快に思っていることはたしかであった。

朝鮮在陣中も、如水は戦術顧問として渡鮮したが、三成ら若手の軍目付《いくさめつけ》がこまごまと癇高《かんだか》く立ちはたらき、この老人にろくに相談もしなかったため、如水はばかばかしくなって陣中碁ばかりをうっていた。その如水の怠けぶりが、三成によって秀吉に報告された。三成の官僚気質からいえば、如水のような形式上の怠慢がゆるせない罪状になってくるのである。

報告に接して秀吉は激怒し、如水と謁見しようとはしなかった。如水は閉口した。それでもこの男は、三成の悪口をいおうとはしなかった。

(三成はああした気質のああした役目のおとこだ。ああしたことを太閤に言上するのは当然だろう)

と、物事の見えすぎる目をこの男はもっている。ただ如水のおそれるところは秀吉に、

(官兵衛、謀叛《むほん》)

という疑念をもたせることであった。この場合、勘気をうけてなまじい蟄居《ちっきょ》してしまうと、かえって、謀叛の支度をしているのではないかと疑われるおそれがあるとおもい、如水は毎日登城し、秀吉の御座所の隣室などで朋輩《ほうばい》と高声で雑談した。芸のこまかい男であった。

いずれにせよ、如水が三成に好意をもっているはずがなかった。秀吉の謀臣は、最初は竹中半兵衛重治、ついで黒田如水、それらはいずれも動乱期の軍師であった。晩年の治政時代

にあっては石田三成がその地位についている。如水にすれば、自分が動乱のなかで秀吉をたすけて取らしめた天下を、三成がまるでわがもの顔にして威権をふるっていることに、我慢できるはずがなかった。

それを、如水は我慢してきた。よほど如水には器量の大きなところがある。

さて、相客《あいきゃく》の竹中隆重である。この変報におどろき、

「世は、いかがになりますか」

と、如水にきいた。

「治部少は負ける。内府の敵ではない」

如水は、躊躇《ちゅうちょ》なくいった。

「しかし、なにぶんの大軍同士だ。すぐ決戦して一挙に雌雄がきまる、というわけにはまいるまい。どうせながびく」

これが、如水の見通しであった。すくなくとも関ケ原の一戦で事が決しようとは、如水は思っていなかった。

「長びく」

という見通しに、如水の願望がこもっている。長びけば長びくほど、如水のためには幸福であった。そのあいだに大いそぎで九州を平らげ、その兵をひっさげて中原《ちゅうげん》にのぞみ、勝ったほうと一戦をまじえて一挙に天下をとろうというのが、如水の構想であった。

ただ、当主の長政が、黒田家の兵をひきいて家康のそばにいる。家康が三成に勝てば、そ

の勝者の家康が如水の敵になる。家康のそばにいる子の長政をどうするか。

（やむをえぬ。捨て殺しにしよう）

と、如水はこのときおもった。事実、関ケ原ノ役がおわったあと、如水は凱旋《がいせん》してきた長政に、その旨《むね》をはっきりといっている。

さて如水は、竹中隆重に「家康に味方《ないふ》せよ」と教え、すぐその場から豊後高田の居城に帰らせた。

如水は帰城すると、重臣をあつめて陣触れを命じた。

重臣たちは、唖然《あぜん》とした。陣触れ、といっても、兵が無い。黒田家の兵の大半は若当主の長政がひきいて関東に行ってしまっているのである。城に残っている者は、警備に必要な最小限の人数と、老人か女子供であった。これでもって九州の石田方を平らげ、ついには九州一円を手に入れようというのは、鬼神でないかぎりむりであった。

「なにを疑うておる。そのほうどもの主人は黒田官兵衛であることを忘れるな」

と、如水は笑った。

すぐかれは天守閣に貯蔵されている通貨の高をしらべさせた。如水は秀吉と同様、貨幣経済が興りはじめたときに成人しているため、その価値や使い方をよく知っている。かれは平素、吝嗇家《りんしょくか》といわれるほどに一銭一厘もおしんでその貯蓄を心がけてきた。

（金さえあれば人はあつまる）

とこの男はおもっていた。

そこで領内に触れを出し、領外にまで人を出して募兵《ぼへい》にとりかかった。

「牢人《ろうにん》はむろんのこと、戦さをして身を立てようとする者なら、百姓、町人、職人でもよい、みな集まって来《こ》よ。立って動けるほどの者なら老人でもかまわぬ」

というのが、募兵要旨の内容であった。

それらが、ぞくぞくとあつまってきた。珍風景といってよかった。つぎはぎだらけの古具足をつけている者、甲《かぶと》だけの者、農耕馬にのって紙の陣羽織を着ている者、それらが城門を堂々とくぐってきた。

如水は、かれらを広庭《ひろにわ》に導き入れさせ、自分は庭に面した大広間の濡《ぬ》れ縁に床几《しょうぎ》を出させ、そこに腰をおろしてかれらを応接した。相変らず褐の頭巾をかぶり、隠居の風《ふう》である。その大広間は、四方障子があけはなたれ、座敷いっぱいに金銀が盛りあげられていた。そのおびただしさは、見る者の肝をうばった。

「さあ、支度金である。呉れてやれ」

と、如水は命じた。

家臣たちは、応募兵に列をつくらせて一人々々に金を配った。馬に乗って供を数人でも連れている者には銀三百匁《もんめ》、歩行《かち》武者には銀百匁、雑兵級には銀十匁ずつを配分した。

応募兵たちのうちで、いったん貰《もら》いながらも再び列のうしろにならんで二重三重に取るものもあったが、如水は頓着《とんちゃく》しなかった。

そこが政治というものであった。

「捨てておけ。二重に受けとろうが三重に受けとろうが、味方になる者どもだ。むだになったわけではない」

とにかく応募兵たちが大いに頼もしく思ったのは、座敷に山と築かれた金銀であった。これだけの金銀があれば、長期戦にも十分耐えられるし、きっと味方が勝つであろうとおもった。

如水は、応募兵のひとりひとりに声をかけ激励してやった。中津城の御隠居様に声をかけられるだけでもかれらは昂奮《こうふん》した。こういう兵の機微を、秀吉、家康をのぞいては、如水ほど心得た男はいなかった。

こうしているうちに、大坂の石田三成から密使がきて、「お味方に加わってほしい」と要請した。

如水は、意外にも快諾した。だけでなく、

「恩賞に望みがある。九州のうち、七カ国を賜わりたい。それをお約束してくださるなら家康など、この如水一手ででも粉砕してくれよう」

といった。使者はよろこび、「恩賞の件は、大坂にて僉議《せんぎ》の上、さっそくにお返事つかまつる」といって辞し去った。

如水の家来たちはおどろいた。徳川方につく、といって募兵を開始したはずなのに、いままた石田方につく、と確約している。

「いったい、いかなるご胸中でございましょう」

と、老臣の井上九郎右衛門という者が、進み出て訊《き》いた。

「わからぬのか」

如水は、家来たちの迂愚《うぐ》さにむしろおどろいているようであった。

要するに九州は圧倒的に石田方の勢力がつよい。大名の姓でいうと、小早川、毛利、竜造《りゅうぞう》寺《じ》、鍋島、立花、小西、秋月、相良、高橋、伊東、中川、島津などである。

徳川方といえば、

「加藤清正と細川忠興だけではないか」

四囲はみな敵である。こういうときに「徳川方」という旗幟《きし》を明快にしてしまえば四境から寄ってたかって討ちとられてしまう。

「だから、だましておく。治部少もおそらくわしをだまして軟化させるつもりで密使を出したものであろう。わしはその治部少の策謀を逆手にとったばかりよ」

といった。心の底からいえば、如水の敵は三成ではない。三成を家康にほろぼさせ、その家康を如水がほろぼす、というのがこの男の戦略であった。だから如水にすれば、この時期、三成をも家康をもだましておく必要があったのである。

如水は、働きはじめた。

例の応募兵三千六百をひきい、わずか十日ばかりで九州の西軍加担の留守城を半数ばかりおとし入れてしまった。

この間、如水は甲冑《かっちゅう》も着ていない。ただ馬に乗り、采配《さいはい》をもってコトコトと出かけてゆく。

戦えばかならず勝った。そのいそがしさは、自分の居城の前を通りながら、城にも立ちよらぬこともあるほどであった。

飛　報

家康が、ついにかれの運命を決するにいたった野州小山の宿についたのは、七月二十四日のことであった。

野州小山は、いまは栃木県小山市になっている。奥州街道の宿場として古くから栄えつづけてきた聚落《しゅうらく》で、家数は五百軒ほどもあるであろう。

最初、会津へ軍を発するにあたり、

「二十四日の宿営地は小山がいい」

といったのは家康自身であったことはすでにのべた。この小山は、遠いむかし、鎌倉幕府をひらいた源頼朝が、奥州征伐にゆくときに宿営地として使った土地である。家康はその縁起をかついだ。

「城があろう」

とそのとき家康はいった。源平時代からある城館で、城といってもすでに天正年間に小山氏の滅亡とともに廃城になっていたが、家康が一夜の宿をとる程度なら、寺院その他の郭内《かくない》建造物はのこっている。

家康は、夕暮についた。

すぐ湯殿に入《はい》り、そのあと御座所に入ると、この奥州への行軍についてきている側室のお夏に腰をもませた。

「そちの手は、効《き》く」

家康は、あかるく笑った。

「若いせいだろう」

お夏は、二十である。伊勢の出身で、兄は伊勢北畠《きたばたけ》氏の遺臣長谷川三郎右衛門といい、いまは徳川家臣になっている。

家康の数多い側室のなかで、「三人衆」とよばれる古参の連中は大坂に人質として置いてきたため、このもっとも年のわかいお夏がこんどの軍旅につき従ってきた。

美貌《びぼう》のうえに性格が温和で、しかも気転がきくため、家康はこの孫のような女をいまはもっとも可愛がっていた。

「なにしろ天正九年うまれだからな」

と、家康は、お夏についてはそれをいうのが口ぐせになっている。天正九年うまれの者が、一人前のおとなの体つきと機能をもっていることじたいが、家康にとっては愉《たの》しいかぎりであるらしい。

余談だが、この家康の晩年の身のまわりを世話したお夏は八十歳の天寿をたもち、四代将軍家綱の万治三年に死に、小石川伝通院に葬られた。

　小半刻《こはんとき》ほど揉《も》ませ、やがて夕食を摂《と》ろうとしたとき、廊下で人の足がさわいだ。

「なんだ」

　家康が目をあげるよりも早く、お夏が廊下に出ている。そこに、井伊直政がうずくまっていた。

「伏見から」

　伝令がきた、という。やがて落城するはずの伏見城から、守将鳥居彦右衛門が、密使を家康に発したのである。

　この歴史的な伝令の士の名を、浜島無手右衛門《むてえもん》といった。

　家康は、浜島を、しきい際《ぎわ》まで進ませ、この男の口からくわしく上方の急変の模様をきいた。

（ついに、きた）

　という異様な昂奮《こうふん》が、家康の血をどよめかせている。

　浜島がつたえた伏見城の現状は城を包囲されて開戦寸前という段階で、

「それがし以下、死力をつくして城を固守し奉らん」

　という彦右衛門の言葉を、浜島は代わって家康に言上した。

　家康は終始無言であったが、最後にこのことばをきくと、

「ふむ、ふむ」

と二度大いそぎでうなずいた。涙があふれそうになるのを、老人は懸命にこらえている。

「万千代」

家康は、若い謀臣井伊直政をよんだ。直政はすでに次の間にひかえている。

「事態は急変した。使番を出して諸陣を駈けまわらしめよ。軍旅は一時停止する。あす二十五日、この小山にて軍議をひらく。その旨、諸将につたえよ」

なにぶん、七万の大軍である。第一軍の司令官秀忠はすでに三十キロさきの宇都宮《うつのみや》にあり、諸将は街道の部落々々に宿営し、最前線と最後尾の距離は六、七十キロにおよんでいる。

使番には旗本の鎮目《しずめ》彦右衛門がえらばれた。鎮目は、背に母衣《ほろ》をかけ、馬をひきつけて飛び乗るや、馬蹄《ばてい》をとどろかせて街道におどり出た。

そのあと家康は、お夏に煎茶《せんちゃ》をもって来させ、しずかに喫《きっ》した。

思案顔である。

(この事態はすでに予測していた)

予測の上で、わざと三成に隙《すき》をみせるために大坂を発《た》ち、奥州征伐に出たのである。さそいこんで撃つ、という家康が打った生涯《しょうがい》最大の大ばくちであった。

それだけに家康は不安でもあった。

(はたして注文どおり、三成が兵を挙げてくれるかどうか)

ということである。

ところがこの不安は、ここ数日来、徐々に解けはじめていた。大坂の変事を在坂《ざいはん》の諸将が家康に密使を送って報《し》らせてきている。

奇妙なことに、それらはすべてが三成の「味方」の諸将であった。三成の盟友であるはずの奉行増田長盛が、「三成挙兵のキザシあり」との第一報をこの十九日、家康にとどけたことはすでに触れた。

つづいて三成の無二の盟友である奉行長束正家、同前田玄以も、同様の内容の密書を送ってきた。さらに昨二十三日には蜂須賀家政、生駒正俊の密書が家康の手もとにとどいている。

当の三成はこれら盟友が、ともに兵を挙げつつもひそかに敵である家康に媚《こび》を売っていることについてはなにも知らない。

(世間は大きくわしに傾いている)

と、家康は、これら諸将の心情を軽蔑《けいべつ》しつつもこの相次ぐ奇現象で自分の賭《か》けの前途を大きく楽観しはじめていた。

(三成は、一人狂言を打っているにすぎぬ)

と多少、おかしくもある。

世間は、欲望と自己保存の本能でうごいていることを、家康はこの齢《とし》になってしみじみと知らされた。

西軍についている諸将も、はたして西軍が勝つかということについて、夜も眠れぬほどに不安なのであった。家康は関東一円をおさえる大大名であるのに、三成は琵琶湖畔に城をもつ中程度の大名にすぎぬ。

（このような男についていては）

という不安が、三成の盟友にさえあるのであろう。かれらは豊臣家の護持などということよりも、自家の温存をねがった。

が、家康が勝つとはきまってはいない。三成が勝つかもしれなかった。そのために身は大坂に置きつつも、味方の情報を敵に流すことによって、どちらが勝ってもいいような処置をとった。

（それがこれらの密書だ）

ということぐらいは、人の心情を見ることに慧《さと》い家康はわかりぬいている。しかしそれをとがめだてすることはできない。家康にいま必要なのは、この種の裏切者ができるだけ多く出てくれることであった。

こうした在坂諸将の密書は、すべて山伏《やまぶし》や行商人に身をやつしたそれぞれの大名の選りぬきの脚夫《きやくふ》によって運ばれてきた。それらはいずれも、密書をコヨリにして髪の元結《もとゆい》や笠《かさ》のひもに秘められていた。家康はこれらの密書を、秘密にはしなかった。

公開した。

密書であるのに、異例の処置というべきであった。このために幾通にも写しとらせ、全軍に回覧させた。後の世の新聞のごときものであった。この処置は、味方への心理的作戦といっていい。

（西軍にはこれだけの裏切者がいる）

と味方の諸将はおどろくであろう。

(西軍の中核である奉行さえ、このとおり内府に心を傾けているのだ。戦いは徳川の勝ちに相違ない)

ということを、家康は、自分がひきつれている豊臣家の諸将に思わしめようとした。この心理こそ、家康の勝利をつくりだしてくれるもっとも重要なものであることをこの百戦練磨《れんま》の老人は心得ていた。

が、なんといっても、上方の情勢についての決定的情報は、伏見城の守備隊長鳥居彦右衛門の手紙であった。これが、東軍にとっては正式報告といっていい。

だからこそこの報告に接するや、家康は全軍に前進停止を命じ、あす軍議を招集する旨を通達せしめたのである。

「そのまえに」

と、家康は、茶を喫《の》みおわって井伊直政にいった。

「内々《うちうち》の軍議をひらきたい。内々のみ、いまこれへ集まるように」

内々というのは幕僚会議というべきものであろう。議題はひとつである。いま前進して予定どおり会津の上杉氏を討つか、あるいは軍を旋《めぐ》らせて西へ長途の行軍をし、いずれかの土地で三成と決戦するか、それともほかに妙案があるか、ということであった。

(わしの肚《はら》はきまっている)

家康は、ふだんよりもつややかな血色をみせつつそう思った。

（しかし弥八郎や万千代たちの意見もきいてやらねばなるまい）

この老人のむかしからのやり方だった。かれは信長や秀吉のように自分の天才性を自分自身が信じたことは一度もない。つねに衆議のなかから最も良好とおもわれる結論をひろいとった。自分に成案のあるときも、それを隠して衆議にはかった。結局はかれ自身の案を断行するにしても、衆議にかけることによって、幕僚たちは頭脳を練ることができたし、それを平素練りつづけることによって徳川家の運命を自分の運命として感ずる習性を養った。

ほどなく、いつもの顔ぶれが集まった。

「弥八郎は？」

家康は、燈火のゆきとどかぬ次室をのぞいた。

「ここに」

と、家康がもっとも信頼する鷹匠《たかじよう》あがりの謀臣本多正信はしわだらけの顔を振って答えた。

「見えにくい顔だ」

家康はめずらしく冗談をいった。正信老人は色が黒く、そのために灯明《ほあか》りのとどかぬ暗がりではみえにくいという意味である。そのひとことが、みなの気分をほぐした。

「伏見なる彦右衛門の書信《たより》、みなも聞き知ったであろう。事態はすでにかわった。それについて存念あらば、ここで聴いておきたい」

正信の唇《くち》もとが、うずうずしている。喋《しゃべ》りたいようであった。

が、正信は家康の政治方面の謀臣で、軍事には堪能《たんのう》ではない。

これについて正信は幾度も、家康の武官たちから面罵《めんば》されて痛いめにあっている。たとえばむかし長篠《ながしの》の戦いのとき、戦場が大いに混乱してみな殺気立った。そのとき正信がなにか作戦上の意見をいうと、家康麾下《きか》きっての武辺者の渡辺半蔵がおどりあがって、

「やあ弥八。そのほうなどは算木《さんぎ》をはじいて塩、みその入用を勘定するか、野先《のさき》でお鷹《たか》をならべることこそ巧者ではあろうが、戦場のことはその面《つら》でなにがわかる」

とどなりちらしたことがある。

長篠の戦いは天正三年のことだ。すでに二十五年経《た》ったこんにち、正信の地歩はさらにあがり家康の信頼度はいよいよつよくなっている。だから当時あれほどどなりつけた「槍《やり》の半蔵」さえいまは蔭《かげ》で正信の悪口をいっているにすぎないが、武将たちの正信への憎しみは当時よりもいよいよ濃くなっている。

側近の運命というべきものであろう。第一線の武将からきらわれてきた点では、秀吉における石田三成の場合とかわらない。

が、正信は言いたいのだ。

「弥八郎、なにか、言いたそうだな」

と、家康は水をむけてやった。弥八郎はうなずき、まず唾《つば》をのみ、やがてしゃべりはじめた。

「この陣中の大半は豊臣家の大名でござりまする。かれらはみな大坂に妻子を残し、その妻子は治部少輔の手ににぎられておりまする」

「ふむ」

家康は、おだやかな顔色でうなずいた。

「それで？」

「左様、人の情とはおそろしいものでござりまする。かれらみなこの妻子の身の上を案じ、たとえお味方についたところで裏切るやも知れず、この点頼りになりませぬ」

「それで？」

家康はあとをうながした。

「ここはひとまず軍を解き、かれらを領地に帰し、しかるのちに去就を決めさせるのがもっともよろしゅうございましょう。上方の軍に対しては当家一手で戦う所存をきめ、その軍略といたしましてはまず箱根を固め、敵の来たり攻めるのを待ってこれを一挙に撃破するに如《し》くはございますまい」

（おやおや）

と、家康はおもった。

要するに正信の意見は、戦いは徳川軍だけとし、箱根を要塞《ようさい》化して敵を山岳戦にひきこんで撃破するというものであった。

（妙な男だ）

と、家康はおもった。政治むきの駈けひきや策謀ではあれほどの才能をもったこの男も、こと軍事となると幼児のようなことをしゃべっている。

それに、家康の腹中にある基本戦略については正信は十分に理解しているはずとおもっていたが、

（この男は、なにもわかっていなかったのではないか）

と家康は思わざるをえない。

（あるいは性分《しょうぶん》なのか）

とも家康はおもった。家康の基本戦略を正信は十分理解しつつも、いざ開戦となれば動揺し、因循姑息《いんじゅんこそく》な国土防衛一点ばりの方式に翻心《ほんしん》してしまったのである。

（もともと用心深すぎる性質だ）

家康は同情的にみてやっている。戦さがばくちである以上、用心深すぎる退嬰《たいえい》方式というのはいつの場合でも通用しない。

「そうか」

家康は、正信の面子《メンツ》を立ててやるために、考えこむ表情をつくった。

それをみておどろいたのは、他の軍事参謀たちである。家康がまたしても正信の口車に乗るかと思い、あわてて二、三人、声をあげながら膝《ひざ》をすすめた。

「やあ、われらは反対でござりまする」

と、まず井伊兵部《ひょうぶ》少輔直政がいった。

「左様なことではお家の負けじゃ。いま勢いに乗って怒濤《どとう》のごとく西にむかえば、従軍してきている諸大名も大坂の妻子のことをかえりみるゆとりはありますまい。殺されなば殺されよ、一家一族の滅亡のときぞと思い、御当家について参りましょう。この怒濤の勢いのなかで、われ一人妻子が気になると申して帰国する者はよほど勇気のある者でござりまする。普通左様な者はおりませぬ。この上杉征伐の軍旅のまま、軍を旋回して石田を討てばかならずお味方の御勝利と存じまする」

「兵部、若い」

と、正信が半畳《はんじょう》を入れた。若いというのは諸大名の人情を察する上においてである。

「なんの若いものか。戦さとは勢いだ。勢いに乗じてやらねば事は成らぬ」

「万千代」

と、家康は直政を通称でよんだ。この直政を、家康は児小姓のころから使ってきているのである。

「もっと申せ」

「上様。いまこそ天下をお取りあそばす絶好の機でござりまするぞ。天が、上様に天下をとらしめようとしている。天の与《あた》うるところを受けざればかえってその咎《とが》を受く、という本文《ほんもん》がござりまする。思うに、徳川の天下を取るはこの一挙にござりまする。すみやかに西上して天下を統一すべきである」

「よう申した」

家康はうなずき、しかしそれ以上は意見をいわずこの「内々の軍議」をこれだけで打ちきった。

すべては、あすである。あす、豊臣家の諸大名がことごとく参集したうえで西上の意見を盛りあげるべきであった。

それには、工作が要る。

明日

家康は、あす、この小山でひらかれる諸侯会議こそ徳川家盛衰のわかれみちであるとみていた。徳川家だけではない。

歴史が、変転するであろう。

「弥八郎、万千代」

と、本多正信、井伊直政のふたりの謀臣に対し、その覚悟をうながした。

「心得ておりまする」

本多正信老人は、鼻翼にしわをよせてふかくうなずいた。正信も直政もわかっている。

(あすの軍議でしくじれば、いままで積みかさねてきた策謀のかずかずは一挙にくずれさってしまう)

家康が、この上杉征伐につれてきている諸将の大半は豊臣家の諸侯である。客将であった。

かれらがわざわざ兵をひきいて家康に従軍している法的根拠は、豊臣家の家老である家康の命令による。家康の立場も、

——秀頼様の天下の治安をたもつために反乱者である上杉景勝を討つ。

ということが大義名分になっている。この場合、家康は私人ではなく、あくまでも故秀吉から任命された秀頼の行政上の後見人という公的な立場であった。だからこそ豊臣家の諸侯を動員することができた。

(それをあすの軍議で一挙に私兵にしてしまうのだ)

せねば、天下はとれない。かれら従軍諸将の力をかりねば、雲霞《うんか》のごとき西軍の大軍は打ちやぶれないのである。

(むずかしい)

と、正信でさえ思う点がある。敵の石田三成は豊臣秀頼を擁し大坂城に本陣をすえているのである。家康はむろんのこと、客将たちの主人であり、主家の城であった。一昨年、秀吉の生存の最後の瞬間まで豊臣家に拝跪《はいき》し、病床の秀吉に対し何度となく「秀頼様に二心あるまじき」旨《むね》の誓紙をさしだしたその主家に、白刃をむけることになるのである。

(はたしてそれをかれらはするか)

というのが、正信の心配であった。

この点については、家康の座所ちかくに控えの間をとっている正信、直政は何度も論議をかさねた。

「老人、ご心配には及ばぬ」

と、この点、若い井伊直政のほうが、豊臣家諸侯というものを明確に規定し、割りきっていた。

「彼らは利欲で豊臣家の傘下《さんか》についた連中である。義心などはない」

と、若い直政はいった。この点、三河以来の譜代衆の多い徳川家とはちがうのである。

「いまの大名のほとんどは織田家の家来衆であった。細川、前田、池田、山内など、みなしかりである。かつては故太閤といわば同僚であった。むかし故太閤が、中国の毛利を討つべく信長公から諸将をあずかり、姫路城のさきまで踏み出しておられた。そのとき本能寺ノ変がおこり、信長公は明智光秀のために弑《しい》され奉った。故太閤はすぐ軍をかえし、山城の山崎で光秀の大軍をやぶって天下取りの石段を一挙に駈《か》けのぼられた。そのとき与力（信長が秀吉に付属せしめた）大名小名は、ことごとく故太閤の家来同然になり、やがては家来になって、いまの豊臣家がある。諸侯のほとんどは、故太閤の譜代の家来ではない。故太閤に付き従っているほうが得《とく》、ということでつき従った。かれらに、豊臣家への義心、忠節の性根があろうはずがないではないか」

「ながい御講釈だ」

正信は年若い同僚をかるく皮肉った。そのような歴史的説明や豊臣家諸侯観は、若僧に説明されなくても正信は骨の髄から知りぬいている。

「しかし、その一視点をもって割り切りすぎはしまいか」

物事を大胆に割り切るのは若者の特徴であり、同時に弱点でもある。

「老人というものはそうではない」

物事の陰翳《ニュアンス》を考えすぎて、そうやすやすと割りきれるものではないということを常に感じ、常にその立場に立っている。

「なるほど太閤は、卑賤《ひせん》から身をおこしたために先祖代々の譜代の家来というものをもたぬ。譜代重恩《じゅうおん》の家来はお家の宝であるということばがあるが、なるほど豊臣家にはそういう家来はいない。いないことを、故太閤はつねに不安に思い、そのために諸侯に対してはあたうかぎりの恩義をかけてきた。その衆が太閤の恩を思いだせばこれは大変なことになる」

「老人の取り越し苦労だ。それほど可愛気《かわいげ》のある大名がいるはずがない。みな、自家の利害のみで動こうとしている欲得の亡者《もうじゃ》のような者ばかりだ」

「まあ聴け。それにいまひとつは、譜代ともいうべき子飼い大名がいる。西軍にまわった宇喜多秀家、小西行長、石田三成、それに当地に従軍してきている福島正則、さらには九州の熊本ではるかに御家(徳川家)に忠勤をちかってきている加藤清正、これらはその尤《ゆう》たる者だ。譜代の強力なる者といっていい」

本多正信はそう言い、

「とくに福島正則などは」

と、その名を重々しく持ち出した。尾張清洲《きよす》の桶屋《おけや》のせがれにうまれた正則は、故太閤にとっては従姉の子であり、血縁者のすくない太閤としては貴重な存在であった。これを清正とともに豊臣家の藩屛《はんぺい》とすべく、ずいぶんと目にかけ、二十代で大名に抜擢《ばってき》し、いまではその生国《しょうごく》の尾張清洲で二十四万石、とくに羽柴の姓をさずけられ、官は侍従で、世間からは、

——羽柴清洲侍従

という尊称さえ受けている。

「この男の意向はどうか」

と、本多正信が老人らしく心配したのもむりはなかった。福島正則はその性格は単純勁烈《けいれつ》で、野戦攻城にあたっては命もかえりみず突撃に突撃をかさねる典型的な軍人的性格をもっている。そういう性格だけに、豊臣家への忠節心もつよく、ひとつまちがえば幼君秀頼のためならば一族郎党をあげて火のなかでも飛びこむ性格をもっている。

しかも、このたび上杉征伐に従軍してきている正則は、家康支配下の客将のなかでは最大の軍容を擁していた。その兵数、六千である。

(あの男につむじを曲げられてはかなわぬ)

という心配は、若い直政にもあった。

その点を、家康も心配している。

ある意味では、福島正則の向背こそ、歴史を変える分岐点であるかもしれない。

「そのほうどもふたりを呼んだのは、左衛門大夫(正則)のことだ」

と、家康はいった。

もはや刻限は、夜九時をすぎているであろう。しかし夜陰とはいえ、いまから正則に対し、下工作をさせる必要があった。

「なにか、あの左衛門大夫に下工作《したばなし》をしているか」

「いえ」

と、正信老人は、指さきで額の汗をぬぐった。無能怠慢といわれてもしかたがないが、工作といえば正則に対しては大坂のころから黒田長政があれこれと懐柔しているはずであった。そのように言上《ごんじょう》すると、家康はひどく余裕のない表情で、

「それはわしも知っている。左衛門大夫が治部少を憎み、わしに好意をもっていることはまえまえからきいている。が、いまわしがいうのはそのことではない」

家康は、表情を沈めた。

「あすの軍議のことだ」

「と申しますると？」

こうなれば、正信も直政も、所詮《しょせん》は一介の参謀の能にすぎない。家康の巨大な思考能力のまえには、単なる傾聴者でしかなかった。

「あす、わしは諸客将を前にして、評定のまず最初に、敵につくか味方につくかを問う。はっきりと問い、敵につくならばこの場から国許《くにもと》に帰って戦さ支度をせよ、邪魔だてはせぬ——というつもりだ。そのつもりでいる」

家康は、唾《つば》をのんだ。さすがこの千軍万馬の老練の男も、その当日の議場とふんいきを想像して緊張しきっているのであろう。

「想像するに諸客将《みな》は」

と家康はいった。

「首を垂れ、固唾《かたず》をのみ、だまりきってしまうであろう。評定の場は、満堂水を打ったがごとくしずかになる。人情である。みな、たれしもが発言をおそれるのだ。応《おう》にしろ否《いな》にしろ、自分から口火をきる勇気のある者はいない。それに」

と、家康はつづけた。

「みな豊臣家への恩顧を多少ともおもっている。応、と声をあげることがこわいのだ」

家康は、こういう点、人間というものがどういうものであるかに通じきっている。秀吉もそうであったが、家康もこの能力をもって若年のころからつねに軍事と外交の思考基礎とし、そのおかげでこんにちの座までのしあがったといっていい。この点、さすがに正信や直政の比ではなかった。

「議場ではみな右顧左眄《うこさべん》し、隣席の者の目の色をうかがい、たがいに肚《はら》をさぐりあってしかも自分に定見がない。そのとき、赤——と発言する者があれば満場どっと赤になり、白と発言する者があれば、われもわれもと白に走ってしまう。その瀬戸ぎわが、あすの評定である。されば事前に、口火を切る役をつくっておく必要がある」

(なるほど)

本多正信はそろりと膝《ひざ》をたたき、何度もうなずいた。家康はしばらく間を置いてから、

「その役目が、福島左衛門大夫正則だ」

「あっ」

と、正信は、大仰《おおぎょう》におどろくまねをした。

「こ、これは気づきませなんだな」

「なぜ福島左衛門大夫がよいか、わかるか」

「そこまでは」

愚かではございませぬ、と正信はいった。福島正則は、故太閤の血縁者である。しかも子飼いの大名で、太閤の恩を受けた点ではこれほど深い男はいない。いまも太閤未亡人の北政所《きたのまんどころ》から清正とともにもっとも愛されている男である。

もしこの正則が口火を切るとすれば、諸客将は目をみはり、

(福島左衛門大夫殿でさえも)

と衝撃をうけるであろう、自分たちとはくらべものにならぬほどの恩恵を秀吉から受け、しかも豊臣家のためなら水火も辞さぬ覚悟でいる正則が、

――徳川殿に御加担申しあげよう。

といえば、他の諸将は満堂鳴るがごときいきおいで、家康の側になだれをうって味方してしまうにちがいない。

「ただ困難なのは、その正則をたれがどのように口説くかだ」

と家康がいったが、もうこのときには家康の胸中にも、正信や直政にも、明快な答えが出ていた。

黒田長政

である。この如水の子は、親の如水の目からみれば「不肖《ふしよう》の子」かもしれなかったが、さすがに親の血をうけたか、常人にぬきんでた策謀の才をもっていた。すでに秀吉の死の前後から家康に大きく賭《か》け、その賭けを成功させるために豊臣家の諸大名のあいだを周旋し、かれらをひそかに家康に結びつけ、家康のこんにちの政治勢力のほとんど半分をつくってきた人物である。

それも、この三十三歳の黒田家の若当主のおもしろさは、家康にわざわざ頼まれたわけではなく、長政自身が家康に賭け、家康をもちあげ、長政自身が自発的に奔走してきた、ということである。この点、むかし織田家の一部将にすぎなかった秀吉に賭け、秀吉のために謀才のあらんかぎりをつくした父如水に似ている。長政にすれば父の真似《まね》を、こんどは「家康」を素材にやってみようとしているのであろう。

長政のいまひとつの奇妙さは、こういう畳の上の駈けひきがおよそ出来そうにない外貌《がいぼう》、性格の人間であることだった。容貌は粗大で、諸事荒事《あらごと》をこのみ、戦場では家臣のたれよりも、猪《いのしし》武者であることだった。そういう粗豪で実直げな種類の人物だけに、かえって父如水のようには警戒されず、その策謀も他人に施しやすかったのであろう。

「なるほど、すぐ甲州（黒田長政）に」

と、本多正信はすぐ立とうとした。夜中ながら長政の陣屋に連絡者を走らせて当本陣に呼びつけようと思ったのである。

正信は廊下を走った。

そのとき、偶然なことながら、玄関から当の長政が、その大兵《だいひょう》の体をはこんでこちらへやってくるのがみえた。

「やあ、甲州」

と、正信が扇子をあげてさけぶと、長政はゆったりと立ちどまり、

「なにかな」

と、この家康の老臣をみた。その緩慢な挙動はとても策士とよべるような人恰好《ひとがっこう》ではない。

「甲州、急用でござるわ。ここは廊下、これ、こちらへ参られよ」

「佐州（正信）、折角ではあるが、当方にも上様にいそぎ拝謁《はいえつ》したき儀がある。あとにして頂けまいか」

「なんの御用だ」

と、家康の老秘書官はきいた。諸事、大名からの申し出は、この正信がきいた上で家康に取りつぐことになっている。

「左衛門大夫のことよ」

と黒田甲斐守長政がいったから、正信はいよいよおどろいた。

「そ、それがどうした」

「こうよ」

と、長政、正信老人の耳へ口を近づけ、白扇をひらいて覆《おお》いをし、概要を話した。それをきいて正信の驚きは絶頂に達した。

「奇妙な暗合じゃ。相わかった。これへ」

と正信は長政をせきたてて家康の座所へつれてゆき、内々の拝謁をさせた。

「そうか」

と、家康も目をみはって、黒田長政のあおあおとした髯《ひげ》のそりあとを見つめた。長政は家康とおなじことを考え、すでに福島正則の陣屋へ行ってその件の承諾を得てきたというのである。

(この武辺者のどこからそういう智恵が出、どういう音《ね》をあげて福島正則を説得したのであろう)

と、家康はむしろそのことを可笑《おか》しがる余裕をとりもどしていた。

長政と正則とは年来の友人である。武辺好きな点も共通しているため話も適《あ》う。が、ただひとつ長政が正則にこまるのは、正則が豊臣家思いでありすぎるという点だった。

「家康殿につけ。利がある」

というふうには、相手が福島正則であるだけに説くわけにはゆかない。

結局、一角度から説き立てることにした。一角度とは、三成への福島正則の異常な憎悪を刺戟《しげき》しつくすことであった。

「治部少めの挙兵の本心は、おのれが豊臣家にとってかわって天下をとるつもりであるということじゃ。治部少を倒さねばお家があぶない。内府はひたすらに幼君秀頼様の御為をおもって、奸賊《かんぞく》治部少輔の討滅を決意しておられる」

「さもあろう」

正則は、大きくうなずき、秀頼の身の上に思いを致したのかもう涙をうかべていた。毎夜乱酔におよぶまで飲む癖のあるこの男は、酔いで感情の振幅がはげしくなっているらしい。

「治部少の肉を啖《くら》ってやる」

この言葉は、正則が平素つかっていることばで、これが福島家二十四万石の政治的方針になっていた。

「しかし、内府は大丈夫か」

と、正則はいった。これを機会に秀頼の天下を横攫《よこさら》いにさらうのではないかという疑惧《ぎぐ》が正則にはあった。

「あのとおり、長者のごときお人柄《ひとがら》だ。左様な邪心は毛ほどもお持ちにならぬ。されば豊臣家のおんため、この一戦で是《ぜ》が非《ひ》でも内府に勝ってもらおうとは思わぬか」

「思う」

と、正則ははげしく点頭した。さればその勝利への第一歩は——と黒田長政は説き、例の口火を切る役になることをすすめた。

「勝敗は、おぬしがあすの評定で、まっさきに立ちあがって内府にお味方を申しあげる、と大声でいうときに決まる。戦場の武功以上のことだとは思わぬか」

「思う」

「さればこれで約定《やくじょう》したぞ」

と長政は入念に打ちあわせ、その足で報告のためにこの家康の本陣にやってきたのである。

福島陣屋

雨が、また降りはじめている。

「三成挙兵」

というおどろくべき報は、この奥州街道ぞいの村という村に宿営している家康従軍の諸侯の宿陣のすみずみにまでつたわった。

「あすは小山で御評定という」

と、あちこちの篝火《かがりび》のかげで囁《ささや》きがかわされた。

「わが殿は、いずれにお味方なされるのであろう」

野小屋で寝ている足軽たちのはしばしまでこの夜は昂奮《こうふん》してねむれぬ様子であった。

この夜、雨気が天地にみちている。自然、かれらは身のゆくすえを思うと気が滅入《めい》ってゆくのであろう。

「なにとぞわが殿にあっては、よく熟慮され、大坂方にお味方されますように」と、どの士卒も祈るような気持でおもった。かれらは、素朴《そぼく》に大坂方が勝つ、とみていた。かれらにすれば当然のことであったろう。大坂方は、豊臣家そのものである。政府軍というべきものであった。一私人の家康が勝てようとは常識的にはおもえない。

この間《かん》のかれらの感情について、古記録の文章の蒼古《そうこ》たる味わいを借りると、

徳川家、このたび滅亡、ともつぱら申し触れ候《そうろう》。主人主人はいずれへ、御付きなされ候うや、なにとぞ大坂へ御付きあれかしなどと、末々にてはつぶやき申し候《そうろ》うあいだ、過半、大坂方の心持になり申し候。——平尾氏劄記《さつき》——

ということになる。庶人《しょにん》の人情というものだ。かれらは政治に参加できないだけに、つねに時勢に対して利害を離れた正義感をもっている。かれらにすれば、豊臣家の政権を、その当主秀頼が幼主であることにつけ入って奪い去ろうとする家康の動きに、痛烈な批判をわすれていない。

その夜の福島正則の陣屋にも雨が降りしぶいている。その雨中、庭前の篝火を守っている番士たちも、そのようなことをささやきあっていた。

「わが御家はべつ」

とかれらは言った。

「わが御家は豊臣家の御一門におわす。よもや徳川殿におつきあそばして秀頼様のお城をお攻めなさるようなことはないであろう」

かれらがそうささやいているのを、正則の命令をうけた近習の者が闇《やみ》のなかで立ち聞き、それを正則に告げた。

「そう申していたか」

正則は浮かぬ顔でいった。

「下郎にはわからぬ」

この男は、ひとことで吐きすてた。いつもの正則ならもうこの一言をきいただけで、

——主《しゅ》を取り沙汰《ざた》するか。

と激怒し、その者をさがし出させて手討にしたかもしれなかった。そういう男なのである。しかしいまはこの物狂いな猛将もそれどころではない様子で目を伏せ、盃《さかずき》をじっと見つめている。

(あれでよかったか)

と、先刻、黒田長政との密議で自分が言いきった言葉を、しきりと反芻《はんすう》していた。

「徳川方につく。あすの小山軍議ではまっさきにその旨を発言する」

ということをである。自分がそういえばいま家康に従軍してきている諸侯はなだれを打って徳川につくであろうということは、政治感覚にとぼしいこの男でさえわかっていた。

逆に、

「いや、わしは大坂につく」

といえば議場はたちまち混乱し、自分に同調する諸侯が過半は出るであろう。家康の運命はどうなるかわからない。ここに従軍してきている客将たちは、豊臣家の恩義を思う気持もさることながら、それよりも大坂に置きすてにしてきている妻子の身が案じられて仕方がないのである。みな、大坂に後ろ髪をひかれる思いで在陣している。

「できればこのまま大坂へ飛んで帰りたい」

という気持が、どの大名にも濃厚であった。

(家康を勝たしめるか、大坂方を勝たしめるか、そのかぎはわしがにぎっている)

正則は、そういう場に立たされている自分を、多少子供っぽい愉悦をもって舐《な》めずっているようなところもあった。

(往年の市松も大した男になったものよ)

正則は、事態を案じつつもそれを思うと、顔がにまにまとくずれてくるのをどう仕様もない。市松とは正則の通称であった。

しかし、正則は感情の振幅のはげしい男だ。うまれつき躁鬱病《そううつびよう》的性格のもちぬしなのかもしれなかった。こう考えつつも、

(太閤様のご恩。——)

ということに思いが至ると、気持がとたんに沈み、息も絶えだえになるような気分になる。

正則は武士のあがりではない。素姓もさだかならぬ男だ。もともと尾張清洲城下の一介の

不良児にすぎなかった。

清洲の桶大工《おけだいく》のせがれで、少年のころから桶板の削り方やたがのはめ方などを父親にまなび、家業を手伝っていた。

十四歳のとき、家の使いで長柄《ながら》川の橋のそばを通ったとき、足軽が大の字で寝ていた。このころの足軽というのは常時戦場に出ているため、気の荒い連中が多い。

「市松」がまたいで越えようとすると、カカトが相手の頭にあたった。足軽はとび起きて市松をつかまえ、コブシをふりあげようとした。

市松はおのれのふところに手を入れた。懐中に細工用ののみがある。それをつかみ、足軽の脾腹《ひばら》をぐさっと突いた。

「みたか、わしは桶屋の市松ぞ」

相手が声をあげて苦悶《くもん》するのもかまわず、ぐりぐりと柄《え》をまわし、息が絶えたところを見すましてやっと抜いた。

いかに戦国の世とはいえ、殺人は殺人である。市松はその足で出奔した。この種の殺人犯あがりの武将というのもめずらしい。

尾張を出た市松は、山陽路をあるいて姫路城下に入った。姫路城には当時織田家の一将だった羽柴筑前守秀吉が、毛利への戦略拠点として常駐している。

(羽柴様にたよって武士になりたい)

とおもった。秀吉の異常な出世ぶりは尾張の庶民のあこがれであったし、それに市松にとって秀吉は親戚《しんせき》になる。市松の養父新左衛門は、秀吉の父の弥右衛門と異父同母の兄弟になるのである。

といって秀吉にじきじき頼み入るわけにはいかない。秀吉の部将で尾張の野武士あがりの蜂須賀《はちすか》彦右衛門をたよってその旨を申し出ると、彦右衛門は秀吉までとりついでくれた。

「なになに新左衛門の小せがれがきたか。まこと、独り旅できるほどに大きゅうなったかよ」

身寄りのすくない秀吉は、大いによろこび、

「その者なら他人行儀にあらためて目見得《めみえ》させるまでもない。城の台所にでも置き、飯を食わせておけ」

児小姓というほどでもなく、無役無扶持《ふち》で走りつかいなどをさせ、元服後、あらためて秀吉はこの若者を小姓の一人に加えた。同じような事情で羽柴家にやしなわれた者に、加藤清正がいる。

かれら二十そこその若者が、賤《しず》ヶ岳《たけ》の合戦で追撃戦に移ったとき、秀吉の命ですかさず敵を猛襲し、それぞれ兜首《かぶとくび》をあげ、世にいう賤ヶ岳の七本槍の勇名をとどろかせたことは世に知られている。秀吉はこれを機会に、かれらを一躍、物頭に抜擢《ばつてき》した。それぞれ三千石の身分にしたが、正則だけは五千石であった。

(市松めは血縁も濃い。将来自分の一族としてわが家の行くすえまでの柱石にしたい)

という肚があったのであろう。げんにこのとき一率なみの三千石でしかなかった清正が、

「えこひいきだ」

といって秀吉に嚙《か》みついているほどであった。その苦情は、「市松も御一門ならわしも御一門。戦場の手柄にも上下はない。なにとてえこをばなされるぞ」というものであったが、秀吉にすれば、清正は秀吉の母のいとこの子でいわばまたいとこにあたる。このとき血の濃淡からいえば市松のほうが濃いとみたのであろう。

その後、豊臣政権の樹立後、清正は肥後半国二十五万石、正則は尾張清洲二十四万石をあたえられてほぼ同待遇になったが、しかし官位は正則のほうがやや上であり、正則は羽柴の姓をあたえられて事実上の一門待遇をうけたが清正にはこれはあたえられていない。

これらの手厚すぎるほどの厚遇は、すべて秀吉の根のふかい配慮から出たものであった。秀吉は、信長や家康とちがって、豊臣家の藩屛《はんぺい》となるべき血縁者をほとんどもっていない。これが豊臣政権の致命的な弱点といえた。秀吉の生存中はよいが、次代の秀頼の代ともなれば、

——頼るものは一門一族のみ。

という気持が秀吉にはたらき、福島正則をその実力以上に累進《るいしん》させてついにいまの大大名の地位にまで昇らせたのである。

なるほど正則は、猛将といえる。戦場での勇猛さは比類がない。

しかし、勇猛なだけでは大名としての資格はなかった。智略があり、政治感覚に富み、行政能力がなければならない。正則には、そういう才はなく、秀吉という縁故がなければつい

に一騎駈《が》けの武者におわった程度の男であったであろう。

が、正則自身は、秀吉が引き立ててくれたことについてそこまで考えていなかった。自信のつよい男だから、

（当然、わが武功と器量による）

とおもっている。自分の立場というものを客観化して考える能力を、正則は欠いていたのであろう。

尾張清洲城主になった、ということについてもそうである。秀吉は、関東の家康が立ちあがって西を攻めるとき、最大の防衛拠点として清洲城を重視していた。

要するに清洲城は、対家康のための要塞《ようさい》であり、それがためにこそ、少年のころから取り立ててきた正則を城主にすえたのである。秀吉にとってはすべて、秀頼の時代になったときの配慮であった。

――なぜ自分が清洲城主であるか。

ということについて、正則はいまひとつ理解できない頭脳をもっているらしい。

が、正則は、なによりも感情家であった。幼主秀頼に対する忠誠心の熱っぽさは、同時代の他の大名よりもはるかにはげしい。

（お家にもしものことがあれば、この正則は命をすてる）

と思いぬいている。その純情さは、不良児あがりだけに、知的思考のすきな石田三成などよりもより至純であったろう。

ただ正則の場合、その純情さが、智恵によってささえられていないのである。だからこそ黒田長政に、いわばだまされたというべきであろう。

「敵は治部少輔じゃ。豊臣の御家が敵ではない」

ということを、長政はくりかえして言い、事態の本質をあいまいにした。

「徳川殿は、君側《くんそく》の奸《かん》をのぞいて豊臣家を安泰にするために左衛門大夫に働いてもらわねばならない、とおおせられている」

「なるほど」

正則はこのとき何度もうなずいた。

この猛将には、家康がもし三成が謀主になっている豊臣政府軍を破ったとき天下の権はどうころがってゆくということを鮮明に見とおせる思考力がなかった。

いや、この点、福島正則という人物が阿呆《あほう》であったというわけではない。その見通しを曇らせるほどに、三成への憎悪がはげしかったといえる。

さらに正則にすれば、以下のような考え方も成り立つ。

(結局、三成が勝てば三成の政権になる。その三成の政権下では、おれがたとえ三成についたところでいずれは亡ぼされるだろう。どっちにしても豊臣家は太閤様の没後は天下を維持できないのだ。織田信長の子が豊臣政権の世では一大名の位置に落ちたように、豊臣のお家だけは残る。それもやむをえない。三成につくにせよ家康につくにせよ、どの道その結果になるとすれば家康につくほうがはるかにいい)

このさい、中立はゆるされないのである。中立できぬとなれば、家康に加担するしか仕方がないではないか。

(そう決めた)

とおもって、黒田長政にいっさいをまかせた。まかせたものの、正則の立場にすればさまざまな疑念が去来するのもむりはないであろう。

一方、正則を籠絡《ろうらく》しきった黒田長政はその点を家康に報告するや、

「甲州(長政)殿、ようなされた」

と家康ほどの老巧の者が膝《ひざ》を立て、畳一枚むこうの長政の手をとらんばかりのはげしい喜悦をみせた。家康にとってはなんとしても福島正則の動向だけが気になっていたのである。相好《そうごう》が笑《え》みくずれた。が、すぐ顔色を沈めて、

「しかし、まことであろうか」

と家康はいった。家康にすれば正直なところ、あまりに話がうまく行ったため即座に信じきれぬ気持が残っている。なんといっても従軍諸侯にきている大坂からの催促状は秀頼の名前なのである。秀頼の命令書をみれば正則がいかに三成ぎらいとはいえ、動揺するにちがいないと見ていた。

(あの者は、太閤が格別に目をかけてあそこまで育てた。他の大名とはちがい、こんどの事

態に別趣な感情があろう）

と家康でさえみていたのである。

「いや、ご安心くだされますするように。正則が三成を憎むことはなはだしゅうござりまするゆえ、その点から口説き立てましたるところ存外簡単に同心つかまつりました。人間、憎悪ほどおそろしいものはござりませぬ」

（勇ある者は智なしというが、正則のばあいはまことにそうじゃな）

家康はうなずきながらきいている。

長政はさらにいった。

「もし万一、今後において彼が別心《べっしん》つかまつるようなれば、それがし刺し違えてでも防ぎつかまつりまする。さればゆくゆくも、彼がことについてはこの甲斐守《かいのかみ》におまかせくださりまするように」

「なにぶんとも、頼む」

家康はよほどうれしかったのであろう、長政にあたえるべく、小姓に言いつけて背後の鎧《よろい》櫃《びつ》から兜をもって来させた。家康が長久手《ながくて》の戦いのときに着用した歯朶《しだ》の前立を打った兜である。

「これはお大切な御品を」

と、長政はおどろいた。歯朶の兜といえば家康の数ある兜のなかでもかれが愛用しきっているもので、世間にもよく知られているものである。

この兜のほかに、家康の愛馬一頭を、鞍《くら》つきのままで長政に贈った。

「私は、甲州殿を自分の分身であると思うている。されば、兜と馬を贈りたい。私の身になりかわってお働き下されよ」

「しかし戦場でご不自由でありましょう」

「なんの、ほかに兜もあれば馬もある。しかし左衛門大夫がそうと決まった以上、治部少づれを討つのに、兜も馬も要るまい」

家康は、この老人にすればめずらしいほどのはしゃぎようでいった。

長政は、御前を辞し去った。

この人物が、のちに筑前一国五十二万三千石の大諸侯の位置をあたえられるにいたるのはこのときの功によるといっていい。

六文銭

ここに、妙な大名がいる。

真田《さなだ》昌幸《まさゆき》

という名の、信州上田城主である。かれの名はこの当時、無類の戦さ上手で知られ、さらに後世には、大坂ノ陣の智将真田幸村《ゆきむら》(信繁)の父であることによってよく知られている。

この当時、この真田昌幸は五十四歳であった。背がひくく、鉢《はち》のひらいた大頭で、しかも蒼《あお》ぶくれしたような面相の、一見、田舎寺の老役僧のような男だが、目だけは油断のならぬ光をたたえている。げんに、この男は油断がならない。

かれは信州の小豪族の家にうまれ、戦国争乱のなかで成人し、人間の持ちうるかぎりの狡《ずる》さを持ち、それを唯一《ゆいいつ》の生きる智恵として生きてきた小気味いいばかりの戦国乱世ぶりの人物である。

かれの人物は、かれが生まれ、そこを活動舞台とした信州の地形に似ている。信州は山河の様相が複雑で、狭隘《きょうあい》な小天地がいくつも分立しているような国である。こういう世界で小戦争と謀略をくりかえしていると、自然その発想する策は工芸的にまで巧緻《こうち》になるが、巨大さはない。

策謀家としての真田昌幸は、もはや芸術家の域に達していた。戦術家としてのかれも、局部的な戦闘にかけては当代随一の名人ともいうべき存在になっていた。

が、なにぶん、かれの前半生の宿命的な不幸は、かれのおもな活動舞台が信州という土地だったことである。信州はつねに強大な大国にとりまかれてきた。かれの若いころ、この高原の国は、越後の上杉、関東の北条、甲州の武田という日本有数の強大国と国境を接し、信州国内も一つに統一できがたい地理的条件があるため群小割拠のありさまで、つねに周囲の大国の共同草刈り場のような立場におかれてきた。

自然、小豪族たちは智恵ぶかくなる。

真田昌幸のごときは、そのもっとも智恵ぶかくなった代表的武将というべきであろう。昌幸は年少のころから野心をもち、なんとか大をなそうとあがきにあがいてきたが、なにぶん、四囲に大国がびっしりと境を接しているために思うようにはならない。自然、かれは自分の領土拡張のために、これらの大国を利用し、利用しつくし、もっとも狡智《こうち》に長《た》けた小属国になることに生き方の基本点をきめた。

はじめ武田家の被官《ひかん》（所属の大名）になりざっと六万石を領したが、武田家が勝頼の代でほろんで昌幸が強大な保護国をうしなったあと、わずか半年のあいだに、北条氏、上杉氏、また北条氏、さらに徳川氏、と四度も保護者を変えている。

ついでその徳川氏をも見かぎった。昌幸は半生のうち、謀略、謀殺をくりかえしてきて、かぞえきれぬほどに人をだまし、しかもことごとく成功したが、上州沼田城の帰属問題ではじめて家康にだまされ、約束を反故《ほご》にされた。見かぎったのはそのためである。

「家康は奸人《かんじん》である。信用ならぬ」

と激怒し、秀吉のもとに奔《はし》った。そのころまだ秀吉の天下は誕生したばかりで、東海地方に蟠踞《ばんきょ》する家康は帰属していなかった。この間、昌幸は家康の大部隊に対し、小人数をもって潰滅《かいめつ》的な打撃をあたえている。

やがて豊臣の天下が安定し、家康もその傘下《さんか》での筆頭大名になった。

「万世への泰平のために、家康と和解せい」

と秀吉にいわれ、昌幸はあまり気がすすまなかったが、家康の部将本多平八郎忠勝のむすめ小松《おまつ》を真田家の長男信幸に娶《めと》ることになった。

この縁談がおこったときも、最初、昌幸はすさまじい見幕で蹴《け》った。

「おれは小なりとも大名である。家康の家来づれの娘を、わが家の嫁にできるか」

と仲人《ちゅうにん》にいったため、家康はやむなくその娘を自分の養女とし、「徳川家と真田家」という名目で縁をむすんだ。

昌幸は、それほどうるさい男である。信屈《きっくつ》として誇りが高く、しかも自分の智恵以外に何ものをも信じない。だけでなく、かつて何びとをも尊敬したことのなかった男だが、ふしぎなことに、秀吉にだけは例外だった。

昌幸が、秀吉の保護をうけた礼を申しのべにゆくため、家康の軍を信州上田城下で破ったあと、大坂へのぼった。

はじめて秀吉に拝謁した。秀吉は、この種の個性の強烈な土豪型の男を手なずけるのに絶妙の腕をもっていた。

「やあ、安房守《あわのかみ》(昌幸)か、そのほうの武辺絶妙のことはかねがねきいていたゆえ、きょうはじめて見るような思いがせぬ」

と言い、上段から無造作におりてきて昌幸の手をとり、自分が帯びていたみごとな拵《こしら》えの脇差《わきざし》を鞘《さや》ぐるみ抜いて昌幸にあたえ、

「そのほうによく映る」

と闊達《かったつ》に笑った。

昌幸はこういう砕けた待遇を、生涯《しょうがい》のうち受けたことがない。魂が抜けるほどに感動し帰国してから絵師に秀吉の像を描かせ、それを床ノ間にかかげて香を焚《た》き、朝夕礼拝していた。昌幸のこの習慣は、のちに関ケ原ノ役後高野山《こうやさん》に流されてからもかわらず、六十五歳で死ぬまでかわらなかった。

昌幸は、右のような食えぬ性格だったにもかかわらず、この当時、世間の評判はひどくよかった。ひとつには神業《かみわざ》といっていいほど小気味いい合戦の名人だったということもあるし、ひとつには、ひそかに秀吉の絵像までおがんでいたという意外な他愛なさが愛嬌《あいきょう》になって、

「安房守殿は古今まれな名将」

という評判のよさをとっていたのであろう。

そのくせ、昌幸には致命的なほどに滑稽《こっけい》なところがひとつある。その半生、物狂いなほどに策謀と合戦に駈けまわっていながら、その石高は、依然として五、六万石程の小大名にすぎなかった。

「御運のなさよ」

と世間の同情者はみてくれるが、昌幸自身も、それはみとめていた。その才能にくらべると、この現状はあまりにも卑小すぎるのである。

真田昌幸は、他の諸大名とおなじように、豊臣家大老である家康の命によって上杉征伐に参加しようとしていた。

かれは軍勢をそろえ、信州上田城を出発し中山道《なかせんどう》を西へとり、碓氷峠《うすいとうげ》を越えて関東に入り、野州佐野（栃木県佐野市）まできたとき、大坂からの密使が追いついた。山伏《やまぶし》の風をしている。その名乗るところは、石田三成、大谷刑部少輔吉継からの連名の密使であった。

要するに、

「秀頼様に御加担せよ」

ということであった。

三成と昌幸は懇意の仲である。そのうえ三成の同志の大谷吉継の娘を、昌幸は、次男幸村の嫁にしている。縁は濃厚といえた。

三成は筆まめな男で、その手紙は例によってくどいほどに西軍、東軍の情勢をこまかく述べ、

「貴殿の智勇こそほしい。勝利のあかつきは秀頼様から甲州・信州二カ国を当ておこなわるべきこと、神明にちかって偽りはない」

とあった。甲信二州といえばおそらく八十万石以上はあるであろう。

（甲信二州か）

昌幸は、烈日の天を仰いだ。魂をゆさぶるような待遇である。

（……思えば）

と、かれは自分の半生の奮闘と徒労を回顧せざるをえない。いま世上の一部で神秘的な軍才とまでいわれている自分が、三十余年のあいだかせぎにかせいで得た領土が、わずかに五、六万石というのはどういうことであろう。努力と才能のわりにはあまりにも収穫が小さすぎる。

（そのおれに、運がめぐってきたのではあるまいか）

そう思うと、豊臣政権の安定以来、眠りこけていたようなかれの野心が、にわかに焔《ほのお》をあげて燃えあがってきた。

（しばらく休息されよ）

と密使に言い、その接待を近習の者に命じ、かつ全軍に対して大休止を令し、つづいて使番をよび、

「伊豆守《いずのかみ》と左衛門佐《さえもんのすけ》をよべ」

といった。この二人の息子に相談をするためであった。伊豆守というのは長男の信幸でこのとき三十四、先鋒《せんぽう》の大将としてはるか前方を行軍している。左衛門佐というのが、のちに大坂冬・夏ノ陣で立役者になった次男真田幸村である。このとき三十そこそこであった。

やがて、弟が徒歩で来着し、ついで兄が馬上、軍勢をかきわけながら狭い街道を逆行してきた。

「きたか」

老昌幸はふたりを床几《しょうぎ》のそばまでまねき、

「密議がある。余人をまじえず、二人だけに相談したい。これなる丘の上へゆこう」

と、昌幸は鞭《むち》でさした。

昌幸は歩き出した。やがて山道になり、夏草を踏み分けて頂上にのぼると、

「それへすわれ、膝《ひざ》を近づけよ」

と、昌幸も、すわった。昌幸の顔が、少年のように紅潮している。

「どうなされました」

と、兄の信幸がいった。この人物が、江戸期の信州松代《まつしろ》九万五千石の真田家の家祖になる。あご骨のぶあつい篤実《とくじつ》な性格の男で、平素は無口だが武勇も智略も二流の人物ではない。

「これよ」

と、父は、三成からきた密書を草の上にほうり出した。兄はそれをひろいあげた。

読むうちに、顔つきがこわばってきた。

「こ、これは容易ならぬこと。まさかお承《う》けあそばしたのではございますまいな」

「だから相談している」

と父は、わざと物憂《ものう》げにいった。

弟の幸村も読んだ。幸村はどちらかといえば母親似の顔だちで、面長《おもなが》なやや薄手の顔をもち、目もとが異様なばかりに涼しく、顔を伏せているとまつ毛がそよぐように長い。

「これは容易ならぬ」

と、幸村は兄とおなじことをいったが、あとの念の押し方がちがっていた。

「父上、まさか、お断りあそばしたのではございますまいな」

この弟は、家康の養女をもらった兄とはまるでちがう青少年期を送っていた。少年のころ家郷を遠くはなれて豊臣家の殿中に小姓として仕え、「源次、源次」といわれて秀吉から愛されていた。

朝鮮ノ陣で秀吉が肥前名護屋城まで出むいたとき、その馬廻《うままわり》として身辺を離れず、その在陣中の文禄三年、兄とおなじ従五位下で左衛門佐に任官し、さらに石田三成や加藤清正さえ賜わらなかった「豊臣」の姓をさえ賜わった。豊臣家に対する親密の度合が、兄とはまるでちがうのである。さらにその妻女が、三成の親友大谷吉継の娘であり、この書状が舅《しゅうと》の吉継と三成の連名であるということからみても、兄の信幸とちがった反応を示すのはむりもなかった。

「お父上のご存念からうけたまわりとうございます」

と、兄がいった。

「わしの存念か」

昌幸は、微笑した。うずうずと口もとをほころばせながらあたりの景色をながめていたが、やがて、

「西につく」

と、切るようにいった。

「それが義というものだ」

そうはいったが、その老将の履歴《りれき》からいえば、他の戦国武将とおなじく義などというもので行動したことは一度もない。ただ「義」という儒教的な言葉を、次男の幸村がひどく好きだということをこの老人は知っていて、ちょっと言葉の枕《まくら》につかったばかりである。

「男の一生というのはわが運を切り拓《ひら》くがためにある。さればいま運がきた」

「雲をつかむようなものでござりまするぞ」

と、兄がいった。甲信二州を与えるといっても雲のようなものだ、というのである。

「その雲を、わしがつかむ。わしが摑《つか》めば雲にはせぬ。天下にこの真田の六文銭《ろくもんせん》の旗を樹《た》てみせる」

「父上、おうろたえ召されたか」

兄の信幸は、どちらかといえば農夫のように現実的な発想法の人物で、父や弟のような、いわば商人のような夢想と野心に満ちた投機的性格をもっていない。

「父上、よくお考えあるよう。この治部少は天下の嫌《きら》われ者。かれが事実上の旗頭とあれば、いかに秀頼様御名前にて諸侯をあつめても、やがて離合集散するのは必至のことでござりまするぞ」

「してもよい」

「負けまするぞ」

「勝つ」

と、この老人は断言した。

「ただし、わしが居るかぎりはだ。わしが勝たせてみせる」

老人は、その方略を説いた。家康は大軍を関東から西へ発するであろう。その軍隊を送るのに東海道だけでは足りない。当然、半分の人数は中山道をとる。

「中山道の信州上田城にはわしがいる。小城なりとも、十万の大軍を食いとめて一人も西へやらぬ戦さはしてみせる」

事実、家康は大軍を発するにあたって、中山道軍と東海道軍の二手にわけ、中山道軍三万余の大軍を嫡子《ちゃくし》秀忠にさずけ、榊原康政を総参謀長にして進ましめた。この大軍はみごとに昌幸の上田城で食いとめられ、ついに関ケ原の大戦に間に合わなくなっている。

「それほどの芸のできるおれだ」

「それでも石田が敗ければどうなさる」

「天下はいよいよ乱れるだろう。それからあとはもっと大きな絵をかいてやる」

この願、九州の一角で荒稼《あらかせ》ぎをしようとした黒田如水とおなじ肚といっていい。

「どう申されようとも拙者はご賛同致しかねます。拙者の妻は内府の養女であり内府には格別の昵懇《じっこん》を得ている間でございます。いまさら鉾《ほこ》をさかさまにして内府に襲いかかる気はいたしませぬ」

そういってから弟の幸村に、

「そなたは？」

と、兄はいった。

幸村は先刻から兄のほうを見ていない。このときも兄の顔は見ず、「私ですか」としずかにいった。

「父上に従います」

「そなたは、大谷刑部の娘をもらっている。さもあろう」

「そういうことでもございませぬ。私は豊家《ほうけ》には格別の御恩を受けた者、義のあるところに従うのが武士でありましょう」

「負けてもか」

「勝敗は、やっての上のことです」

「よしきめた」

といったのは、老昌幸である。

「伊豆守は東につけ。わしと幸村は西につこう。いずれが勝っても負けても、真田の家名は絶えまい」

兄弟は、あっという顔で老父を見た。老昌幸の乱世での長い経験と智恵が生んだ結論である。

「心得たか。やがて戦場で相見《あいまみ》えよう。そのとき信幸は存分に戦え。わしの采配《さいはい》がどんなものか、矢弾《やだま》のなかで見せてやる」

老人は草摺《くさずり》の音をたてて立ちあがった。この巧緻《こうち》な結論にひどく満足しているようであった。

やがて三人は丘を降り、それぞれ馬に乗った。先鋒をひきいる兄真田信幸はそのまま東進し、中軍《ちゆうぐん》以下をひきいる父昌幸と弟幸村はただちに全軍の部署を変え、軍をひるがえして出発点の信州上田をめざして進みはじめた。

途中、兄信幸の居城である上州沼田城下を通ったとき、

（いっそ城を奪ってくるか）

と老昌幸は思ったらしく、城の留守をまもる長男夫人小松に使いを出し、

「孫を見たい。孫と一晩ゆっくり遊びたいゆえ、城門をあけてくれ」

といったが、小松ノ方は、自分の夫がこの軍旅のなかに居ないのを怪しみ、

「いかに舅上《ちちうえ》のおおせなりとも、夫の伊豆守様の御言いつけでないかぎり城門はあけることはできませぬ。強《し》いて開門したいという思召《おぼしめ》しならば弓矢をもって御応酬つかまつりましょう」

と口上をのべた。

このあいさつには老人は苦笑し、

「さすが、本多平八郎の娘よ」

といって城外に一泊し、翌朝そのまま軍をまとめ信州へひきあげている。途中、細雨が降った。

下野《しもつけ》小山でもこの雨は降っている。家康が小山で軍議をひらこうとするほんのすこし前のことである。

抱《だき》茗《みょう》荷《が》

奥州街道小山の宿に降る雨は、夜がふけてもやみそうにない。

「諸侯の陣屋々々の様子はどうか」

と、家康は夜ふけてから、若い謀臣井伊直政をよび、きいた。さすが家康ほどの男でもあすの軍議を思うとねむりにくいようであった。

「どの陣も、雨中に篝火《かがりび》をあかあかと焚《た》き、とくに主将の寝宿の庭には番卒の影がしきりと動いて侍大将以上は寝《しん》についておらぬ様子でございます」

「粛としておるか」

「はい、粛と」

おそらく、どの諸侯も陣屋に重臣をあつめ低声《こごえ》でながながと評定し、徳川につくか西軍につくかをきめかねているのであろう。

「そうか」

家康は、思わず溜息《ためいき》が洩《も》れそうになるのをおさえて、目をつぶった。家康がその生涯《しょうがい》でこれほど長い夜をむかえたことはなかったに相違ない。

「ただひとつ、陽気に酒盛りなどをして騒いでいる陣屋がございます」

「ほう」

家康は、瞼《まぶた》をあげた。

「たれの陣屋だ」

「堀尾信濃守《しなののかみ》（忠氏）どのの陣屋でござりまする」

「あの若僧か」

家康は笑い出した。若僧だけに、あすがわが身と天下にとってどれほど重大な日であるかがいまひとつわからず、雨夜をさいわい、土地の娘どもでもよび入れて騒いでいるのであろう。

「若いということは、仕様のないものだな」

家康は、苦笑せざるをえない。

……………………

堀尾家は秀吉の生存当時とくに信頼され、その遺言によって豊臣家の中老職をうけたまわってきている恩顧大名である。居城は遠州浜松城で、分限は十二万石。家紋は抱茗荷である。

「堀尾吉晴が遠州浜松城にあって関東の徳川氏をおさえているかぎり、豊臣家になんの脅威もない」

と、秀吉の生存当時から一部ではいわれていた。その堀尾吉晴は、いまその代理で出陣してきている若い信濃守忠氏の老父である。

それほどに老吉晴の実直さは有名であり、いざ合戦の場合の老巧さも買われていた。

この堀尾吉晴の履歴については、語るべき話柄《わへい》が多い。

吉晴は若いころ、茂助といった。さらに幼名を仁王丸《におうまる》という。この少年のころ——ほとんど伝説化している話だが、尾張上郡供御所《ともごしょ》で猟師をしていたらしい。父は堀尾吉久という牢人《ろう にん》であった。

あるとき、尾張の国主織田信長が仁王丸の住む郷まできて大巻狩《おおまきがり》をやった。信長はおおぜいの勢子《せこ》をつかい、かれらに獣を追い出させてはみずから鉄砲組や弓組の指揮をして仕止めたが、その信長の眼前へ大猪《おおいのしし》があらわれた。傷に狂いながら突進してきたが、とっさの場合でみなどうすることもできない。

そのとき村で徴発した勢子のなかから一少年があらわれ、猪にとび乗り、その脇腹《わきばら》へ山刀を突き立て、猪ともども狂いまわって格闘していたが、ついに仕止めた。少年も力尽きて気絶してしまった。

信長はこういう少年に興味がある。すぐ召したが、当時織田家の一将校にすぎなかった秀吉がとくに乞《こ》い、自分の家来にした。仁王丸は茂助とあらため、秀吉がはじめて近江長浜で城持になったとき、百十石をあたえられ馬廻の士になった。

累次《るいじ》、秀吉の立身とともに累進し、若狭《わかさ》高浜、若狭坂木、近江佐和山などの城主になったが、秀吉が家康を関東に封じたとき、家康のふるい地盤であった遠州浜松の城主にとくにこの堀尾吉晴を見こんで据《す》えた。

「茂助ならば」

という濃厚な期待が秀吉にあった。

秀吉は、関東の家康が自分の没後もし立ちあがった場合のことを考え、東海道筋には自分が若いころから取り立ててきた大名のなかから、とくに実直な者を選んだ。家康が箱根を越えてやってきた場合、まず駿府《すんぷ》城には中村一氏《かずうじ》がいる。力戦して家康に抵抗するであろう。遠州掛川城には山内一豊、横須賀城には有馬豊氏《とようじ》、浜松城にはこの堀尾吉晴、吉田（豊橋）城には池田輝政、岡崎城には田中吉政、尾張清洲城には福島正則というぐあいに、数珠玉《じゅずだま》のように律義者が城をならべている。が、これらがことごとく家康に寝返るという結果になろうとは、秀吉も予測もしなかったであろう。

堀尾吉晴については、秀吉はその人物をとくに見こんでいた。およそ無口な男で、自分が生涯に世評にのぼるほどの功名を二十二度《たび》もあげたのにもかかわらず、戦場の武功ばなしはその子息たちにも一度もしたことがなかった。

例の手負い猪《じし》の話にしてもそうである。家臣がそのことを問うと、

「そういうこともあったかもしれぬが、なにぶん遠い昔のこととて、よくは憶《おぼ》えぬ」

というのみであった。この人柄《ひとがら》を、秀吉は高く評価したのであろう。

家康も秀吉の死後、吉晴の徳望に目をつけ、しきりと接触を深くし、その心を得ようとした。吉晴はなんといっても豊臣家の中老であり、海道筋の長者である。吉晴を味方につけれ

ば、海道筋の諸将は自然それにならって自分の傘下《さんか》に入るであろうとみていた。

そのため、家康は違法をさえ犯した。秀吉の遺命では、「諸将の禄《ろく》は、秀頼が成人して自分で判断ができるまで現状のとおりにせよ。それまでは、加増や減知をしてはいけない」とあるにもかかわらず、家康は豊臣家大老の資格をもって、

「堀尾帯刀先生《たてわきせんじょう》（吉晴）は、豊臣家に功多かった老練の者である。功のわりには知行がすくないゆえ、隠居料としてとくに越前府中六万石を加増する」

と発表した。

当時、三成ら奉行衆が非を鳴らすと家康はおさえつけ、

「わしは故太閤殿下がまだ病床にましましたとき、枕頭《ちんとう》でじきじきに内意をうけたのだ。足《そっ》下《か》らには関係《かかわり》ないこと」

とはねつけた。

（家康は、豊臣家諸将に私恩を売りつけて他日の陰謀の支度をしている）

と、三成は見た。私恩、といっても新規加増分の越前府中六万石は豊臣家直轄領《ちょっかつりょう》から割《さ》いたわけで、家康の厨房《ちゅうぼう》が貧しくなるわけでもなかった。

諸侯にとって最大の欲望は封土である。老吉晴はよろこび、

（このひとこそ）

と、家康を頼むようになった。かといってかれは、黒田長政、細川忠興ほどの積極的な反豊臣工作に従事したわけではない。

ただ家康が、上杉討伐のために大坂を発《た》って江戸へくだるというとき、吉晴はたまたまあたらしい封地の越前府中にいたが、夜を日についで本城の遠州浜松城に帰り、そこで子息の信濃守忠氏とともに家康を迎え、昼食の接待をした。

そのとき家康は城中の庭をあるきながら吉晴に、

「いま近江佐和山に退隠中の石田治部少輔三成が、わしの留守をねらって大坂で謀叛《むほん》の兵をあげるだろう」

と、はっきり言った。吉晴は、そういう可能性はあると思っていたが、このように明瞭《めいりよう》に言われると驚かざるをえない。

「治部少輔はおそらくわしの非をあげて天下に訴えるだろう。兵を催し、わしを討つことによって豊臣家を横領しようと彼は考えている。奸悪《かんあく》な男だ」

「して、治部少めがあげる内府の非とは」

「いやさ、お手前に越前府中六万石を差しあげたことなどを挙げおるのよ」

といわれてみると、この老人は篤実《とくじつ》なだけに家康に悪い気がした。

「それがし如《ごと》きのために内府が御迷惑を」

「いやいや、かまいませぬ」

家康はことさらに鄭重《ていちよう》にいった。

「左様な拙者のことよりも憂《うれ》うべきは豊家の御行く末。治部少めの野心に食いあらされてしまえば、故殿下の遺託をうけたお手前やそれがしの身としては、死して冥土《めいど》で殿下に合わす顔がありますまい」

「いかにも」

吉晴はふかくうなずいたが、吉晴ほどの老将だから家康の野心もほのかにわかる。

（あるいはこの方が、豊臣家を突きくずして天下をお取りあそばすのでは？）

ともおもった。とすれば、こうまで厚意をうけてきた手前、家康の為《ため》よきように堀尾家の全力をあげて尽すべきであろう。

この場合、吉晴は、

（故太閤の御遺恩の手前、これはどうか）

とは、いささかも考えなかった。秀吉はすでに死者である。武士は禄をくれる生者のために働くもので、死者に対する義理のために働くという道徳は、鎌倉以来ない。そのような儒教的な武士道が確立したのは徳川時代になってからであり、この場合の堀尾帯刀先生吉晴の心の動きとはなんの関係もない道徳であった。

「折り入って帯刀先生殿に頼み入る。その治部少輔の動きを、とくと御監視くだされよ。豊臣家のおためでござる」

「いやさ」

吉晴は、あわてていった。「豊臣家のおため」という言葉を家康がわざわざつかうのは、自分の本心に対して多少、つかみにくいための遠慮であろうと吉晴は思い、

「それがしの家は、内府殿と命運を一つに致しとうござる。拙者はなにぶんの老齢ゆえ、せ

がれ信濃守忠氏をよろしくお頼み申す」

といった。

そこで吉晴は息子の信濃守忠氏を庭さきへよび、林泉のなかの四阿《あずまや》でもう一度家康に対面させた。

堀尾家は、吉晴は従軍しない。忠氏が父にかわって全軍を指揮して家康の上杉征伐についてゆくことになっている。

「それがし老齢でござれば」

と、吉晴はその理由を何度もいった。老齢というが、吉晴は家康より一つ年下の五十八歳である。足腰も達者で、この直後、吉晴は越前府中にもどる途中、水野和泉守の屋敷で酒宴をしている最中に刃傷沙汰《にんじょうざた》があり、ただちに相手を斬《き》り倒し、そのあげく十七カ所に傷を負ったがびくともしなかったという大豪ぶりを発揮している。

その吉晴が、みずから家康に従軍しなかったというのは、

(あるいは治部少輔が勝つのでは)

という疑念がひとつにはあったからであろう。もし三成が勝った場合、自分さえ従軍していなければあとはなんとか取り繕えるからである。無口な徳人《とくじん》でも、吉晴は利害の計算にはこの時代の大名と同様、鋭敏な能力をもっていた。

「ふつつか者でござるが」

と、信濃守忠氏を、家康に頼んだ。忠氏はこのとき、数えて二十三歳である。

(母親似かな)

と、家康はこのとき思った。まるで父吉晴の武辺面《ぶへんづら》は受けついでおらず、背がすらりと高い、色白の秀麗な容貌《ようぼう》の若者である。

「父御《ててご》のご武辺にあやかりなさるように」

と、家康はほんの儀礼的にいった。

その若者が、この夜、奥州街道沿いの宿陣で酒盛りをしている若者である。日が落ちてから近在の娘どもをよび、

「舞の手は知らぬか。舞えや」

などと騒ぎはじめ、時の経《た》つのをわすれているかのようである。

「舞わねば、わしが一さし舞うぞ」

といって立ちあがり、銀扇をひらいて手足のさばきも小気味よく舞った。

上手な舞ではないが、厭《い》や味《み》のない、さわやかな舞である。こういう座に馴《な》れぬ村の娘どもははじめは酌《しゃく》の手もふるえるほどに固苦しくなっていたが、若い信濃守忠氏の舞のさわやかさに思わず声をあげた者さえあった。

宴なかばで老臣が入ってきて忠氏の御前にすすみ寄り、

「あすは小山で軍議がござりまする。御家の帰趨《きすう》をきめる内評定《うちひょうじょう》もあそばされずに、かよう

な御酒興のみあそばされていてよいのでございますか」

といった。これに対し忠氏は、

「ふむ？」

と、小首をかしげただけである。

「若殿、よく御料簡《りようけん》あそばされよ。どの陣所も今夜は気味がわるいほどに静まり、ひそひそ声にて黒白《こくびやく》いずれにつくかを囁《ささや》きあっている様子が、篝火の色にさえ出ている様子でござりまする」

「内評定など、せずともよい」

「は？」

「わしはすでに決めてある」

と、老臣をみた。

「家康につく」

忠氏は家康を、内府とも江戸殿ともいわず呼びすてにした。

「つくと決めた以上、内評定など無駄《むだ》だ。内評定をぐずぐずやっておるのを家康の手の者が偵知《ていち》したりすれば、あとあと疑われるもとになろう。決めた、とあればかように陽気にさわいでおるほうがよい」

忠氏の小姓の目からみても、老臣のほうが、愚鈍にみえた。

「安堵《あんど》してゆるりとやすめ。わが堀尾家は、一にも江戸殿、二にも江戸殿、そのほか思案《むこう》すべきことは何もない」

「おそれ入り奉る」

といって、老臣はひきさがった。

夜半、忠氏は宴をおわり、娘たちに金品をあたえ、番卒をしてそれぞれの親もとに送ってゆかせた。

寝所に入ろうとすると、先刻の老臣をまじえた四、五人があらわれ、

「いま一度、若殿のご意中をお洩《も》らしくださるわけには参りませぬか」

といった。どの男も、老主君吉晴から「信濃守はまだ戦場の味も知らず未熟なること多いゆえ、よくよく介抱せよ」といわれてきている男どもである。

「意中か」

忠氏はいった。

「それならば話す。そのほうども知っての通り、評定とはつねに性根《しょうね》のさだまらぬ者の集りといっていい」

「なるほど」

そういわれてみるとそうかもしれぬ、と老臣たちはうなずいた。

「みな、隣人の顔色のみを窺《うかが》っている。かの臆病者《おくびょうもの》どもは多い発言のほうにつこうとする。評定がはじまった最初は、人なき森のなかのような静かさだ」

「ほう」

みな、なかばあきれるような目でこの二十三歳の若者の唇《くちびる》を見た。若者はあすの評定をすでに見てきたような話しかたをするのである。

「おれはまっさきにいう。徳川殿に加担つかまつるべし、と。——されば勇も智もないかの連中どもは、われもわれもと同じ声をはりあげるだろう。もうそれだけで日本六十余州の勢力分布は一変する。そのまま江戸殿の天下になる」

「ほほう」

「わしは江戸殿に天下を進上し奉ったほどの功績をもつことになるだろう。智ある者というのはこうぞ」

と、忠氏は、自分の智謀を幾分誇りながらいった。父の吉晴の無口とは正反対の多弁さだが、かといって軽薄というほどでもない。

「わしが父上は故太閤から恩顧をうけられたが、その子のわしは太閤とは何の関係もない。わしは心中ためらうことなしに江戸殿をえらぶことができる」

忠氏の、いかにも割りきった態度の根底にはそういうことがあるのかもしれない。

「しかし、若殿よりも早く徳川殿御加担の名乗りをあげるお歴々がいらっしゃればどうなされます」

「それでもよい。智略というのはつねに一枚では相成らぬものだ。一枚が破れれば二枚目を出す。それを出せば満堂驚倒し、なかんずく江戸殿は座をおどりあがってよろこぶだろう」

「それは?」

「深く蔵《ぞう》す。そのほうども腹心の臣にもいまは打ちあけられない」

「なるほど」

老臣どもは毒気にあてられたようなものだった。かれら老臣も、この年若い堀尾家嫡子《ちゃくし》の器量をいままで十分に知っていたとは言いがたい。いま目を洗われるような思いで知らされたところでは、この忠氏は父の吉晴をしのぐほどの智略のもちぬしらしいということだった。ただ難はある。——多少、言葉かずが多すぎることと、いくぶんわが智を誇り、才を弄《ろう》する癖《へき》があるようであった。しかしそれとてもこの時代の武将の通弊といってもいいから、致命的な欠陥ではない。

「まずそのほうどもとしてはわが智略に安んじて居よ。あす、軍議の果てるのを楽しみにして待て」

と言いすてて、信濃守忠氏は奥へ入った。

光 風

翌未明、若い堀尾信濃守忠氏は宿舎で目がさめると、すぐ、

「雨か、晴か」

と、次室の宿直《とのい》の者にきいた。

「はっ、夜来の雨もあがり、めずらしく星なども見えておりまする。ほどなく天を染めてあかあかと陽《ひ》がのぼるでありましょう」

「天を染めて、か。……」

若い忠氏は、その詩的な表現が気に入ったようであった。この慶長五年七月二十五日の小山軍議が歴史を変えるということを、たれよりも詩的な感慨で昂奮《こうふん》している忠氏である。いそぎ洗面し、食卓にむかった。箸《はし》を動かすほどに、部屋があかるくなった。

そのとき取次ぎがきて、

「隣りの御陣屋の山内対馬守《つしまのかみ》一豊さまが、——小山に参る途次が退屈、ぜひみちみち御馬をならべてゆきたい、と申されて門前にお待ちなされておりまする」

「ほう、山内殿が」

堀尾忠氏は、箸をとめた。

(大名の道連れとはめずらしい)

忠氏はそうおもった。

隣りの陣屋に、山内一豊が宿陣しているのである。齢《とし》は忠氏とは親子ほどもはなれている。五十五であった。

「対馬守殿は律義なかただ」

隣りどうしだから誘わずにはなるまい、とおもったのであろう。一豊は、忠氏の父吉晴と織田家以来の同僚で、ともどもに平侍からこんにちの地歩まで立身してきた間柄《あいだがら》であった。

戦場の武功はさほどにはないが、温和で義理がたい人物として知られている。

「すぐ、参る。湯茶の接待などをぬからぬように」

と忠氏は言い、食事をいそいだ。

山内一豊は、遠州掛川の城主で、堀尾家の浜松とは、いわば領地も隣り同士である。おなじ「海道大名」であった。

死んだ秀吉が、対家康の戦略上、東海道に律義者の大名をずらりとならべた。そのなかでも律義第一といわれるのが、この山内一豊と忠氏の老父吉晴である。

（さてさてお誘いとはご丁寧なことよ）

箸をいそがしく動かしながら、忠氏はくりかえしおもった。

やがて支度を終え、鞭《むち》をもって門を出ると、当の山内一豊は路傍に床几《しょうぎ》をすえてゆるりと待っている。

無造作な平装で、樹蔭《こかげ》に涼んでいた。

（いい姿だ）

忠氏は、そうおもった。生涯《しょうがい》、百戦を経てきた老将が、まるで土地の老長者の散策姿のようなふぜいで樹蔭に憩《いこ》うている。なにやら画題になりそうな風景であった。

「やあ」

山内一豊は忠氏をみとめて立ちあがり、わが馬のそばに歩みよった。

おどろくほどの身軽さで、馬上の人となった。

「されば信濃守どの」

「はっ、お伴《とも》つかまつります」

忠氏も馬を寄せて行った。

「よい天気でなにより」

一豊はふりかえって言った。しもぶくれの顔にまるい目をもった、どちらかといえばあどけない顔である。

供の武士は、たがいに数人でしかない。みな平装し、山内家、堀尾家の士がたがいに入りまじりつつ、主人の馬の前後をさりげなくかためて騎行してゆく。一見、遊山《ゆさん》のすがたであった。

「関東の景色《けいしょく》はひろびろとして」

一豊はいった。

「こうして野に馬をすすめていても、わが馬が動いておるのかと思われるほどののびやかさでござるな」

さしさわりのない話題だ。

「いかにも」

忠氏は微笑してうなずいた。信濃守忠氏は老人のはなしをきくのが好きである。まして老父とは同郷の尾張のうまれであり、おなじ織田信長の家来として若いころ同じ戦場で立ちはたらいてきた相手である。

「父の若いころの話をおきかせくだされ」

と、忠氏はいった。

「いやはや、猛烈なお人であった。ただふしぎのお人で、戦場ではあれほど鬼神のごときお働きをなさるのに、いったん日が沈み、幕舎に帰ると、婦人のようにおだやかなお人で高声で談笑なさることもない。ご自分の手柄の自慢をなさることもない」

一豊は、吉晴の逸話をいくつかあげた。そのどれも子の忠氏の初耳のことばかりで、若者にはひどく興味があった。

「織田右大臣とは、いかようなお人でありましたろう」

と、忠氏は話題を変えた。

「信長公でござるか」

一豊は、陽炎《かげろう》の立つ前方の草むらをながめながら、往時を追憶するように目を細めた。しばらくだまって馬をすすめていたが、

「御癇癖《ごかんぺき》がはげしく、お好みが偏《かたよ》り、仕えにくい主人でござったが、いまから思えば、不世出の英雄にましましたな。あの方は、御生涯のうち、御自国で兵戦はなさらず、つねに一歩でも二歩でも国境のそとに踏み出して戦さをなされた。その戦さのなされぶりも、ときに風にあおられた火のごとく苛烈《かれつ》に敵を攻めるかと思えば、ときに悠々閑々《ゆうゆうかんかん》として長陣を我慢なされ、千変万化、ひとつとして同じ戦法を用いられたことがない」

話は、信長のこと、秀吉のこと、など一豊の思いうかぶままに転々としてゆく。最後に忠

氏の老父吉晴にもどって、

「茂助（吉晴・帯刀先生）殿とそれがしほどご縁のふかい間柄はない」

といった。

「信長公の直参旗本の身から相前後して秀吉公の与力になった。秀吉公の長浜のころは、屋敷まで隣り同士でござったよ」

秀吉の長浜のころ、というのは、秀吉がはじめて織田家の大名になり、近江の琵琶湖畔に長浜城をきずき、二十万石を領したころのことである。一躍二十万石の大名になったため、多くの家来を必要としたが、とりあえず信長の直参から多数の者が秀吉に付けられた。一豊はそのころのことをいっているのである。

当時、一豊は二、三百石程度で、堀尾茂助もその程度であった。

山内一豊が、その妻の千代の才覚によって名馬を得た、という有名なはなしは、そのころのことである。

「人間の運とは、ふしぎなものでありまするな。あのころ、信長公の御直参の侍が、ほうぼうの与力につけられました。柴田勝家殿について北国へゆく者もあり、滝川一益《かずます》殿について関東へゆく者もござったが、われらは父御《ててご》とともに長浜の秀吉公のもとに付けられました。あのとき、柴田殿や滝川殿のもとに行かされているとすれば、命があったかも定かならず、ましてかように大名の分際《ぶんざい》になっているような運命に立ちいたらなかったでありましょう」

「なるほど」

忠氏は、人の世のふしぎさに小さな感動をおぼえつつ聴いている。

「ところで」

と、一豊は一足とびにいまの状勢のほうに話題をもってきた。


「はて。……」

信濃守忠氏は、戛々《かつかつ》と馬をあゆませながら首をひねった。

（いかに父とは懇意のひとといえども、うかつにはしゃべれぬ）

と、自分をいましめた。相手の老人は、どうやら、わが堀尾家の方針を察知しようとしているように思われる。

「いやいや石田治部少輔も」

一豊は微風のなかでいった。

「さる者ではありまするな。わずか十九万五千石の身上で大大名を掻《か》きあつめ、江戸内府を相手に天下分け目の合戦をいどもうというのは古来ないことだ」

（三成をほめている）

それがかえって油断ならない。

「古来ないことをするというのは、やはり英雄児にはちがいありませぬな」

一豊は、なおも忠氏の意見を誘導せしめようとしてさまざまに三成をほめた。

「太閤の晩年の政治《しおき》は、ことごとくあの治部少輔が代行した。政治というものはすべての人が満足できるようなものではない。一方によければ一方に悪い。その悪いほうが、太閤を恨むわけにはゆかぬため、恨みをことごとく治部少輔にもってゆく。人の恨みを矢にたとうれば、三成は全身 蝟《はりねずみ》のごとく矢が立っている。太閤はそのかげにあって、一矢《いっし》も傷つかず幸福な晩年を送られた。治部少輔の評判のわるさはことごとくそのせいであって、かれの人柄ではござらぬな」

一豊は手綱をあそばせ、風に吹かれながらゆるゆると馬をすすめてゆく。

「左様でありましょうか」

忠氏は、注意ぶかく言葉はしに疑問を残した。

「左様でありますとも」

老人は断乎《だんこ》といった。

「もし三成に野心私欲があるとしますれば、太閤の御生存中、その権力を利用して四方八方に私恩を売ったでありましょう。そういう男でないゆえ、太閤はご信頼なされた」

「ほほう」

「かれは人の恨みを受けた。受けたればこそ悪人でないということが言えましょう」

「対馬守殿」

若い忠氏は、たまりかねていった。

「あなた様は、さほどに三成びいきでありまするか。されば今日の軍議では、大坂につくと申されまするか」

「いやいや」

一豊は、ろうばいしたふりをみせた。

「それはお聞きちがいでありましょう。いまそれがしは、信長公、秀吉公の人物評につづいて、単に治部少輔の人柄を論じたにすぎませぬ。それだけのことでござる」

「されば、徳川殿にお味方なさるか、大坂の奉行衆に御加担なさるか、いずれでありまする」

と、忠氏は単刀直入にきいてみた。が、一豊は動ぜず、篤実《とくじつ》げな顔だちに濃い微笑をただよわせながら、

「それは、堀尾家と同腹でござる」

といった。黒白を容易にいわぬところ、忠氏はもはや驚嘆してしまった。

(さすが、織田家の平侍の身から身をおこして三代の風雲をきりぬけ、ついには遠州掛川六万石の大名になったお人だけはある。ただの律義者ではないのだ)

と、おもった。

途中、草むらの草を倒して弁当をともに使った。

ふたたび、馬上にもどり、騎行してゆく。前途の雑木林のむこうの空が青くなり、みごとな白雲が出はじめている。

「やっと、晴れたようだ。しかし西の空が暗いゆえ、あすまでこの晴がつづくとは思われ

ぬ」

一豊は、つぶやいた。そのあと忠氏のほうをむき、

「それがしは愚鈍者でござる」

と、微笑《わら》った。

「むかし、太閤様がまだ羽柴筑前守と申された中国攻めのころ、それがしは父御《ててご》と一緒に羽黒の陣でおなじトリデを守っておりましてな。そのころから愚鈍で」

咳《せき》をし、

「よく父御から教えを受けたものでござる。陣中、敵情の判断などでわが頭ではわからぬことがありまするといそぎ父御のご判断をおうかがいに行ったものでありました」

「ご謙遜《けんそん》を」

「いやいや、謙遜ではありませぬ。それがしは生来の迂愚《うぐ》を知っておりますゆえ、そのつど、そのつど、いかがすべきかを朋輩《ほうばい》にきいたり家来にきいたり」

（内儀にきいたり）

と忠氏は肚《はら》のなかでおかしくなった。一豊の妻の英気溌剌《はつらつ》とした賢婦人ぶりは、織田家のころからいまにいたるまで、武士のあいだでの評判なのである。しかもこの一豊はその夫人に惚《ほ》れぬいているらしく、子がないのに側室も置かず侍女ひとり手をつけたこともないという。

（おかしな老人だ）

忠氏は、好意をもちはじめた。思えば世の中で、「自分は生来の迂愚で」とへりくだりつつひとの智を借りようとする者ほど、見方によっては可愛げのある姿はない。

(教えてやろうか)

と、忠氏はつい、誘惑にかられた。自分の智をこの老人に誇りたい気持もある。

が、かろうじておさえつつ、

「先刻、対馬守殿は、御当家と同腹——と申されましたが、拙者の老父は拙者が国を出るとき、太閤亡《な》きあとは徳川殿を頼み参らせて家を立てよ、と申しました。対馬守殿もご同腹でありましょうな」

「いかにも同腹」

一豊は、にこにこといった。

「天下はまわり持ちでござる。織田右大臣が本能寺で非業の最期《さいご》をおとげあそばされたあと秀吉公が世を継がれました。このたびは徳川殿こそ継がるべきでありましょう。それが世の勢い、天の理というものでござる。それがしも非力ながら、徳川殿を押し立てて世運《せうん》をひらくつもりでござりまする」

「よいご分別でござる」

若い忠氏はうなずき、老人の師匠のような心境になってきた。

そのあとしばらく雑談し、やがて一豊の質問はもっとも核心に触れてきた。

——今日の小山の軍議では、どういう態度をとったほうがよかろう。

ということである。

「さあ、それは」

「御父子二代にわたっていろいろと物を訊《き》くというのは年の功もないことにてはずかしゅうござるが、なにぶん信濃守どのは御父君にまさる智恵者であるというご評判もあり、おひとことお教えねがえまいかと存じ」

と、一豊はいった。

忠氏は、次第にいい気持になってきた。自分の智恵を明かして老人を驚かせてやれとおもい、例の「一番の御味方名乗り」という腹案をあかした。

「拙者は、そうするつもりでござる。しかし貴殿がどうなさればよいかということまでは智恵はまわりませぬ」

「なるほど、それはごもっともなことで」

一豊は、感心した。

「いや、感服つかまつりましてござる。唐土《もろこし》の諸葛孔明《しょかつこうめい》の智謀をもってしてもそれ以上は出ませぬでありましょう」

「痛み入る」

老人は、ほめ上手である。忠氏は、ほめられて次第に昂奮《こうふん》が大きくなってきた。

「まだござる」

と、ついに秘中の秘ともいうべき秘策を、ここで明かしてしまった。

「余人は知らず、それがしは」

忠氏はいった。

「徳川殿のお味方につく以上、家運をひらく大博奕《おおばくち》でありますゆえ、城も領地も徳川殿に差しあげるつもりでござる」

「………」

山内一豊は、だまった。堀尾信濃守忠氏の言葉の意味がとっさに理解できなかったのである。

（城も領地も徳川殿に献上する？）

そんな話はきいたこともない。しかしこれほど強烈な「加担宣言」はないであろう。堀尾家の浜松城と十二万石の身代は、豊臣家から拝領したものだ。それをそっくり徳川家に呉れてしまうというのである。豊臣家への絶縁を意味するだけでなく、徳川家と運命をともにしようということについての、もっとも鮮烈な意思表示になるはずであった。

なにしろ、城を空《から》にし、留守部隊もおかず、堀尾家の家来がごっそり全員、腰兵糧《こしびょうろう》をつけただけで家康に従軍してしまう。もし天下分け目の合戦が負けとなれば、堀尾家は止まり木をうしなった鳥の群れのように空中にむなしく漂うことになる。

「それで？」

「左様。徳川殿のお旗本の衆にでも城の留守をしてもらいます」

「ふむ……」

一豊は、言葉をうしなうほどの衝撃をうけた。おなじ味方になるとすればそれほど思いきった態度に出るべきであろう。

（これは徳川殿は、狂わんばかりによろこぶにちがいない）

なぜならば、堀尾家が遠州浜松城を献上してしまえば、他の東海道の諸侯はだまっているわけにはいかない。われもわれもとあらそって城を献ずるであろう。そうとなれば、家康は戦う前から、海道諸城をことごとく手に入れたことになる。

勝利は必至であり、家康に功を売りつけるにはこれほどの手段はない。

運命

古城には、欅《けやき》、椎《しい》の樹《き》が多い。下の街道から、赤土の坂が、城の上へ通じている。

「では、いずれ後刻」

と、堀尾信濃守忠氏は、小山の古城趾《こじょうし》につくと、年長の山内対馬守一豊にいんぎんに会釈《えしやく》して別れた。

赤土の坂をのぼった。

前後を、大名たちがのぼってゆく。どの大名も軽装で、供も槍持《やりもち》、挟箱持《はさみばこもち》など数人をつれてきているにすぎない。

どの大名の顔にも不安がある。

（みな、わが身の行方を決しかねている）

若い忠氏は、先輩、年寄株の将領どもが意外に無智で臆病《おくびょう》なことに、多少の満足をおぼえた。

「やあ、信州（忠氏）」

と、不意に頭上の坂の上から、声を掛けおろした者がある。

福島正則だった。

この虎鬚《とらひげ》の男は、坂の中途で腰をおろし、汗をぬぐって涼を入れているのである。

「水を持たぬか。わが家来どもはいつもながらうかつで、かかる暑い日に水の瓢簞《ひょうたん》をわすれおったわ」

「水でござるか」

忠氏は家来のほうへふりむき、瓢簞をひとつ正則にさしあげるように命じた。

正則は、大瓢簞をかかえ、椀《わん》にもうつさずじかに飲みはじめた。水が、鬚のあいだからこぼれている。

（いつもながら粗雑な仁だ）

忠氏は、この故太閤に愛されつづけたという猛将を観察した。

「父御《てご》は、お達者か」

飲みおわって、正則はきいた。

「はい、お蔭《かげ》さまにて。いまごろは浜松を発《た》って、越前へむかっておるでありましょう」

「越前府中の新知《しんち》へか。あれは内府の格別のお口添えでもろうた土地じゃな」

「左様」

「堀尾家は、内府の恩はわすれられまい」

「しかしながら」

忠氏はからかってやれ、とおもった。

「豊家の御恩もわすれられませぬ。父の吉晴が走卒の間からひきたてられて浜松十二万石の諸侯に列せられたのは故太閤のおかげでござる」

「そうとも。わしとて同じじゃ」

「さらには」

と、忠氏はいわでものことをいった。

「このたびの越前府中での新知六万石も、内府のお口添えとはいえ、豊臣家の御直領から頂《ちょう》戴《だい》致しましたわけで」

(小僧。——)

というような顔を、福島正則はした。言われなくてもわかりきったことだ。

「すると、なにかな。堀尾家は大坂の奉行衆に方人《かたうど》をするというのかな」

「いつ、私は左様に申しましたろう」

「申さんばかりの語気じゃ」

「それよりも、左衛門大夫殿は、いずかたにお味方なさる」

「内府よ」

正則は、吐き出すようにいった。この男はひょっとするとここに蹲《しゃが》みこんで通りかかる大名に水を所望しては相手の意中をただしているのかもしれない。

（多いほうに付こうとしているのだろうか）

と、忠氏は思ったが、正則の気象からいってそうではあるまいとも思った。おそらく秀吉子飼いの大名の身でありながら家康につくという気持にやや後ろめたさがあり、その自責の念から、

――同類は一人でも多いほうがいい。

とおもって、通りかかる昵懇《じっこん》の者によびかけては相手の意中をたしかめているのにちがいない。

「よくおきかせくだされた」

と、忠氏はあたまをさげた。

「それがしも内府を無二のお人と心得、内府を押し立てて家運をひらきたいと存じております」

「待った」

正則は、声を落した。

「おれはちがうぞ。このたび徳川家に加担するのは石田憎しの一念からであり、かの者を首にすればわが本懐は遂げおわるのじゃ」

「されば豊家に対する御忠誠にはおかわりがないと申されるので」

「いかにも」

（それこそ言わでものことではないか）

と、忠氏はおもった。石田憎しであろうが無かろうが、いまから豊臣家を攻めるのである。当方が勝てば豊臣家はほろび、徳川の天下になるであろう。その歴然たる結果に目をおおい、「豊家の御恩はわすれぬ。しかし石田を討つ」という理屈は通らない。

（この虎鬚殿は、その料簡《りようけん》でいるかぎり、徳川殿の天下になったあかつきは、徳川殿から忌《い》まれ、しりぞけられ、ついには取り潰《つぶ》しの目に会うにちがいない）

ばくちなのだ、と若い忠氏はからりと割りきっている。ばくちには義理や口説《くぜつ》はいらないことだ。

——徳川殿によって家運をひらきたい。

とはっきり言うほうが、福島家は安泰であろう。正則がそんな割りきれぬ性根でいるかぎり、近くおこるであろう大戦に正則がいかに奮戦したところで、家康はありがたく思わぬにちがいない。

「ではご免」

と、忠氏はさらに坂をのぼった。

頂上に出た。

ここが、源平以来下野《しもつけ》で威をふるった豪族小山氏の旧本丸なのであろう。

この塁のあとに、庄屋屋敷がある。家康の陣所である。

会議は、そこでおこなわれる。屋敷がややせまいため、屋敷に連結してそのうしろに三間《みま》ぶちぬきほどの広さの広間が、きょうの軍議のために建てられていた。むろん家康の携行用の野陣材料でたてられた一夜普請《いちやぶしん》ではあるが。

忠氏は、入った。

すでにおおぜいの大名が集まっている。池田輝政、細川忠興、浅野幸長、生駒親正、有馬則頼、黒田長政、蜂須賀家次、京極高知、藤堂高虎、加藤嘉明……といった秀吉取りたての大名がひしめき、たがいに雑談することも憚《はばか》って、会議のはじまるのを待っていた。

忠氏は、着席した。

その座と座を割って、徳川家の茶坊主が煎茶《せんちゃ》を運んでいる。「湯茶がほしい」と所望した者だけに運んでいるわけで、すべてにふるまっているわけではない。茶碗も、近在の百姓家から借り出してきた粗末な品々である。

（徳川殿らしい吝嗇《りんしょく》よ）

忠氏はおもった。秀吉ならこういうときは菓子をもつけて豪華にふるまうであろう。軍議のあとは酒宴になるにちがいない。

（しかし、地味で吝嗇であればこそ徳川殿は天下の輿望《よぼう》をつなぐに足る）

と、堀尾信濃守忠氏はおもった。秀吉はその在世中、諸大名の負担においておびただしい件数の大建築をおこし、さらに朝鮮に対し無用の軍《いくさ》をおこして国力を浪費した。

(もはや、かなわぬ)

とまで、諸侯が思っているやさきに秀吉が死んだ。つぎの家康が同じ型の浪費家だったら諸侯はあるいは家康を立てようとしなかったかもしれない。

(徳川殿は、御自分の身辺でさえ質素におくらしなされているお方じゃ。あの方の天下なら、おそらく前時代のような物入りなことはあるまい)

静かな平和が楽しめるという期待が、地味好みの家康に対してあつまっている。

やがて上段に、家康があらわれた。

家康の御座ちかくには、その政治上の参謀である本多正信と、軍事上の参謀である本多平八郎忠勝がならんでいる。

「よくぞ、お集りでござる」

と本多正信が、一同にいった。家康に直語《じきご》をさせないのは、もはやこの瞬間から家康を「上様」の位置に押しあげておこうとする演出であろう。

「すでに」

本多正信が、大声をはりあげた。

「お聞きおよびのことと存ずるが、大坂にて奉行衆が秀頼様を私《わたくし》し、その御沙汰《さた》なりと称して兵をあげ、内大臣様を討たんずる挙に出《い》で申した」

正信老人は、おおかたの情勢を説明した。

それを聞いてゆくうち、忠氏はひとつ驚いたことがあった。この大坂の変報を、この席ではじめてきいて愕然《がくぜん》と口をあけている大名が十数人もあったことである。

（なるほど、おおぜいのなかには、いつのばあいにも、物事にうとい、鈍《どん》な人物もいるものだ）

物事にさとすぎる忠氏は、むしろそういう連中を珍奇な動物でもみるようにしてながめた。

正信老人の言葉がおわると、入れかわって二人の入道頭の老人が進み出た。

（おや）

と、忠氏は思った。

（山岡道阿弥《どうあみ》殿と、岡江雪《こうせつ》どのではないか。あの二老、なんの用があるのであろう）

ふたりは、故秀吉の御伽衆《おとぎしゆう》だった人物である。

御伽衆というのは豊臣家の官職の一つで、ひらたくいえば秀吉の話相手、といっていい。政治家としての秀吉の教養を協《たす》けるため、いわば「耳学問」をさせる相手である。

その俸禄《ほうろく》も大名級の知行をもらっている前時代の老貴族もおり、下は曾呂《そろ》利新左衛門のように、刀の研師《とぎし》あがりの薄禄の者もある。その専門も、単に昔《く》ばなしができる、という者もあれば、学者もおり、茶人もおり、武芸者もおり、また京の公卿《くげ》社会に通暁《つうぎよう》している者もいる。

そのなかで山岡道阿弥は、どういう種類の専門に入るのであろう。とにかくもとは近江甲賀郷の地侍で、備前守景友という武将であった。最初足利将軍家につかえ、ついで織田信長に出仕し、さらに隠居してからは豊臣家に仕えた。

秀吉はこの道阿弥の人ざわりのやわらかさと博識ぶりと、その茶道を愛し、伏見城を築いたときなどは城内の一巨郭《きよかく》をあたえ、その一角を、

「山岡曲輪《ぐるわ》」

と称せしめたほどである。この家系はのちに徳川家の旗本となり、幕末の鉄舟山岡鉄太郎までつづいてゆく。

岡江雪、という老御伽衆も、もとは武将である。秀吉によってほろぼされた小田原の北条氏の旧臣で、秀吉に仕えてからは、道阿弥同様、茶道を専門としている。

忠氏のみるところ、ふたりには共通点がある。秀吉に愛されたことと、豊臣家のいわば茶道奉行でもある関係から、諸大名との交際がひろい点である。

（それで、か）

と、忠氏はおもった。家康がわざわざこの二人をつれてきたのは、この小山軍議に何らかの役割りをあたえるためであったのだろう。

両老人は、なにか喋《しゃべ》っている。

（聞こえぬ）

と思って耳を澄ませると、なんと、とほうもないことを家康によって喋らされているのである。

「大坂に味方したい、と思う御仁《ごじん》があるかもしれぬ。左様な人はいまより陣を払って領国に帰り、とくとく戦さの支度をなされよ。御邪魔だてはいたさぬ。——と内府はおおせられておりまする」

と、山岡道阿弥はいった。わざと徳川家の者にいわせず、故秀吉の老寵臣《ちょうしん》にいわせるあたり、家康が準備したこの軍議の装置はよほど巧妙だというべきであろう。

「如何《いかが》。ご遠慮なく御陣をはらわれよ」

と、岡江雪もいった。

「あいや」

忠氏がいおうとしたとき、それよりも早く座の中央で半立ちになった人物がある。

福島左衛門大夫正則であった。

「待たれよ、待たれよ」

と膝《ひざ》ですすみ、正面まで進み出ると、

「余人は知らず、拙者儀は、いまさら大坂の治部少めに味方する筋目《すじめ》はござらん。なるほど大坂には妻子はいる。されど、串刺《くしざ》しにされるならばされよ。拙者はいちずに内府にお味方つかまつり、その御先鋒《せんぽう》を賜わって懸命に駈《か》け働き、治部少めが肉をこの歯にて啖《くら》いちぎらんとするものじゃ」

と怒号するようにいった。

（しまった。さきに言われたか）

と忠氏はおもった。こういう場合、正則のようにがむしゃらに進み出てゆくという神経は忠氏にはなかった。

（ああいう男にはかなわぬ）

とおもった。

事実、口火をきるのは、豊臣家一門の福島正則がもっともふさわしかろう、とも忠氏はおもった。

（あるいは山岡道阿弥、岡江雪と同様、はじめから決められた役割りではないか）

とも思い、みずからを慰めた。

なるほど正則の発言の効果は大きく、われもわれもと声をあげる者があとにつづき、ついに全員が賛成した。

（可哀そうに）

と、忠氏は、並居る大名たちの顔をながめた。数あるなかには大坂の妻子を恋うのあまり陣を脱して帰りたいと願っている者もあるであろう。また勝敗の見通しについても、家康が勝つとは思えない観測のもちぬしもいるにちがいない。

それらが浪にさらわれたように一挙に家康の側に打ちあげられた。

「されば」

と、上席のほうで声があがった。忠氏がのびあがってみると、家康の家来本多平八郎忠勝である。役者が、入れかわった。

「軍議に移り申す」

と、徳川家きっての軍才の持ちぬしである本多忠勝はいった。

「まずおたずねしたい。すでに東に上杉をひかえ、いまあらたに西に石田の旗があがり申したが、いずれから討って然るべきや、おたずね申す」

型にきまった進行の仕方である。当然、西から討て、と声があがった。みな和した。

その軍議中、家康は中座した。

やがてもどってきたときは、先鋒を福島正則と池田輝政がつとめる、というところまで軍議がすすんでいた。

「ほほう、それは観物《みもの》じゃ」

家康は、正則と輝政のほうに、かわるがわる微笑をそそいだ。承諾したわけである。

「さればおのおのはこの小山よりただちに軍を発して西上していただく」

「内府は、いかがなされます」

「江戸にある」

「これはしたり」

と、正則はいった。

「いやいや、いずれ西上する。おのおのは尾張清洲までゆき、そこで軍をとめられよ。わしはいずれ江戸を発ち、清洲で御一同と会同するであろう」

そのあと、こまごまとしたことがきめられたが、その席上、

「あいや」

といってすすみ出た人物がある。忠氏の父の旧友山内一豊であった。

「申しのべたきことがござりまする。拙者の城はご存じのごとく海道筋の掛川にあり」

と喋り出した内容は、今朝、忠氏が得意のあまりつい洩《も》らした忠氏自身の秘計ではないか。

忠氏は、唖然《あぜん》とした。

「内府に、わが城と領地をさしあげる」

というあのすさまじい発案である。

家康も、この発議《ほつぎ》にはおどろいた。古来、こんなことを申し出て味方になった男もないであろう。

「対州殿、かたじけない」

と、家康はなかば腰を浮かせて叫んだほどであった。これは家康が狂喜するに値いした。なぜならば、一豊の発議にたまりかねて、一豊と同列の海道筋の城主がことごとく城をさしだしたからである。

忠氏も、そのうちのひとりであった。

が、もはや遅かった。

関ケ原ノ役後、山内一豊は戦場ではなんの武功もなかったが、このときのこの一言で掛川

六万石から一躍土佐一国二十四万石の国主の身分になった。

この論功行賞のとき、さすがの本多正信も家康の気前よさにあきれ、

「対州はなんの戦功もござらぬのに」

というと、家康は、

「戦場での働きなどはたれでもできる。小山での山内対馬守の一言こそ、関ヶ原の勝利を決めたようなものだ」

といった。

ちなみに、堀尾家は関ヶ原ノ役後さほどの加増もなく、出雲《いずも》・隠岐《おき》二州二十四万石をあたえられたが、忠氏は役後五年目に二十七歳で病死し、その子忠晴も寛永十年三十五歳で病死し、嗣子《しし》のないまま幕府から取りつぶされてしまっている。

竹伐《き》り

評定がおわったとき、

「されば。――」

と、家康は体をゆすり、上段から諸将に声をかけた。

「軍旅、お体にはお気をつけられよ。私は江戸で支度をする。いずれ諸子のあとを追って尾

張へゆく。尾張表《おもて》で会える日を楽しみにしている」

家康がその意味のことを三河《みかわ》なまりでいったとき、かれの面貌《めんぼう》に血がさしのぼり、ほとんど若者のようにかがやきはじめたのを、諸将は見た。

家康は微笑をたやさない。

(すべてが、うまくいった)

家康はおもった。この会議はかれの運を生みあげた。会議のふんい気は予想以上に盛りあがり、家康とその幕僚が予期していた以上の結果になった。すべての豊臣諸侯は、こちらが誘いかけるよりも早くみずから躍りあがってむこうから飛びこんできてくれた。

(こんなに成功した評定は、古往今来《こおうこんらい》、あったためしはあるまい)

家康はおもった。

諸将たちは去った。

そのあと、

「妙でござりまするな」

と、本多正信老人が庭のほうをみながらいった。

「たったいままで晴れておりました空が、またまた怪しゅうなりましたな。まるで、この評定のために天が晴れ間をみせてくれたかのようでござりまするな」

なるほど、雲が出はじめている。

「今夜あたりから降りはじめましょう」

「弥八郎、すこし疲れた」

家康はつぶやき、手をふって正信を退《さが》らせ、横になった。しかし夕刻からふたたび正信らをよびあつめて夜ふけまで軍議を重ねた。

その翌日から諸将は陣をはらい、行軍を逆戻りしてぞくぞくと奥州街道を南下しはじめた。

雨は、歇《や》むまもなくその軍列の上にふりそそいでいる。

街道は、混雑した。路幅は馬二頭をならべるのがやっとという狭さだし、そのうえに泥田《どろた》のようにぬかるんでいる。数万の人馬が、武者草鞋《むしゃわらじ》と蹄《ひづめ》でこねまわし、もはや道路のていをなさぬまでになっていた。

家康は動かない。

小山廃城の丘に居すわったままである。ここが、臨時の大本営になっていた。

「江戸へはゆるりと帰ろう」

と、幕僚たちにもいっていた。

家康には、小山でやっておかねばならぬことが多かった。

まず、北方の上杉軍への手当である。

「上杉は、背後から追撃してくるようなことはあるまい」

というのが、家康の観測であった。この観測には十分の根拠がある。

兵数のすくない上杉方としては、会津地方をことごとく要塞《ようさい》化し、家康の軍を領内にひき入れることによって必勝の戦略をたてている。領外に踏み出して裸身《はだかみ》の野戦ができるほどには兵力の余裕がない。

（それに、北方には伊達政宗がいる）

現在《いま》の仙台付近を本拠とする伊達政宗は徳川方であった。その軍勢はすでに国境付近で上杉方と戦闘中なのである。

家康はこの政宗に上方の変報を教え、

「こうなった以上、かるがるしく戦さをせず、すぐ兵をひき、上方での大事が決するまで沈黙のまま上杉に脅威のみをあたえつづけるように」

と命じた。

家康としても、この上杉氏を野放しにするわけにはいかないから、その南方の抑《おさ》えとして一万八千の軍団を宇都宮に駐屯《ちゆうとん》させることにした。その将は、家康の二男結城《ゆうき》秀康である。

小山陣営での家康の毎日は、それらの軍令をつぎつぎに諸方に発することで多忙をきわめた。

その間、利根川が氾濫《はんらん》した。

臨時に架設した舟橋が、ことごとく流れてしまった。江戸までの街道にかかっている大小の橋もほとんど流失したらしい。

この利根川の舟橋の流失にはさすがの本多正信も泡《あわ》を食ったらしく、

「上様、すぐ架《か》けかえましょう」

とうろたえ声でいった。このままでは小山で孤立し江戸へ帰れなくなるからだ。

「舟橋が？」

家康はあわてなかった。

「橋がなければ利根川を舟でくだって江戸へ帰ればよいではないか」

なるほど、と正信はうなずいたが、しかし家康は水路を利用してもこれだけの大軍を舟で運ぶわけにはいかない。

「やはり架けかえましたるほうが」

よろしゅうございましょう、と正信は説いたが、家康はかぶりをふった。

「無用のことだ」

家康は無用のことで金銭をつかうことをいっさいせぬ性格だった。橋がなければ浅瀬を徒《か》歩《ち》で渡ればいい、という趣旨である。

「もともとあれらの舟橋や仮橋は、会津へむかう人馬や荷駄《にだ》を通すために架けたものだ。いまや会津には用がなくなった。架ける必要はない」

このため、西へむかう諸将の隊は、川という川を徒歩で渡った。人馬はまだよかったが荷駄の車両を渡すのがどの隊でも大騒ぎで、多くは荷をおろして人夫がかつぎ、車は車輪をはずしてこれも担送して渡した。

「いやさ、みな泥まみれでござりまするよ」

と家康にいう者もあったが、家康は笑《え》みかえしもせず、

「それでいいのだ」

といった。軍陣通の家康にすれば、具足が水漬《みづ》いて革がほとびれたところで士気は沮喪《そそう》するものではない。されば橋は無用である、というのである。

八月になった。

まだ家康は小山から腰をあげず、幕僚の井伊直政を召し、

「わしの代官として一足さきに尾張へゆけ」

と、先発を命じた。直政はすぐ支度をととのえたがその夜、風邪をひき、高熱を発して倒れたために、本多平八郎忠勝が家康の代官として先発した。

この月四日、ようやく家康は小山の廃城の丘をおりた。この奥州街道の古駅に入って以来、十日以上を過ぎている。

「晴れたな」

と、丘の径《みち》をおりながら家康はいった。ゆるゆると坂を降りてゆく家康の翳《かげ》が、赤土のみちを穿《うが》つほどに濃い。

「まばゆいくらいだ」

家康は、目を細め、何度も天を仰いだ。ひさしぶりの晴天をたのしんでいるというより、自分の前途の眩《まばゆ》さを、ひそかに楽しんでいる風情《ふぜい》だった。

麓《ふもと》には、駕籠《かご》が用意されている。

「いや、馬でゆこう」

これには近習《きんじゅう》が顔を見あわせた。ひさしぶりの晴天とはいえ道路の泥はまだ乾ききらず騎

馬でゆくと蹄《ひづめ》をすべらせるおそれがあった。

「万一、落馬なされては」

とは、まわりの者もいえなかった。家康は馬術の達者で、しかも戦場で馬を馳駆《ちく》した経験は日本中のたれよりも歳月がながい。

が、なにぶんにも肥満している。肥満すると鞍壺《くらつぼ》のおちつきがわるくなるため、万一落馬せぬとはかぎらない。

「島津《しまづ》駮《ばく》を曳《ひ》け」

と、家康は気に入りの馬を名指した。やがてそれが曳かれてきた。

家康は島津駮をたぐりよせ、おどろくほどの身軽さで馬上の人になった。

「戞《かつ》」

と、馬の蹄が鳴った。戞々と家康は南にむかって打たせはじめた。全軍がそれにならって動きはじめた。

途中、家康は、

「采配《さいはい》をわすれたぞ」

と、馬上でいった。采配とは、大将の指揮用の道具のことだ。それを打ち振って全軍を進退させる。

普通、二尺足らずの柄《え》のさきに金銀の紙を総《ふさ》のようにつけてある。

「なにか、おおせられましたか」

と、本多正信が馬からとびおり、家康のそばへ駈けよってきた。

「采配をわすれたのよ。はて小山に置きわすれたか、もともと江戸を発《た》つときにわすれていたか」

「はて、どうなされまする。いまから人を走らせて小山で探させましょうか」

と正信が真剣な表情でいったのは、忘れものがほかの道具ではなかったからである。いわば大将としての象徴的な道具といっていい。当然、祈禱もこめられているし、縁起もある。どの折りの合戦で勝ったという采配を、つぎの合戦でつかいたがるのは、勝敗にすべてをかけている武将としては当然な心根《こころね》である。

「どうなされます」

正信は見あげた。

が、この利口な老人は、家康の意外にのびやかな表情をみて安堵《あんど》した。

（狂言をなさっているのではないか）

と、直感したのである。なるほど家康はどこへやらに采配は忘れてきた。しかしそれを忘れてきたということをたねに、なにやら狂言を演出しようとしているのであろう。

——これこれ太郎冠者《かじゃ》やある。

という狂言の太郎冠者を、本多正信はつとめようとした。

「上様。それはお粗忽《そこつ》な。もともと江戸をお出ましの時から、采配はお持ちにならなんだのではありますまいか」

「言うな弥八郎、わしはたしか、そのむかし太閤を長久手で破ったときの采配をわざわざ持ってきたはずであるぞ」

「これはしたり。弥八郎めは、この御軍旅のあいだ、おめもじしたことがございませぬ」

(なにか、上様はたくらんでおられる)

正信はおもった。総大将というものは運命的な戦いに出るとき、多く、全軍の士気をあげるような演技をするものだ。足利尊氏《たかうじ》も丹波篠村《しのむら》八幡宮でにわかに鎌倉幕府を討つ決意を表明したし、織田信長も桶狭間《おけはざま》への出撃の途中、社頭で表裏同じの銭を投げて勝敗をうらない、勝ちの目を出し、全軍の士気を鼓舞したということもある。

秀吉もそうであった。光秀を討つため播州姫路を出発するとき、髻《もとどり》を切った。信長の弔《とむら》い合戦である、という悲壮感を士卒に与えたのである。

(わが上様は、どうなさる)

それが、正信の興味であった。

「されば上様」

と、正信は家康を見あげた。

「この弥八郎が一駈けして、小山の御宿陣のあとを掻《か》きさがして参りましょうか」

「否《いな》とよ、弥八郎」

家康は、かぶりを振り、太刀をとり、手綱を操りつつ馬を路傍の竹藪《たけやぶ》により寄せて行った。

「…………」

と、全軍が家康の挙動を見まもるうち、家康は馬上で太刀をぬき、一閃《いっせん》してそのうちの小竹を伐った。

そのまま通りすぎつつ、正信へふりむき、

「弥八郎よ、あれを拾うて来させよ。ほかに、帖紙《じょうし》とひもとを持って来させよ」

といった。

正信は命ぜられたとおりにした。

家康は馬を打たせながら、鞍《くら》の前輪《まえわ》に紙一帖を押しあて、小柄《こづか》をもって切り裂き、それを小竹のさきに結びつけて采配をつくりあげた。出来あがったそれを二、三度振りながら、

「治部少輔づれを打ちやぶるのに物々しき采配など要るものかわ。この竹采配で事足ることよ」

と家康らしくもない高笑いで、咽喉《のど》奥をみせてわらった。

この竹采配の評判はたちまち全軍にひろがり、味方を大いに頼もしがらせた。

家康はこの日、五里騎行して利根川畔の古河《こが》へ出、そのまま古河から舟に乗って葛西《かさい》に上陸し、翌五日、江戸城に帰城している。

このころ、三成も多忙だった。

「かならず勝つ」

と、この男は確信していた。その方略もあった。

三成は七月二十九日、伏見城の攻撃軍を視察激励したあと、伏見から舟で大坂に帰り、登城して秀頼に拝謁《はいえつ》し、総帥《そうすい》の毛利輝元を中心に軍議をひらき、かれの戦略・戦術を討議した。

八月二日、伏見城落城。

ついで丹波田辺城（細川家）を攻囲している西軍の戦況もわるくない。

（すべてが、うまくいっている）

三成はそう思った。たったいま伏見城を陥《おと》した西軍諸将に対しても、あらたな指令を発しおわった。

全軍を三手にわけ、一手は伊勢路の諸城をおとしつつ進ませ、他の一手は美濃路に進撃させ、さらには一軍は北国からのコースをとらせ、ともども尾張で出会《しゅっかい》せしめようというものであった。

尾張。

という点では、東軍も西軍も、偶然、出会点が一致している。

その手配りをおわると、三成は自分の戦闘準備をととのえるために急ぎ大坂を離れ、居城の近江佐和山にむかった。

（おいそがしいことよ）

謀臣島左近は、その三成に従いつつ近江へむかった。両人ともに平装で鞭《むち》一本をもち、従う士卒も百人程度にすぎない。みな砂塵《さじん》をあげて北へ急行してゆく。

（この点が、致命的だ）

と、島左近はおもった。三成は西軍の事実上の総大将でありながら、家康のように帷幕《いばく》の奥ふかく沈みすわって、座したままで威令を発するという立場にはいないのである。

かれは、十九万余石の大名にすぎない。

毛利輝元を旗頭にいただいてその下で総指揮をとりつつ、同時に他の大名とは同格の野戦の部将役もつとめねばならない。いわば、一人二役の珍妙な存在なのである。

（古来、こんな奇妙な立場におかれた総大将があっただろうか）

と、左近は思うのである。変身《かわりみ》のいそがしさはいいとしても、この軽々しい地位では、他の諸将が三成の軍令を畏伏《いふく》してきくであろうか。

「左近よ、準備はようやく出来た」

琵琶湖東岸の街道を打たせながら、三成は満足そうにいった。たかだか豊臣家の一執政官にすぎぬ身で、東軍にまさる兵力を動員しえた三成は、もはやそれだけでも男児の痛快事といえるであろう。

佐和山城に帰ると、湖西に落ちる陽《ひ》が、水も野も城も茜《あかね》に染めはじめていた。

密使が来ている。

信州の真田昌幸からである。すでに昌幸とのあいだで何度かの使者の往復があった。

三成は使者に会い、そのあと休息させ、自分は休息もとらず一室にひきこもり、左近を呼んで返事を書こうとした。

「左近。すべてを打ちあけて書くが、よいな」

「よろしゅうございますとも。安房守（昌幸）殿は稀世《きせい》の戦さ上手でござる。当方の計画をすべて知っておいてもらったほうが、先方も動きやすうございましょう」

三成は、いまから発動しようとするかれの作戦計画を報《し》らせるために長文の手紙を書きはじめた。

「全軍を尾張へ」

というのが、三成の進撃目標であった。濃尾平野で全軍を展開し、西上してくる東軍をそこで撃滅しようというのが、三成の構想であった。

濃尾平野へ入るには、三道がある。

このため全軍を三個軍団にわけ、伊勢口から入る軍団は宇喜多秀家以下七万九千八百人。

美濃口から入る軍団は、石田三成以下二万五千七百人。

北国口から入る軍団は、大谷吉継以下三万百人。

これが野戦軍である。むろん、人数の点では真田昌幸を鼓舞させるために多少の掛け値を踏んでいる。

ついで勝敗の観測をのべ、

「家康が連れている豊臣家の諸将は、妻子を大坂に置いている。かつ、いかに彼等が内府と昵懇《じっこん》とはいえ、二十年来の太閤殿下の御恩をかれらが忘れるはずがない。こうとなれば家康はたかだかその旗本三、四万が稼働《かどう》人数であり、これでは天下の孤児になるほかない。この老賊がうろたえて西上してくればその故郷の三河か、尾張の野で討ち取ってしまう。その間《かん》、会津の上杉と常陸《ひたち》の佐竹は、大軍を南下させて江戸に乱入するであろう」

堂々たる作戦計画である。これほど緻密《ちみつ》で構想力に富んだ作戦計画は、家康の側にはなかった。

家康はただ麾下《きか》の豊臣家諸将を猟犬の群れのように西へ走らせたが、どういうわけか、みずからは江戸を動かず、かれ自身の直属軍も、関東から腰をあげる気配がない。

(はたして福島正則以下の猟犬どもが、自分の味方であるかどうか)

家康はなおも疑っている気配であった。

(下巻につづく)

文字づかいについて

新潮文庫の日本文学の文字表記については、原文を尊重するという見地に立ち、次のように方針を定めた。

一、口語文の作品は、旧仮名づかいで書かれているものは新仮名づかいに改める。
二、文語文の作品は旧仮名づかいのままとする。
三、常用漢字表、人名用漢字別表に掲げられている漢字は、原則として新字体を使用する。
四、年少の読者をも考慮し、難読と思われる漢字や固有名詞・専門語等にはなるべく振仮名をつける。

関《せき》ヶ原《はら》（中）

新潮文庫　し－9－13

昭和四十九年六月二十五日　発行
昭和六十三年四月二十日　三十九刷改版
平成二年七月三十日　四十四刷

著者　司《し》馬《ば》遼《りょう》太《た》郎《ろう》

発行者　佐藤亮一

発行所　株式会社新潮社

郵便番号　一六二
東京都新宿区矢来町七一
電話　業務部(〇三)二六六－五一一一
編集部(〇三)二六六－五四四〇
振替東京四－八〇八番

価格はカバーに表示してあります。

乱丁・落丁本は、ご面倒ですが小社通信係宛ご送付ください。送料小社負担にてお取替えいたします。

印刷・二光印刷株式会社　製本・憲専堂製本株式会社

ISBN4-10-115213-6 C0193